Bettina Obrecht

Opferland

DIE AUTORIN

Bettina Obrecht wurde 1964 in Lörrach geboren und studierte Englisch und Spanisch. Sie arbeitet als Autorin, Übersetzerin und Rundfunkredakteurin und wurde für ihre Kurzprosa und Lyrik mehrfach ausgezeichnet. Seit 1994 schreibt sie Kinder- und Jugendbücher und hat sich seitdem in die »Garde wichtiger Kinderbuchautorinnen hineingeschrieben« (Eselsohr).

Von Bettina Obrecht ist bei cbj erscheinen:

Zwilling verzweifelt gesucht (15808)
Die kleine Hexe Ida (22432)
Laurin, das Schlossgespenst (22474)
Erst ich ein Stück, dann du – Delfine (15484)
Mein erster Schultag und der Eisbär-Schreck (22171)

Bettina Obrecht

OPFERLAND

Wenn die anderen dich kaputt machen

cbj

cbj Kinder- und Jugendbuchverlag
in der Verlagsgruppe Random House

Verlagsgruppe Random House FSC® N001967
Das für dieses Buch verwendete FSC®-zertifizierte
Papier *Pamo House* liefert
Arctic Paper Mochenwangen GmbH.

1. Auflage
Erstmals als cbj Taschenbuch November 2014

Umschlaggestaltung: Thinkstock/sushkonastya
CK · Herstellung: ReD
Satz: Buch-Werkstatt, Bad Aibling
Druck und Bindung: GGP Media GmbH,
Pößneck
ISBN 978-3-570-40248-1
Printed in Germany

www.cbj-verlag.de

1. Der kleine Lord haut dem Prinzen in die Fresse

Nein! Ich werde diese Rolle nicht spielen, niemals!

Warum denn ich?

Ausgerechnet ich?

Hört bloß auf, das kann doch kein Zufall sein.

Ihr macht mir nichts vor.

Geht das denn immer weiter? Wer hat Charly auf diese Idee gebracht? Keiner meiner Mitschüler, kein Lehrer weiß davon, keinem habe ich davon erzählt, ich war einer von ihnen, habe mich nie auffällig benommen, kleide mich wie sie, rede wie sie und schweige wie sie. Schweigen kann ich besonders gut – vielleicht zu gut. Das ist eine der Fähigkeiten, die ich mir in den letzten Jahren angeeignet habe. Es ist ganz leicht, etwas Falsches zu sagen, schweigen dagegen geht fast immer. Sinja behauptet, dass Schweigen keine Garantie ist. Auch wer schweigt, kann etwas Falsches machen. Man kann im falschen Moment schweigen oder einfach nur zu lange.

Sinja redet selbst nicht viel, nur manchmal, wenn die Sterne richtig stehen, im Radio ihre Lieblingslieder gespielt werden, ein besonders bunt gefärbtes Ahornblatt vor ihren Füßen dahinwirbelt, kurz, wenn sie einen dieser seltenen makellos guten Tage erlebt. An so einem Tag kann sie sogar so viel reden, dass jeder Sportmoderator blassgrün vor Neid würde. Aber das ist nicht Sinjas Normalzustand, überhaupt nicht. Im Gegenteil.

Weil sie normalerweise sehr wenig redet, ist sie der Ansicht, sie verstünde etwas vom Schweigen.

Sie denkt womöglich auch, sie verstünde etwas von mir.

Aber sie täuscht sich, sie weiß nicht wirklich, wer ich bin. Sie kennt zwar das eine oder andere Detail aus meinem Leben mehr als die Leute in meiner Klasse oder in der Theatergruppe, aber meine Geschichte kennt sie nicht und soll sie auch nicht kennen, denn ich habe diese Geschichte in eine Kiste gepackt und vergraben und werde niemandem jemals verraten, wo. Ich rede jetzt nicht von einer virtuellen Kiste, die es nur irgendwo in meiner Vorstellung gäbe, sondern von einer echten Blechkiste, in der unter anderem ein vollgekritzeltes Notizbuch ruht, von einer Kiste, die ungefähr einen Meter tief in der Erde vergraben liegt – tiefer bin ich mit dem Spaten leider nicht vorgestoßen –, die da unten auch bleiben soll für immer. Falls ich das Pech habe, dass ein zukünftiger Archäologe in ferner Zukunft mit seinem hypergalaktischen Metalldetektor auf meine Kiste stößt, ist das Papier vermutlich zerfallen – ich habe gelesen, Papier hält heutzutage nicht mehr lange, fünfzig Jahre oder so –, oder aber bis dahin ist kein lebendiges Wesen mehr in der Lage, unsere merkwürdige Schrift zu entziffern. Hallo, Herr Professor in ferner Zukunft! Ich gehe davon aus, unsere Wörterbücher haben sich zu Ihren Lebzeiten längst in Nichts aufgelöst. Nach ein paar Jahren oder nach nur einem elektromagnetischen Blitz in der richtigen Stärke sind die einfach verschwunden. Ach, in einer wunderbaren Zeit leben wir heute, sie ist besser als jede zuvor! Nichts wird mehr für die Ewigkeit festgehalten, alles existiert kurz, flackert auf und verschwindet dann im digitalen Nirwana, keiner wird sich jemals an all den ganzen Müll erinnern, der hier momentan geredet und aufgeschrieben wird, keine Zukunft muss sich davon beschmutzen lassen. Was für eine Erleichterung! Die alten Maya, die ihre Tagebücher noch in Stein meißeln mussten, werden sich ewig ärgern.

So gesehen hätte ich meine Geschichte sicherheitshalber erst gar nicht auf Papier schreiben sollen, sondern digital, hätte sie auf irgendeinen Stick speichern sollen, eine CD brennen, um sie loszuwerden. Aber man weiß ja, dass unsere Computer ständig ausspioniert werden, dass irgendein Agent garantiert mitliest, was du da gerade still und heimlich vor dich hin zu tippen glaubst, und das fehlt noch, dass ein künftiger Arbeitgeber von mir oder auch ein Mädchen, das mir gefällt, sich mit drei Klicks aus irgendeinem Archiv meine Geschichte herunterladen kann. Wäre so etwas möglich, dann würde es tatsächlich niemals aufhören. Niemals. Es würde immer so weitergehen, immer, immer weiter, selbst wenn ich nach China auswandern würde oder auf den Mond fliegen oder auf den Mars oder auf irgendeinen anderen Planeten, der vielleicht demnächst zur Neubesiedlung freigegeben wird, für alle, die es hier unten nicht mehr aushalten. Es würde immer weitergehen, bis ich sterbe, und selbst dann würde mich noch einer an meiner Beerdigung verächtlich den »Kleinen Lord« nennen, meine Urne umschubsen oder den anwesenden Beerdigungsgästen (sofern überhaupt welche kämen) irgendwelche Lügengeschichten über mich erzählen. Es gibt keinen Ausweg, nur mein Schweigen, und das hüte ich wie einen Schatz.

Man kann sogar reden, ohne das Schweigen zu brechen. Mit Sinja rede ich viel. Ich habe immer lieber mit Mädchen geredet, und glücklicherweise ist das in meinem Alter wieder okay, keiner macht sich mehr darüber lustig. Es kann natürlich sein, einer aus der Klasse oder aus der Film-AG versteht das falsch und schließt gleich daraus, dass Sinja und ich zusammen sind, aber das ist Quatsch und geht sowieso keinen etwas an.

Nein, von früher habe ich Sinja nie etwas erzählt. Sinja weiß rein gar nichts, sie kann also nicht dahinterstecken.

Das hier ist einfach ein böser Schlenker des Schicksals. Ein fieser Trick der statistischen Wahrscheinlichkeit. Ein Witz ist das, über den ich nicht lachen kann.

Ein Film zum Thema »Mobbing« und ich soll die Hauptrolle spielen. Soll ich jetzt lachen? Schreien? Weglaufen? Einfach umfallen? Meinen Therapeuten anrufen?

Sinja, die Ahnungslose, hat mich sogar begeistert in die Rippen geboxt. »Die Hauptrolle! Cool!«

Sie war es, die mich voriges Jahr zur Teilnahme an der Filmgruppe überredet hat, und anfangs bin ich eigentlich nur wegen ihr hingegangen, weil sie so glücklich war, mit so leuchtenden Augen davon erzählt hat, und natürlich weil sie mir etwas Wichtiges klargemacht hat: Ein Schauspieler kann sich aussuchen, wer er ist, sein echtes, eigentliches Leben ist überhaupt nicht mehr wichtig, keiner fragt danach. Wunderbar, was könnte mir gelegener kommen? Schauspielern habe ich ohnehin schon geübt. Als ich noch jünger war, habe ich mich lange geweigert, andere nachzuahmen. Da wollte ich immer nur ich selbst sein. Inzwischen sehe ich genau, dass die anderen ebenso schauspielern wie ich, es ist also nichts dabei, sich zu verstellen. Warum nicht gleich im Film?

Unser erster Film hatte ein ganz anderes Thema, eins von den Themen nämlich, die jeden Deutsch- oder Ethiklehrer freuen: Drogensucht. Er handelte von einem Mädchen, das an die falschen Leute gerät und von diesen mit Tabletten versorgt wird. Sinja hat das Mädchen gespielt, und wie sie es gespielt hat! Ich habe manchmal richtig Angst bekommen, wenn sie so weiß geschminkt mit schwarzen Schatten unter den Augen aus der Maske kam. Trotzdem hatten wir eine Menge Spaß mit dem Film und er ist dann auch gut ausgegangen. Charly, der Leiter unserer Gruppe, besteht nämlich darauf, dass die Filme gut ausgehen müssen, die Welt ist traurig genug, sagt er, das Happy End nehmen wir uns hier einfach heraus, weil wir es im richtigen Leben ja nicht so einfach bestimmen können. Dieses Happy End sah so aus: Das drogensüchtige Mädchen lernt einen netten Typen kennen, der sie von den Drogis wegholt. Und wenn sie nicht gestorben sind, dann latschen sie noch heute Hand in Hand über die Bühne. Lars hat den netten Typen gespielt, der Sinja retten musste. Er hatte allerdings zu dem Zeitpunkt schon eine Freundin, die Sinja die Augen ausgekratzt hätte, wenn sie sich an Lars hätte vergreifen wollen. Sie, also die Freundin von Lars, war nach der ersten öffentlichen Aufführung unseres Films ziemlich schlecht gelaunt, gar nicht stolz auf ihren Typen, wie der es sich vielleicht erträumt hatte, ist wütend von dannen marschiert und dabei noch mit ihren Stöckelschuhen umgeknickt, das hat bestimmt wehgetan. Da war sie natürlich doppelt sauer, obwohl Lars für die lebensgefährlichen Schuhe nicht unbedingt verantwortlich war. Ich fand es ja eigentlich gut, dass Lars von ihr Ärger bekam – nein, er hat mir persönlich nichts getan, aber er bildet sich eindeutig etwas ein auf seine schöne Nase und sein schauspielerisches Talent. Ich bin mir ziemlich sicher, dass er mit dem Mädchen nicht mehr zusammen ist, bestimmt hat sie ihn auf den Mond geschossen.

Lars ist das Gegenteil von einem Loser. Was ist das Gegenteil eines Losers überhaupt? Ein Winner? Ein Star? Die Nummer Eins? Einfach cool oder megacool? Jedenfalls steht er am anderen Ende der Skala. Dabei ist er auch nicht besser als ich, das weiß ich genau. Im Gegenteil. Er ist eitel. Ich bin wenigstens nicht eitel. Ich habe keinen Grund, eitel zu sein.

*Was glänzt, hat kein eigenes Licht.**

*Menschen, die nicht groß sind, machen sich gern breit.***

Ich mag Zitate und Sprichwörter. Schöner wäre es noch, wenn mir selbst in jeder Lebenslage knüppelharte weise Sprüche einfallen würden – dann könnte ich mir einbilden, ich wäre ein verkanntes Genie. Andererseits ist es auch beruhigend festzustellen, dass offenbar schon zu früheren Zeiten und an ganz anderen Orten Menschen ratlos im Leben herumstanden, versucht haben, sich einen Reim auf alles zu machen.

Lars ist jedenfalls einer, der glänzt, und wenn ich ihn glänzen sehe, sage ich mir zum Trost, dass er offenbar kein eigenes Licht

---

* Karl Heinrich Waggerl

** Friedl Beutelrock

hat, und daraufhin muss ich mich natürlich fragen, ob ich selbst denn wohl ein eigenes Licht habe, und wenn ja, wie hell es überhaupt leuchten kann. Bis jetzt ist da bestenfalls ein schwaches Flackern zu verzeichnen.

Lars könnte niemals einen Außenseiter spielen, ein Opfer. Dazu braucht es schon einen, der als Loser glaubhaft rüberkommt. Kein Wunder, dass sie auf mich kommen.

Es ist also immer noch da. Ich kann mir so viel Mühe geben, wie ich möchte, das Mal ist immer noch zu sehen.

»Nein, bestimmt nicht!« Ich schreie Charly beinahe an. »Mach ich nicht.«

Charly blinzelt dreimal verblüfft. Ich hab ihn noch nie angeblafft. Er trägt immer noch das breite Grinsen im Gesicht wie einer, der dir gerade was echt Gutes tun will, aber jetzt, während er meine Antwort verdaut, rutschen die Mundwinkel millimeterweise nach unten.

Lars schielt zu mir rüber. Hofft er, dass Charly ihm die Hauptrolle jetzt doch noch anbietet, wo ich mich so blöd anstelle? Vergiss es, Prinz Lars. Es gibt keine glänzenden Loser, weißt du das nicht? Loser sind matt und grau und farblos und klein und …

»Wir arbeiten das Skript erst aus«, sagt Charly langsam. Er sieht mir direkt in die Augen, während er spricht. »Du hast Einfluss auf die Rolle. Du kannst draus machen, was dir gefällt. Und dann entscheidest du.«

Einfluss? Seit wann hat ein Opfer Einfluss auf seine Rolle? Wie will Charly denn einen Film über Mobbing machen, wenn er überhaupt nicht den leisesten Schimmer hat, worum es geht? Einfluss! Was draus machen! Was stellt er sich vor? Hat er vielleicht ein »gutes Buch« gelesen? Wie bitte schön verwandelt man eine Loserrolle in eine Rolle, die man gerne spielen möchte? Nein, Charly hat keine Ahnung, wovon er spricht. Ich bin sicher, er ist einer von denen, die ihr Leben lang im Schatten der großmäuligen Alphasaurier dahintraben und stets friedlich grasen können, weil sie keinem im Weg stehen.

»Ist ein Scheißthema«, knurre ich. Ich versuche, cool zu wirken, aber meine Haut juckt überall, an den Armen, den Beinen, im Nacken, vor allem die Kopfhaut kribbelt, als würden sich meine Haare einzeln aufstellen.

Und da fällt mir Sinja in den Rücken. »Finde ich nicht«, sagt sie. »Das Thema betrifft doch viele. Mehr als man so denkt jedenfalls.«

»Na und?«, fauche ich wie ein Achtjähriger.

»Du bist aber mies drauf«, sagt Sinja und legt mir freundschaftlich die Hand auf die Schulter. »Jetzt warte doch mal ab. Vielleicht findest du's ja doch gut.«

»Wir sollten lieber einen Film über Sport drehen«, plappere ich einfach so ins Blaue hinein.

»Was?« Sinja starrt mich an. Jetzt denkt sie bestimmt, ich habe endgültig den Verstand verloren. Ich hasse Sport, ehrlich. Ich werde nie verstehen, warum man sinnlos einem Ball hinterherrennen oder über dämliche Hindernisse springen soll oder so etwas. Ich fahre gerne mit dem Fahrrad irgendwohin, das schon. Ich schwimme gerne. Aber bitte ohne Trillerpfeife und Stoppuhr. Ich meine, man muss sich das Leben doch nicht unnötig erschweren. Ich habe kein Bedürfnis, mich mit anderen zu messen und zu vergleichen und dann unglücklich zu sein, wenn der Zeiger der Stoppuhr womöglich ein bisschen zu weit gekrochen ist, oder die Fahne auf Halbmast zu setzen, weil andere ihren Ball einmal mehr in ein Tor gekickt haben als meine Mannschaft. Früher mal habe ich versucht, das meinen Sportlehrern zu erklären, aber die meisten brüllen einfach nur, wenn man ihnen so kommt. Es widerspricht ihrem Weltbild. Ich meine, ist doch klar, sie verdienen ihr Geld damit, ein anderes Weltbild zu vertreten. Aber es gab mal eine Zeit, in der dachte ich, es ist richtig, immer zu sagen, was ich denke. Leider denke ich so oft Dinge, die den anderen – der Mehrheit – überhaupt nicht gefallen, die sie wütend machen. Also schweige ich jetzt und tue in Sport das Nötigste und kassiere ohne zu murren meine schlechte Note.

Kein Wunder also, dass Sinja meinen Alternativ-Vorschlag für ein Filmthema nicht ernst nehmen kann. Sie starrt mich mit gerunzelter Stirn an.

»Das betrifft viele«, sage ich ein bisschen boshaft. »Mehr als man denkt.«

Sinja blinzelt gekränkt und wendet den Blick ab.

»Überlegt es euch bis zum nächsten Mal.« Charly fährt sich mit der Hand durch die Haare. »Also, was diese Mobbinggeschichte angeht … ehrlich gesagt, ich hänge an der Idee …«

Ich habe es eilig, an die Garderobe zu kommen. Es ist nicht besonders kalt, aber ich fühle mich trotzdem wohler, wenn ich mir meinen Schal um den Hals geschlungen und die dicke Lederjacke übergezogen habe. Die Lederjacke ist ein Geschenk von einem Freund meines Vaters, Freddie. Freddie ist Harley-Fahrer, ein verrückter Typ, der beim Radio arbeitet, mehrmals im Jahr in die USA jettet und dort die Route 66 runterbraust. Ich übernachte die Woche über bei ihm und seiner Frau Sabine. Von daheim aus kann ich unmöglich jeden Tag die Schule erreichen.

Jedenfalls hat Freddie mir die Jacke geschenkt, weil er nicht mehr reinpasst, zu viel Bier und daher zu viel Bauch. Bikerjacken sind nicht so richtig cool, aber ich mag die hier. Sie ist mein Panzer, mein Außenskelett, keiner kann durchbeißen. Hoffentlich wachse ich nicht mehr so viel, sonst passt sie bald nicht mehr. Ich bin mit meiner Größe schon vollauf zufrieden. Guter Durchschnitt.

Ich habe gerade den Reißverschluss der Jacke hochgezogen, als Lars und Sinja ankommen. Sinja plaudert lächelnd mit Lars, ihrem glänzenden Retter. Ich schnappe mir meinen Rucksack, schwinge ihn über die Schulter.

»Da geht er hin«, sagt Lars zu Sinja und zeigt grinsend mit dem Finger auf mich. »Unser Opfer.« Er schlägt mir auf die Schulter. »Na, Opfer? Wie fühlt man sich als Loser?«

Das Nächste, was ich sehe, ist Blut an meinen Fingerknöcheln.

Es ist nicht mein Blut.

Lars liegt vor mir auf dem Boden, krümmt sich.

Blut strömt aus seiner Nase.

2. Sinja

Sinja kniet neben Lars und tupft mit einem zerknüllten Tuch das Blut aus seinem Gesicht, ich hoffe bloß, es ist nicht ihr Schal, denn den habe ich ihr zum Geburtstag geschenkt. Sinja trägt den Schal oft, immer wenn er zu ihren anderen Klamotten passt, und ich bin jedes Mal ziemlich froh, wenn ich sehe, dass sie ihn anhat. Es hätte ja sein können, dass sie nichts tragen will, was von mir kommt, weil ich doch ein Loser bin – aber na gut, das weiß sie ja nicht.

Andere Schüler kommen in die Garderobe gelaufen, schließlich auch Charly. Große Aufregung, aber mich sieht keiner richtig an. Ich lehne mit dem Rücken an der kalten Wand und versuche, ruhig zu atmen. Mein Herz schlägt wie verrückt, meine Knöchel schmerzen. In meinem Kopf pulsiert irgendetwas.

Ich kann mich nicht bewegen, nicht sprechen.

Aber mich beachtet immer noch keiner. Alle kauern vor Lars, der sich jetzt aufgesetzt hat, sich mit dem Handrücken das Blut aus dem Gesicht wischt und die Hand dann anstarrt wie ein Gespenst. Hoffentlich habe ich ihm keinen Zahn ausgeschlagen.

Dann endlich dreht sich Sinja zu mir um. Ihre Augen funkeln. »Spinnst du?«, schreit sie.

Jetzt sehen mich alle an.

»Ich wollte das nicht«, krächze ich nur.

Charly hilft Lars auf die Beine. Lars klopft sich im Zeitlupentempo die Klamotten ab. Er sieht mich nicht an, aber Sinja durchbohrt mich mit Blicken.

»Ich wollte das nicht, echt«, wiederhole ich lahm. »Entschuldigung. Ich meine, echt, Entschuldigung.«

»Der hat doch einen an der Klatsche«, murmelt Lars undeutlich. Seine Oberlippe schwillt schon deutlich an. Er sieht aus wie ein Vampir, der zu fest zugebissen hat. Ich weiß nicht, warum ich solche verqueren Gedanken habe, anstatt mich schuldig zu fühlen. Doch natürlich, ich fühle mich schuldig. Ich weiß, dass ich nicht Lars schlagen wollte. Ich wollte *alle* gleichzeitig schlagen, *sie alle*.

»Das war doch nur Spaß!«, schreit Sinja.

Plötzlich fange ich an zu zittern. Ich werde jetzt doch nicht weinen? Hallo? Ich werde bald sechzehn! Nein, ich weine nicht mehr, das ist Quatsch! Das habe ich hinter mir.

Aber ich tue etwas anderes, was ich auch nie mehr tun wollte und was genauso Quatsch ist: Ich laufe weg, so wie früher. Ich renne einfach aus dem Gebäude, in die kühle Nachtluft, die schwarze Straße hinunter. Mein Fahrrad lasse ich stehen, es ist abgeschlossen. Pferde sind besser als Fahrräder, treue Pferde, die vor der Tür warten, gesattelt, jederzeit bereit, ihren Herrn im Galopp in die rettende Wüste zu tragen. Hätten Westernhelden ihre Pferde vor dem Saloon immer erst aufschließen müssen, womöglich mit einem eingerosteten Zahlenschloss, wären viele von ihnen nicht so alt geworden. Hey, drehe ich jetzt vollkommen durch?

Ich renne nicht, denn ich möchte vermeiden, dass die Leute

mich ansehen. Ich gehe nur ganz schnell, und erst, als ich die Ampelkreuzung überquere, fällt mir auf, dass ich nicht einmal meinen Rucksack mitgenommen habe. Das wiederum war ganz blöd, denn in meinem Rucksack befindet sich unter anderem der Wohnungsschlüssel. Freddie und Sabine sind heute Abend mit Freunden unterwegs, weiß der Geier, wann die nach Hause kommen. Scheiße! Ich bleibe stehen. Ein paar Typen mit Sporttaschen trotten mir entgegen, starren mich an. Ich setze mich wieder in Bewegung, immer an den Schaufenstern der Geschäftsstraße entlang, in denen ich mich spiegle, aber ich sehe natürlich nicht genau hin.

Mein Handy klingelt in der Brusttasche meiner Lederjacke, es vibriert auf meiner Brust und meine Rippen vibrieren mit. Mein Herz schlägt wie verrückt. Ich kann da jetzt doch nicht drangehen. Aber meine Hand greift wie ferngesteuert in meine Jacke, umfasst das Telefon, zieht es heraus. Sinja. Wie soll ich jemals wieder mit Sinja reden? Ich habe ihren Helden, ihren Retter zu Boden geschlagen, sein makelloses Gesicht verunstaltet. Sinja hasst Gewalt, sie wird mir das niemals verzeihen. Ich klicke sie weg, stecke das Telefon wieder ein und gehe weiter. Eine Frau mit einem kleinen Hund an der Leine kommt mir entgegen, der Hund hat offenbar fest vor, mich mit seiner Leine zu Fall zu bringen, die Frau zerrt ihn an sich heran und entschuldigt sich in gebrochenem Deutsch. Ich beachte sie gar nicht. Mein Telefon klingelt erneut. Sinja. Wieder Sinja. Ich sehe sie vor mir, wie sie in der Garderobe steht, den blutbefleckten Schal noch in der Hand, umringt von Charly, Lars, den anderen, vielleicht dem einen oder anderen Polizisten?, wie sie wütend auf ihr Telefon starrt und »Jetzt geh sofort ran!« schreit.

Warum nur gehe ich ran?

Ich drücke auf den grünen Knopf, kann aber nichts sagen.

»Cedric? Bist du da? Cedric?«, höre ich Sinjas aufgeregte Stimme. »Sag doch was! Hallo! Jetzt sag was, verdammt!«

Ich drücke sie wortlos weg. Wenige Sekunden später ruft sie wieder an. Ich gehe wieder dran. Was für ein blödes Spiel!

»Lass mich in Ruhe«, sage ich zu Sinja. Ich schreie sie nicht an, ich bitte sie nur, bettle fast. »Lass mich einfach in Ruhe.«

»Wo bist du?«

»Draußen.«

»Das war mir klar. Sag mir, wo wir uns treffen können!«

»Warum?«

»Ich muss mit dir reden.«

»Vergiss es.«

Jetzt schreit Sinja doch fast. »Du kannst nicht einfach weglaufen!«

Darauf schweigen wir beide eine Weile. Dann wiederholt Sinja leise, fast beschwörend: »Sag mir, wo wir uns treffen können.«

»Ich weiß nicht.«

»Am Rathausbrunnen?«

»Vielleicht.«

»Ich komme zum Rathausbrunnen, ja? Aber pass auf die Typen auf.«

»Warum?«

»Bis gleich.«

Sie ist weg. Vor meinem inneren Auge sehe ich sie zu ihrem Fahrrad hasten. Sie wird vor mir am Rathausbrunnen ankommen, verschwitzt und mit zerzausten Haaren. Ich hätte ihr sagen sollen, dass auch sie aufpassen soll, ob da nicht irgendwelche komischen Typen herumlungern. Manchmal treffen sich am Brunnen zwielichtige Gestalten. Ich weiß nicht genau, wer sie sind, was sie vorhaben, aber sie sehen so aus, als sollte man ihnen nicht zu nahe kommen. Ich beschleunige meine Schritte, ziehe dabei den Kopf ein, als sei mir zu kalt, als würde ich nur so schnell gehen, um mich aufzuwärmen. Aber es ist gar nicht kalt, eine Art warmer, geruchloser Nebel liegt über der Stadt, der sich vielleicht bald zu Nieselregen verdichten wird.

Als ich zum Rathausplatz komme, sehe ich Sinja sofort. Sie sitzt im Schein einer dieser trüben kegelförmigen Straßenlampen auf dem Brunnenrand und starrt in meine Richtung, ohne mich in der Dunkelheit schon erkennen zu können. Ihr Fahrrad hat sie neben sich an den Brunnen gelehnt, so nah, dass sie jederzeit aufspringen und wegfahren kann. Sinja hat allein im Dunkeln Angst, und es ist ein Zeichen wahrer Freundschaft, dass sie sich trotzdem hierher gewagt hat.

Ich gehe noch ein bisschen schneller, um sie möglichst rasch zu erlösen. Als Sinja mich erkennt, steht sie auf, kommt aber nicht auf mich zu. Sie sieht mich nur an, und dann bückt sie sich und hält mir wortlos meinen Rucksack hin. Ich nehme ihn, ebenso wortlos, und schlinge ihn mir über die linke Schulter, als würde ich gleich wieder weggehen. Sinja setzt sich langsam wieder hin. Ich zögere einen Moment, dann lasse ich mich neben ihr nieder. Der Brunnen ist feucht, kalt, und Sinja trägt nur eine dünne Hose. Ich hoffe, sie erkältet sich nicht, nur wegen mir. Jetzt hält sie sich ihre beiden Handgelenke vor den Mund, als wolle sie sich an ihren Pulswärmern aufwärmen. Sinja trägt immer Pulswärmer. Sie sagt, dass sie ohne diese Dinger friert, egal, welche Temperatur gerade herrscht. Das ist ein bisschen merkwürdig, aber mir macht es nichts aus, wenn Leute ein bisschen merkwürdig sind.

»Wie geht es Lars?«, frage ich schließlich fast tonlos.

Sinja zuckt mit den Schultern. »Es ist nichts kaputt«, sagt sie dann. »Nichts gebrochen. Glaube ich jedenfalls. Sah viel schlimmer aus, als es war.« Sie schweigt einen Moment lang. »Aber das heißt nicht, dass das okay war, was du gemacht hast.«

»Ich weiß!«, schnappe ich. Ich wollte nicht so ruppig klingen. Das passiert mir oft, dass ich viel ruppiger klinge, als ich eigentlich will.

»Ich hab so was noch nie gemacht«, füge ich sanfter hinzu. »Noch nie. Nur damit du nicht denkst, ich bin so ein Schlägertyp.«

»Und warum heute?«, fragt Sinja. »Warum Lars? Ich meine, es war nicht besonders originell von ihm, dich als Loser zu bezeichnen, aber Mann, es war nur dämliches Gerede, das hat er doch nicht ernst gemeint. Du bist schließlich gar kein Opfer.«

Ich schweige.

»Oder hast du gedacht, er meint es ernst?«

»Nein. Nein, habe ich nicht. Ich weiß wirklich nicht, warum ich ihn geschlagen habe. Ich wollte das gar nicht. Es ist einfach passiert. Einfach von alleine.«

Dann schweigen wir beide eine ganze Weile, während ich in meinem Kopf die Einwände abspule, die Sinja jetzt nicht äußert, die sie sich verkneift, weil sie trotz allem – zum Glück! – offenbar noch meine Freundin sein will. Dass ich für alles verantwortlich bin, was ich tue, dass man sich nicht damit rausreden kann, man habe etwas nicht gewollt. Dass ich überreagiert habe. Ich hoffe, bete fast, dass sie dieses Wort nicht ausspricht, obwohl es heute vielleicht doch das genau richtige Wort wäre. Bitte, Sinja, sag nicht, dass ich überreagiert habe. Ich weiß nicht, was ich dann tue. Ich werde dich bestimmt nicht schlagen, das nicht, aber es kann sein, dass ich einfach meinen Rucksack nehme und weggehe, und ein zweites Mal telefonierst du mir bestimmt nicht hinterher.

»Ich verstehe dich nicht«, sagt Sinja schließlich leise. Sie sagt es nicht vorwurfsvoll, eher ratlos und traurig. »Ich weiß nicht richtig, wer du bist.«

»Ich bin ein brutaler Schläger, das hast du doch gesehen«, raunze ich, bevor ich mich bremsen kann. Und dann lege ich Sinja ganz schnell die Hand auf den Arm. »Entschuldigung. Ich weiß auch nicht, was mit mir los ist.«

»Ist es wegen der Hauptrolle?«, fragt Sinja.

Ich ziehe meine Hand schnell wieder weg.

»Wie meinst du das?«

»Wegen der Hauptrolle. Traust du dir das nicht zu? Du musst ja nicht.« Sie zögert. »Aber ich glaube, du würdest das gut machen.«

»Du meinst, die Rolle passt zu mir? Das Opfer, der Loser?«

»So habe ich das nicht gemeint!« Jetzt wird Sinja zum ersten Mal laut. »Verdreh doch nicht immer alles! Du tust immer so, als wollten dir alle etwas Böses.«

»Entschuldigung.«

»Du musst dich bei Lars entschuldigen«, sagt Sinja jetzt wieder ruhiger. »Nicht bei mir. Schaffst du das?«

»Ja. Klar.« Ist Sinja etwa doch in Lars verknallt? Läuft da irgendetwas? Und wenn ja, was geht es mich an?

»Gut.« Sinja steht auf, klopft sich die Hose ab. »Und überleg dir das mit der Rolle. Ich meine, du kannst ja selbst mitbestimmen, wir entwickeln doch das Drehbuch erst.«

»Ich fliege doch jetzt sowieso aus der Gruppe.«

»Glaub ich nicht«, sagt Sinja. »Na ja, ich weiß nicht. Du solltest auf jeden Fall mit Charly reden.«

Ich nicke und stehe ebenfalls auf. Ich möchte nicht, dass Sinja mich jetzt alleine lässt, aber mir fällt nichts ein, womit ich sie festhalten könnte.

»Ich muss los«, sagt sie. »Meine Mutter macht sich Sorgen, wenn ich spät komme.« Sie zögert, dann legt sie mir kurz die Hand auf den Arm. »Es wäre irgendwie einfacher, wenn ich mehr von dir wüsste. Du erzählst so wenig.«

»Gibt nichts zu erzählen. Ich bin langweilig.«

»Du bist ein Idiot.« Sinja schüttelt ärgerlich den Kopf, dann reißt sie ihr Fahrrad hoch und steigt auf. »Wir sehen uns morgen.«

Erst als ich zusehe, wie ihr Rücklicht in der Dunkelheit verschwindet, fällt mir ein, dass ich sie nicht nach dem Schal gefragt habe. Hat sie ihn womöglich Lars mitgegeben, als Verband? Hat sie ihn weggeworfen, weil die Blutflecken sowieso nie mehr rausgehen? Soll ich sie anrufen und mich erkundigen? Ihr einen neuen kaufen? Nein, albern. Wie sieht das aus, wenn ich mich nur um den Schal sorge, nicht um Lars mit seiner aufgesprungenen Lippe.

Ich hoffe nur, Charly ruft nicht meine Eltern an. Auf keinen Fall möchte ich, dass die sich wieder aufregen. Die haben sich schon so oft aufgeregt über mich oder über das, was mir so alles passiert ist. Meine Mutter war immerhin die ganzen Jahre stolz darauf, dass ich kein Schläger bin, dass ich Gewalt verabscheue, trotz der ganzen üblen Erfahrungen, dass mich keine zehn Pferde zur Bundeswehr kriegen würden, dass ich nie mit Waffen gespielt habe und Ballerspiele bescheuert finde. Ihr Weltbild würde endgültig zusammenbrechen, wenn sie es erführe. Mein Vater würde mich wohl eher verstehen. Es kann gut sein, dass er in jungen Jahren dem einen oder anderen Typen auf die Nase gehauen hat. Er hätte sicher auch schon ein paarmal gerne dem einen oder anderen Lehrer oder Mitschüler von mir kräftig eine gelangt, aber er hat sich immer beherrscht, um uns nicht noch mehr Schwierigkeiten zu machen. Das hat er mir voraus. Vielleicht werde ja auch ich weise, wenn ich so alt bin wie er.

Eine Personengruppe nähert sich, Jugendliche, coole Haltung, blökende Gelächtersalven, orangefarbene Zigaretten-Glühpunkte. Es wird Zeit aufzubrechen. Ich trabe in die entgegengesetzte Richtung los in Richtung Fußgängerzone. Dort sind die Fenster noch beleuchtet, aber nach und nach werden Gitter und Läden heruntergelassen, nur noch wenige Fußgänger sind unterwegs, sammeln sich an den letzten geöffneten Imbissständen. Ich habe Hunger, das kann doch nicht wahr sein. Wie kann ich denn jetzt was essen, ich, der Schläger? Soll ich mich jetzt etwa noch für meine Tat belohnen? Das ist doch krank. Ich gehe schnell an der Dönerbude vorbei, schnuppere noch ein bisschen vor dem Fischimbiss – ich mag Backfisch – und biege dann in eine Seitenstraße ein. Ein Handy klingelt, mein Klingelton, meine Hand schnellt automatisch an meine Brusttasche, aber mein eigenes Telefon rührt sich nicht, stattdessen gräbt eine Frau mittleren Alters hektisch in ihrer riesigen Handtasche herum. Merkwürdig, dass Handyklingeltöne so schwer zu orten sind. Warum bin ich enttäuscht? Habe ich ernsthaft gedacht, dass Sinja noch mal anruft?

Gerade, als ich die Treppe zu Freddies Wohnung hochstapfe – bin ich froh, dass die beiden heute Abend auf Achse sind! –, klingelt mein eigenes Handy doch noch, aber es ist nur meine Mutter. Ich kriege einen ganz trockenen Mund und Herzklopfen, aber Charly hat offenbar nicht bei ihr angerufen. Sie will nur wissen, wie mein Tag war, ob es mit der Englischarbeit geklappt hat und vor allem, wie es in der Filmgruppe gelaufen ist, ob wir ein neues Thema ausgesucht haben. Unser letzter Film hat ihr sehr gut gefallen. Sie weiß auch, dass mir die Filmgruppe momentan mehr Spaß macht als alles andere, was ich so treibe.

»Ich kriege vielleicht die Hauptrolle!«, sage ich, ehe ich richtig darüber nachgedacht habe.

»Echt! Das ist super!« Meine Mutter klingt glücklich. »Worum geht es denn?«

»Ist noch nicht raus.«

Damit gibt sie sich zufrieden, sagt mir, dass ich noch was essen soll, und legt dann auf. Meine Mutter vermisst mich sehr. Ihr wäre es viel lieber, ich würde noch in meine alte Kleinstadtschule gehen. Aber sie weiß auch, dass das nicht mehr möglich ist.

Ich trabe gleich ins Gästezimmer, das Freddie und Bine mir die Woche über zur Verfügung stellen, und klappe meinen Computer auf, ohne die Lederjacke auszuziehen. Keine Mail. Ich sitze hier mit meinem Computer auf einer Art einsamer Insel, bin nicht auf Facebook oder in sonst einem unsozialen Netzwerk. Auf meiner Insel lebe ich ganz für mich allein, also in vollkommener Sicherheit, und das soll auch so bleiben.

Mein Blick fällt auf meine Hand, die auf der Tastatur liegt. Mann, an den Knöcheln klebt ja immer noch Blut! Ich springe auf und renne ins Bad, schrubbe mir die Hände so heftig ab, dass mindestens die oberste Hautschicht mit abgeht, trockne sie gründlich und werfe das Handtuch sofort in den Wäschekorb, und dann richte ich mich auf und sehe mir mein Gesicht eine ganze Weile lang im Spiegel an, als hätte ich mich noch nie gesehen.

A

Meine Mutter ist noch viel größer, fast doppelt so groß wie ich, ihre Hand in meiner kräftig und warm. Schweiß klebt unsere Handflächen aneinander, ich weiß nicht, ob es ihr Schweiß ist oder meiner. Der Boden ist dunkelbraun gefliest, schlammige Gummisohlen haben ein Muster draufgedruckt. Es riecht nach alten Turnschuhen und Kreide. Die drei älteren Frauen, die da vor uns stehen und einander angiften, haben uns offenbar vergessen. Eine davon ist die Schulleiterin meiner neuen Schule, die ich überhaupt nicht haben will, weil es in meiner alten Schule sowieso schöner war. Die anderen beiden sind Klassenlehrerinnen der ersten Klasse. Zu einer von beiden werde ich gleich in die Klasse geschickt, aber noch streiten sie sich, weil mich keine von beiden haben will. Sie rechnen sich gegenseitig vor, wie viele Schüler sie schon aushalten müssen, und die mit den roten Haaren sagt, sie hat schon den Marek bekommen, der ist schwierig und zählt für zwei, und Mama drückt meine Hand noch fester, ich stehe so eng neben ihr, dass ich spüre, wie sie tief Luft holt.

Endlich drehen sich die drei zu uns um. Die Schuldirektorin, die eben noch ein böses Gesicht gezogen hat, lächelt mich jetzt an.

»Weißt du was«, sagt sie zu mir, »entscheide du doch selbst, zu wel-

cher der beiden Lehrerinnen du möchtest, zu Frau Unmuth oder zu Frau Niebel.«

Ich starre die beiden Klassenlehrerinnen an, die mich jetzt ebenfalls anlächeln. Obwohl sie gerade noch gestritten haben, weil keine mich haben will, wird eine von ihnen gleich beleidigt sein, weil ich mich für die andere entscheide. Dabei will ich keine von ihnen haben. Ich will meinen richtigen, netten jungen Klassenlehrer wiederhaben, der traurig war, weil ich umgezogen bin.

Mamas Hand quetscht meine Hand jetzt so zusammen, dass meine Finger schmerzen. Ich glaube, sie würde gerne mit mir weglaufen. Aber stattdessen holt sie noch einmal tief Luft und sagt dann zu mir:

»Cedric, was meinst du, möchtest du lieber in die a oder in die b?«

Zum Glück kann ich diese Frage leicht beantworten! Ich war in meiner alten Schule in der 1a, also gehöre ich immer noch in die a. Die rothaarige Lehrerin verzieht gekränkt das Gesicht. Die andere, die mit dem Minirock, verschiebt ihr Gesicht zu einem künstlichen Lächeln und hält mir die Tür zu ihrem Klassenraum auf. Die Schulleiterin sieht auf die Uhr. Meine Mama muss mich jetzt loslassen. Sie tut es, zögernd, sagt: »Dann bis später«, und ich spüre, dass sie nicht gehen möchte, dass sie lieber auf mich aufpassen würde, um sicherzugehen, dass die Frauen nett zu mir sind.

Und dann stehe ich vor meiner neuen Klasse. Es ist eine kleine Klasse, kleiner als meine alte, und alle, wirklich alle Kinder dieser Klasse sind blond, mehr oder weniger blond, und sehr weiß, jedenfalls ist keiner mit einer ganz anderen Hautfarbe darunter, wie mein Freund Ben aus Ghana, oder auch nur mit ganz schwarzen, lockigen Haaren, wie Sengül aus dem Nachbarhaus oder Payram aus meiner alten Klasse. Ein Junge mit großen haselnussbraunen Augen und langen

Wimpern mustert mich grinsend vom Kopf bis zu den Füßen. Ein Mädchen mit ganz kurzen Haaren rückt zur Seite und schlägt mit der flachen Hand auffordernd auf die freie Seite ihres Tischs.

»Setz dich neben Celina«, sagt die Lehrerin, Frau Unmuth.

Celina riecht süßlich nach Kaugummi und hat schwarze Ränder unter den Fingernägeln, aber sie guckt mich neugierig an, freundlich, ein bisschen mitleidig, vielleicht, weil ich Tränen in den Augen habe. Es ist kein Wunder, dass ich weine. Ich sitze in der falschen Klasse in einer falschen Schule und habe eine falsche Lehrerin, und das nur, weil meine Eltern unbedingt umziehen wollten. Vielleicht ist alles ein Irrtum und wir packen unsere Möbel wieder ein und tragen alles zurück in unsere schöne alte Wohnung.

»Hat jemand mal ein Taschentuch für den Cedric?«, fragt die Klassenlehrerin. Meine Mama vergisst immer, mir Taschentücher einzupacken.

»Heulsuse!«, stellt der Junge mit den Haselnussaugen zufrieden fest.

»Jetzt lass ihn doch, Marvin«, tadelt Frau Unmuth sanft. »Er muss sich erst an uns gewöhnen.«

Ich krampfe meine Finger um mein Taschentuch.

»Du wirst bald Freunde finden«, sagen meine Eltern, als ich mittags weinend in ihr Auto steige. Mama hat selbst Tränen in den Augen, sie blinzelt.

Sie haben keine Ahnung, wie sehr sie sich irren.

Ich selbst habe auch noch keine Ahnung, wie sehr sie sich irren.

Schon in der ersten Schulwoche an der neuen Schule machen wir einen Ausflug. Mama meint, da habe ich ganz schön Glück gehabt. Wir fahren alle ins Kino, und Celina setzt sich im Bus gleich neben mich und will ihr Brot mit mir teilen. Das ist nett von ihr, aber es ist Käse drauf und ich mag keinen Käse. Marvin sitzt vor mir. Immer, wenn Frau Unmuth nicht aufpasst, dreht er sich um und zieht mir eine Grimasse.

»Du bist ja ein Mädchen«, sagt er.

Ich verstehe nicht, was er meint. Celina streckt Marvin die Zunge heraus. Ich glaube noch, dass sie meine Freundin werden kann.

»Der hat doch Haare wie ein Mädchen«, sagt Marvin.

Celina runzelt die Stirn und betrachtet mich genau, als müsse sie diese Behauptung überprüfen.

Unwillkürlich fasse ich meine Haare an. Sie sind ganz glatt und fallen mir auf die Schulter.

»Mädchen, Mädchen!«, singt Marvin.

»Lass das!«, schreie ich Marvin an.

Ich habe eine sehr laute Stimme. Meine Mutter meint, das kommt daher, dass ich ein Schreibaby war und gleich zu Beginn meines Lebens meine Stimmbänder so kräftig trainiert habe. Wenn ich zum Beispiel »Lass das!« schreie, hört das der ganze Bus, auch Frau Unmuth, die ganz vorne sitzt.

»Was ist da los?«, ruft sie nach hinten.

»Der lässt mich nicht in Ruhe!«, sagt Marvin. »Der sagt dauernd blöde Sachen zu mir.«

»Er muss sich erst eingewöhnen«, sagt Frau Unmuth. »Gebt ihm ein bisschen Zeit.«

Ich will protestieren, aber da fährt der Bus los. Marvin dreht sich grinsend wieder zu mir um.

»Mädchen!«, formen seine Lippen.

Ich boxe gegen die Rückenlehne.

In den nächsten Tagen lerne ich, dass Marvin nicht nur Marvin ist. Marvin ist mehr, er ist der Chef, der darüber bestimmt, was cool ist und was uncool. Wen er auslacht, den lachen alle aus – das gilt zumindest für die Jungs. Wen er gut findet, den finden alle gut. Weil Marvin beschlossen hat, dass ich ein Mädchen bin, finden alle Jungs, dass ich ein Mädchen bin. Ich bin mir ehrlich gesagt ein bisschen unsicher, ob das überhaupt eine schlimme Beleidigung ist, denn Mädchen sind eigentlich nett. Ich finde sie oft viel netter als Jungs. Andererseits ist klar, dass Marvin es gar nicht nett meint, dass er mich vielmehr beleidigen will. Kein Wunder, dass ich mich dann doch ärgere.

In der ersten Sportstunde bei Frau Unmuth mag ich mich nicht umziehen. Ich ziehe mich überhaupt nicht gerne um, wenn andere zusehen, und wenn dann noch einer dasteht und mit halb zusammengekniffenen Augen beobachtet, wie ich mir mein T-Shirt über den Kopf streife und die Hose aufknöpfe, dann wird die Spannung schier unerträglich.

»Guck mal!«, schreit Marvin prompt, als ich aus meiner Jeans schlüpfe. »Guck mal, eine rote Unterhose!«

Alle gucken.

Ich gucke auch. Erst auf meine Unterhose, an der noch nie jemandem etwas Besonderes aufgefallen ist, dann auf die Unterhosen der anderen.

Gibt es hier an der neuen Schule keine roten Unterhosen?

Gibt es nicht. Hier gibt es nur graue, dunkelblaue, bestenfalls dunkelblau-grau gestreifte Unterhosen oder welche im Nato-Tarnmuster, als müsste man sich in der Unterhose vor Feinden verstecken.

»Mädchen, Mädchen!«, singt Marvin. Die anderen Jungs stimmen ein.

»Fettes Mädchen!«, ergänzt Marvin.

»Fettes Mädchen!«, kommt das Echo der anderen.

Ich sehe noch mal an mir herunter. Rote Unterhose, Bauch. Ja, ein ganz kleiner Bauch, ein sanfter Hügel. Ich bin nicht dick wie Melissa in meiner alten Klasse, die nur mit gespreizten Beinen laufen kann, weil ihre Schenkel gegeneinanderstoßen.

»Ich bin nicht fett«, sage ich leise. Und sehe dabei Obelix vor mir. Den dicken, fetten, runden, dummen, lieben Obelix in seiner schönen blau gestreiften Hose.

»Der ist feeeeett«, singt Marvin, und einer der anderen Jungs, dessen Namen ich mir noch nicht gemerkt habe, greift nach meiner Sporthose und reißt sie mir aus der Hand.

Ich fange an zu schreien. Ich weiß nicht, was ich schreie, aber es sind bestimmt ein paar schlimme Beleidigungen dabei, denn Frau Unmuth kommt in die Umkleidekabine gestürzt und packt mich am Arm.

»Cedric, du bist sofort still!«

»Die ärgern mich«, schluchze ich.

»Wir haben nur ein bisschen Spaß gemacht.« Marvin strahlt Frau Unmuth an. Er hat lange, dunkle Wimpern und große, glänzende braune Augen.

»Ich weiß, Marvin«, seufzt Frau Unmuth. »Aber ihr müsst ein bisschen Rücksicht auf ihn nehmen. Er versteht offenbar keinen Spaß. Er hat sich einfach noch nicht eingewöhnt.«

In der Turnhalle sitze ich auf der Bank und weine und will nicht mitmachen, wenn die anderen spielen.

Die Kinder finden mich komisch. Ich rede nicht wie sie und ich rede nicht über die gleichen Sachen wie sie. Ich kann schon lesen und schreiben und ziemlich gut rechnen, aber in den Mathestunden muss ich stundenlang Rätselbilder ausmalen, nur um zu beweisen, dass ich schon weiß, dass fünf plus zwei sieben ist, als wüsste ich das nicht schon längst, und Frau Niebel, meine Mathelehrerin, sagt mir sehr schnippisch, es interessiert sie nicht, was ich alles kann, sie behandelt nämlich alle gleich, und ich soll das machen, was alle machen.

Marvin kommt in einer Hose im NATO-Tarnmuster in die Schule, und ich sage ihm gleich, dass ich das doof finde, weil ich keine Soldaten ausstehen kann. Marvin entgegnet, dass er Soldaten cool findet, weil die so coole Waffen haben. Ich kann Waffen überhaupt nicht leiden, und Marvin erklärt, das ist der Beweis dafür, dass ich eben doch ein Mädchen bin.

Es gibt offenbar keinen anderen Jungen in der Klasse, der Waffen doof findet, folglich finden mich jetzt alle doof. Ich weine immer noch jeden Tag. Zwischendurch schreie ich die anderen Kinder immer wieder an, dann bestrafen mich Frau Unmuth und Frau Niebel, schicken mich aus dem Raum ins Treppenhaus. Ich sitze jeden Tag auf den kalten Stufen und pule Schmutz aus den Ritzen zwischen den Steinblöcken. Marvin kann tun, was er will, er kriegt nie eine Strafe, er ist einfach geschickter. Die Lehrerinnen ertappen ihn nie bei seinen Fiesheiten, und wenn sie ihn doch mal erwischen, dann lächelt er sie so strahlend an, dass sie dahinschmelzen. Leider kann ich nicht so unschuldig lächeln wie Marvin. Ich schaffe es dafür, fürchterlich böse zu gucken. Das können die Lehrerinnen überhaupt nicht leiden.

Es ist eine kleine Schule und alle anderen Schüler kennen mich bald. Die Jungs aus den höheren Klassen begrüßen mich mit »Hallo, Mädchen!«, wenn ich in den Schulbus steige. Sie machen sich über meinen Schulranzen lustig, auf den ich so stolz war – er ist himmelblau mit lauter Wikingerschiffen drauf, mit geblähten, rot gestreiften

Segeln –, und über meine bunten Pullover. Ich mag bunte Farben, und je mehr Farben in einem einzigen Pullover drin sind, umso besser. In meiner alten Schule in der Stadt ist das niemandem aufgefallen, vielleicht deswegen, weil die Kinder dort selbst so bunt waren.

Wenigstens ein paar Mädchen sind nett zu mir, diejenigen, die den Angeber Marvin nicht so besonders leiden können, vor allem Celina. Ich habe sie ein paar Mal gefragt, ob sie nachmittags mit mir spielen will, aber sie sagt immer nur, sie weiß es nicht, und lacht dabei. Sie wohnt wie die meisten Kinder unten im Dorf, während ich mit dem Bus aus einem Ortsteil zur Schule fahre. Ich sage ihr, dass mein Papa sie holen würde, aber sie lächelt nur und spielt mit ihrem kleinen Stoffhund, den sie immer in die Schule mitbringt.

Seit Frau Unmuth, die mich in fast allen Fächern unterrichtet, und Frau Niebel, die Mathelehrerin, gemerkt haben, dass ich wirklich schon alles kann, was sie mir gerade beibringen wollen, lassen sie mich im Unterricht links liegen. Wenn sie eine Frage stellen, schnellt mein Finger sofort in die Höhe. Aber die Lehrerinnen sehen einfach durch mich durch. Ich darf auch nicht mehr vorlesen wie in meiner alten Schule. Mein alter junger Lehrer hat mich manchmal während der Frühstückspause vorlesen lassen; ich durfte dann später frühstücken, während die anderen Kinder Buchstaben gelernt haben. Ich erzähle Frau Unmuth davon, aber sie runzelt nur die Stirn und sagt, dass das hier nicht geht, dass dafür keine Zeit ist. Sie lässt mich auch im Unterricht nicht mehr vorlesen, weil sie sagt, dass ich nicht mehr üben muss, weil ich es ja schon kann. Ich lege mich halb auf den Tisch und fange an, Straßen in mein Heft zu zeichnen, Straßen mit vielen Abbiegepfeilen und Ampeln und Wendehämmern und Parkplätzen, aber das findet Frau Unmuth überhaupt nicht gut.

»Du sollst aufpassen, wenn ich etwas erkläre«, sagt sie und nimmt mir das Heft weg.

Ich habe nur noch meinen Stift in der Hand. Ich drücke ihn auf die Bank, fest und immer fester, bis die Spitze endlich abbricht.

3. Terrorbesen

Lars ist nicht in meiner Klasse, sondern in der Parallelklasse, genauer gesagt in der d. Dass er heute nicht zur Schule gekommen ist, fällt mir deswegen erst auf, als ich ihn auf dem Pausenhof nirgendwo entdecken kann. Ich gebe zu, einerseits bin ich ein bisschen erleichtert – mir war natürlich nicht so wohl bei der Vorstellung, ihm gegenübertreten zu müssen. Die Spuren meiner Attacke sieht man ihm garantiert noch an der Nase an, und wenn ihn jemand nach dem Urheber fragt, wird er wohl erzählen, dass ich ihn so verunstaltet habe. Andererseits verstärkt seine Abwesenheit das eisige Angstgefühl in meinem Bauch. Hat Sinja die Situation falsch eingeschätzt, sind seine Verletzungen doch schwerer, ist irgendetwas gebrochen, liegt er im Krankenhaus? Muss ich mit einer Strafanzeige rechnen?

Und dann ist da noch etwas. Eigentlich hatte ich ja vor, mich heute bei Lars zu entschuldigen. Ich habe allerdings keine Ahnung, was ich ihm sagen soll. Zu behaupten, dass der Schlag keine Absicht war, ist lächerlich. Ich wollte das natürlich nicht. Nein, ich wollte das ganz bestimmt nicht. »Wenn du das nicht wolltest, warum hast du es dann gemacht?«, hat meine Mutter immer gefragt, wenn ich mich danebenbenommen habe. Ich wollte es nicht, konnte es aber auch nicht verhindern. Also, das mit der Entschuldigung wird nicht leicht, aber mir ist klar, dass es mir hinterher besser gehen wird.

Wir haben Deutsch bei meinem Klassenlehrer, Herrn Hirzig. Der weiß offenbar von nichts, oder er lässt sich nichts anmerken, jedenfalls sieht er mich auch nicht öfter und nicht weniger oft an als sonst, und als ich mich melde, nimmt er mich dran und sagt sogar »Gut, Cedric«, ohne eine Miene zu verziehen.

Sinja schielt ständig zu mir herüber, als wäre ich eine Bombe, die jederzeit hochgehen kann. Sie hat mich bis gestern noch nie wütend erlebt. Ich hatte mich die ganze Zeit so gut im Griff, dass sie gar nicht auf die Idee gekommen ist, dass ich ausrasten könnte.

»Weißt du, wo Lars wohnt?«, frage ich sie in der Pause.

»Ja.« Sinja betrachtet mich aufmerksam. »Willst du hingehen? Finde ich gut.«

Ich zucke mit den Achseln.

»Seine Eltern arbeiten beide«, fügt Sinja noch hinzu, obwohl ich danach nicht gefragt habe. Ich nicke dankbar. Es ist genau die Information, die ich gebraucht habe. Mich bei Lars zu entschuldigen, das ist eine Sache, seiner wütenden Mutter gegenüberzustehen eine andere, dafür fühle ich mich nicht stark genug. Ich weiß, wie wütend Mütter und Väter werden können, deren Söhne man geschlagen hat. Und das weiß ich, ohne jemals jemanden geschlagen zu haben. Ich muss mir dazu nur meine eigenen Eltern in Erinnerung rufen, die sich in solchen Fällen binnen weniger Sekunden in feuerspeiende Drachen verwandeln können.

Ich sage mir noch bis zum Ende der sechsten Stunde, dass ich überhaupt nicht hingehen muss, dass mich Lars bestimmt sowieso gar nicht sehen will.

Erst als es geklingelt hat und alle ihre Sachen zusammenräumen, ist mir klar, dass ich es natürlich tun muss, dass mir gar nichts anderes übrig bleibt, weil das Eis in meinem Bauch sonst zu einem Gletscher wird, der sich Zentimeter für Zentimeter weiterschieben und mich irgendwann ausfüllen wird bis zur Bauchdecke, bis zu den Rippen, bis über die Lunge wird er sich schieben, bis ich keine Luft mehr bekomme.

Ich muss erst mein Fahrrad holen, das habe ich ja gestern vor dem Proberaum stehen lassen. Vor lauter Nervosität verheddere ich mich in meinem Fahrradschloss. Ich spüre so ein vertrautes kaltes Kribbeln im Genick, als würde jeden Moment hinter mir die Tür aufgerissen werden und die ganze Filmgruppe würde sich auf mich stürzen, mich umringen, mich beleidigen, gegen mein Fahrrad treten, meinen Rucksack in den Straßengraben werfen … Als ich endlich auf dem Sattel sitze, habe ich mein Sweatshirt durchgeschwitzt. Ich fahre los, so schnell ich kann, von Null auf Hundert in acht Sekunden, fast jedenfalls, wie ich es mir vor Jahren schon angewöhnt habe. Ich kenne niemanden, der auf dem Fahrrad so schnell beschleunigen kann wie ich. Das immerhin haben die ganzen Jahre gebracht. Man könnte sich fragen, ob Rennfahrer oder Sprinter vielleicht alle so eine grässliche Schulzeit erlebt haben wie ich und immer nur so schnell wie möglich wegwollten, einfach nur weg.

Ich war erst einmal in diesem Stadtviertel, ausgerechnet beim Arzt. Eine Zeitlang war ich oft bei irgendwelchen Ärzten. In diesem Viertel gibt es jede Menge Arztpraxen, stelle ich fest, es kann sein, dass auch Lars' Eltern Ärzte sind, das würde irgendwie zu ihm passen. Ich runzle die Stirn. Was habe ich bloß gegen den Typen? Er hat mir wirklich nie etwas getan. Bis gestern jedenfalls. Und gestern eigentlich auch nicht. Das ist nur mein eigener Film gewesen.

Es geht bergauf, ich habe irgendwie falsch geatmet und bin aus der Puste, muss sogar absteigen. Mein Herz klopft wie verrückt und ich fühle mich plötzlich sehr, sehr allein. Diese Stadt ist nicht mein Zuhause, meine Eltern wohnen vierzig Kilometer entfernt. Vielleicht war es ein Fehler hierherzukommen.

Ein hagerer Alter strampelt unverdrossen auf einem museumsreifen Drahtesel an mir vorbei den Hang hinauf und pfeift dabei noch vor sich hin. Diese Demütigung kann ich nicht auf mir sitzen lassen, also schwinge ich mich wieder auf den Sattel. Meine gekränkte Radfahrerehre lässt mich die Nervosität vergessen, und so stehe ich dann doch unerwartet schnell vor dem Einfamilienhaus mit der Nummer neunundvierzig. Es ist nicht so edel, neu und luxuriös, wie ich es mir vorgestellt hatte. Die gelben Glasbausteine neben der Eingangstür, der abgeblätterte Putz an der Garage, eine algenbewachsene, gesprungene Vogeltränke, das mit dunklen Ziegeln gedeckte Satteldach, all das verleiht dem Zuhause von Lars sogar einen leicht schäbigen Hauch, den ich sympathisch finde. Ein kleiner Hund kläfft hinter der Tür. Vor großen, vernünftigen Hunden habe ich weniger Angst, die kleinen erscheinen mir oft nicht ganz zurechnungsfähig und ihre Besitzer noch weniger. Ich meine, wenn man sich schon einen Hund aufhalst, warum dann nicht einen richtigen? Ich gehe drei Schritte zurück und spanne meinen Fuß an, um gegebenenfalls zutreten zu können. Schon öffnet sich die Haustür, und ein braun-weiß gefleckter Terrorbesen schießt auf mich zu, kläfft mir um die Beine, weicht aber sofort zurück, als ich mich einen Zentimeter auf ihn zubewege.

»Halt die Klappe, Seppi!«, brummt ungnädig eine Stimme, die ich kenne. Lars.

»Seppi«! Im Ernst? Nein, oder?

Ähm. Ach so. Lars.

Ich stehe vor ihm, und er sieht so aus wie einer, der eins auf die Nase bekommen hat. Ich kann mir immer noch nicht so ganz eingestehen, dass ich selbst Urheber dieser Verunstaltung eines sonst so makellosen Jungengesichts bin.

»Tag«, brummle ich und bin jetzt ganz froh über den Krawallbesen, auf den ich meine Aufmerksamkeit richten kann.

»Hmm«, macht Lars nur, und einen Moment lang befürchte ich, ich habe mit meinem Schlag doch auch einige Zähne getroffen. Aber dann spricht Lars klar und artikuliert.

»Was gibt's?«

Ich zwinge mich, ihn wieder anzusehen.

»Entschuldigung«, sage ich schlicht. »Tut mir leid. Wollte ich nicht. Gestern.«

»Sprecht bitte in vollständigen Sätzen!«, schnauzt Herr Hirzig zehnmal in jeder Deutschstunde.

Lars, der Musterschüler, hält sich an diese Regel.

»Ich hab schließlich nur Spaß gemacht«, sagt er. »Verstehst du überhaupt keinen Spaß?«

»Doch, klar. Schon.« Ich sehe wieder auf den Krawallbesen, aber der hat sich hingesetzt und lässt die rosarote Zunge aus dem Maul baumeln, als hätte er sich mit dem angedeuteten Angriff auf mich schon vollkommen übernommen.

Weil das Schweigen unangenehm wird, muss ich Lars doch noch mal ansehen. Ich habe mir, ehrlich gesagt, in irgendeinem verborgenen Winkel vorgestellt, dass er mich vielleicht hereinbittet, mir sogar eine Cola anbietet, dass wir miteinander sprechen und dabei feststellen, wie viel wir eigentlich gemeinsam haben und dass wir beste Freunde werden könnten – den Kram, den man aus Filmen und Büchern kennt eben. Aber Lars sieht zumindest im Moment nicht so aus, als verberge er noch irgendwelche heimlichen Sympathien für mich. Er begegnet mir zwar nicht direkt feindselig, aber klar abgrenzend. Ich bin eben immer noch ein Träumer, ich lerne es nie.

Mein Blick fällt auf sein bedrucktes Sweatshirt, und die Abgründe, die zwischen uns klaffen, werden mir so klar wie nie. Lars trägt ein schwarzes Kapuzenshirt, auf dessen Vorderseite über die komplette Breite ein Schimpanse mit einem dicken, neonfarbenen Kopfhörer auf den Ohren abgebildet ist. So sicher fühlt sich Lars. So wenig kann ihm passieren. Ich selbst trage seit Jahren nur noch vollkommen neutrale Klamotten. Sie müssen nur von der richtigen Marke sein, aber einen Affenaufdruck, das hätte ich mir nie im Leben leisten können. Das hätte ich nicht überlebt. Ich wäre einfach in Stücke gerissen worden. Lars und ich, das sind zwei Welten. DIE zwei Welten. Ich hätte ihm gestern keins auf die Nase geben dürfen, das ist mir klar, aber er wird auch nie mein Freund werden, nicht mal Sinja zuliebe.

Weil uns beiden nichts mehr einfällt, spule ich dasselbe noch mal ab.

»Ja, also … wie gesagt, Entschuldigung.« Dann füge ich noch ein lahmes: »Tut's noch weh?« an.

Lars schüttelt langsam den Kopf. Er beobachtet mich aufmerksam.

Und ich bin mir ganz sicher, dass er es in diesem Moment kapiert. Dass er in mich hineinsehen kann und meine Erinnerungen überfliegt wie ein Dokument, das er im Internet angeklickt hat.

Ich weiche einen Schritt zurück. »Ich geh dann wieder«, murmle ich. »Kommst du morgen in die Schule?«

Lars zuckt nur mit den Schultern. Jetzt wäre Herr Hirzig doch noch mit ihm unzufrieden.

»Tschüs.«

Ich wende mich zum Gehen und spüre Lars' abschätzigen Blick in meinem Rücken.

»Opfer«, sagt er leise.

Oder hat er es gar nicht gesagt? Hallt das Wort in mir so nach, dass ich seine Herkunft nicht mehr klar zurückverfolgen kann? Habe ich mir das gerade eingebildet? Habe ich Lars' Gedanken gelesen? Oder ist das Verfolgungswahn?

Ich drehe mich nicht mehr um, ich trete nicht einmal den Krawallbesen, der jetzt wieder aufgesprungen ist und seine Zähnchen gegen mich fletscht. Ich nehme mein Fahrrad, das ich nicht abgeschlossen habe, wende es in Richtung Innenstadt, steige auf und fahre sehr konzentriert ganz, ganz langsam los. Ich bremse sogar, denn es geht bergab, und ich möchte nicht davonrasen wie einer, der flüchtet oder der davongejagt worden ist. Ich möchte mich bewegen wie einer, der das Recht hat, hier mit dem Fahrrad entlangzufahren, und zwar genau in der Geschwindigkeit, die ihm gerade in den Kram passt.

Erst nach der großen Ampelkreuzung halte ich an, schiebe mein Fahrrad ein paar Meter und erlaube meinen Gedanken, sich neu zu sortieren. Keine Cola. Kein Beginn einer Männerfreundschaft. Krawallbesen und begossener Pudel. Aber gut, ich habe mich entschuldigt, mehr kann ich nicht tun. Oder kann ich? Warum zum Teufel muss mir gleich noch eine sehr unangenehme Sache einfallen, die ich erledigen sollte, um dann in Ruhe entspannen – hm, Physik lernen – zu können?

Ich schiebe mein Fahrrad in eine Seitenstraße, in der es ruhiger ist, dann ziehe ich mein Handy aus der Innentasche meiner Jacke und klicke die Nummern durch, bis ich die von Charly gefunden habe, dem Leiter der Filmgruppe. Ich muss ihm selbst sagen, dass ich nicht mehr kommen werde, bevor er mich rausschmeißt.

Ich habe Glück, Charlys Mailbox schaltet sich ein. Ich stottere eine Art Kündigung, gekoppelt mit einem ziemlich albernen »tut mir leid«, und drücke erleichtert die rote Taste. Gespräch beendet. Thema abgeschlossen. Filmgruppe Vergangenheit, leider. Hat mir Spaß gemacht, aber es ist nicht das erste Mal, dass ich Dinge aufgeben muss, die mir eigentlich Spaß machen. Ich sollte einfach nie auf eine Gruppe setzen. Nur die Dinge, die ich alleine für mich hinkriege, die kann mir niemand wegnehmen.

B

Meine Mutter ist sauer auf mich. Frau Unmuth hat sie angerufen und sich über mich beschwert, weil ich so schlimme Schimpfwörter benutze, die »in der Schule bisher noch niemand gehört« hat, und weil ich nach all den Wochen immer noch jeden Tag in der Schule weine, so etwas ist doch nicht normal.

Wütend ist meine Mutter vor allem, weil ich »Arschloch« gesagt habe, aber mein Vater meint, wenn ich tatsächlich der erste Mensch sein sollte, der in dieser Schule das Wort »Arschloch« ausgesprochen hat, dann frisst er den Besen, auf dem Frau Unmuth jeden Morgen zur Schule reitet, und meine Mutter macht »Pssst!«, und ihre Augen blitzen, aber dann muss sie doch grinsen. Kurz darauf meckert sie überhaupt nicht mehr, sondern ist nur noch besorgt und hat außerdem ein schlechtes Gewissen, weil sie und mein Vater hierher aufs Dorf ziehen wollten und ich den ganzen Mist jetzt ausbaden muss.

Meine Mutter fragt mich, warum ich denn in der Schule so oft weine, und ich versuche ihr zu erklären, dass mich alle ärgern.

»Alle?«, fragt meine Mutter ungläubig. »Wer ist denn alle?«

Ich versuche, aus dem Durcheinander höhnischer Gesichter und Stimmen in meinem Kopf jene Kinder herauszufiltern, die mich täglich quälen. Nein, es sind nicht alle. Celina beispielsweise ärgert mich gar nicht. Sie sitzt jetzt aber leider nicht mehr neben mir, weil Frau Unmuth der Ansicht ist, ich lenke sie vom Lernen ab. Als ich noch neben ihr saß, hat sie mir ständig Dinge erzählt, die nichts mit dem Unterricht zu tun hatten. Das fand ich ziemlich gut, denn das, was Frau Unmuth so redet, ist meistens langweilig, das weiß ich doch schon alles.

Es war alles besser, als ich noch nicht in der Klasse war, meint Frau Unmuth, und Frau Niebel gibt ihr völlig recht. Erst seit ich da bin, herrscht ständig Unruhe. Zum Beispiel vor der Sportstunde. Weil die Jungs jedes Mal vor der Sportstunde »Mädchen« zu mir sagen und dann behaupten, dass ich fett und dumm bin, dass ich behindert bin, *weil ich nicht Fußball spiele, schreie ich sie an oder renne weg und weine. Frau Unmuth findet mich deswegen sehr anstrengend und hat jetzt beschlossen, dass ich mich bei ihr in der Einzelkabine umziehen muss. Jetzt machen sich die anderen Jungs natürlich erst recht über mich lustig.*

Im Fernsehen läuft so ein sülziger alter Spielfilm, »Der kleine Lord«. Der widerliche, superbrave weißblonde Streberjunge in der Hauptrolle, der kleine Lord also, heißt Cedric. Ich weiß nicht, wie meine Eltern darauf gekommen sind, mich wie ihn zu nennen. Ich bin weder weißblond noch adlig noch superbrav. Leider haben andere Kinder den Film auch gesehen. Und den meisten ist schon klar, dass man mich gut ärgern kann und dass ich keinen großen Bruder oder Cousin oder befreundeten Nachbarsjungen habe, der mir helfen könnte. Alle, aber auch alle anderen Kinder, haben große Geschwister oder Cousins oder ältere Freunde an derselben Schule.

Letzte Woche haben sie mir meine rote Erstklässlermütze weggenommen, die ich in meiner ersten, schönen Schule bekommen habe, und sie sich über den Schulhof zugeworfen. Ich habe so laut geschrien, dass die Aufsicht mich zur Schulleiterin geschickt hat. Als ich wieder in den Hof kam, waren alle anderen Kinder weg und mit ihnen meine rote Mütze. Ich habe sie nicht wiederbekommen.

Vor einigen Wochen hatte ich Geburtstag. Ich habe zwei Freunde aus meiner ersten Schule eingeladen, aber die konnten nicht kommen, weil sie zu weit weg wohnen. Ich habe vier Mädchen aus meiner neuen Schule eingeladen und einen Jungen, den ich von der Bushaltestelle kannte, aber es ist nur eins der Mädchen gekommen, das ich gar nicht so gut kenne, und auch sie nur, weil sie gerne Kuchen isst. Als sie satt war, hat sie gefragt, ob wir fernsehen können, aber ich wollte lieber etwas spielen. Das Mädchen hatte keine Lust zum Spielen, also hat es sich ein Lustiges Taschenbuch genommen und sich die Bilder angeguckt.

Meine Mutter hatte eine Menge Kuchen gebacken, so sehr hoffte sie, dass viele Gäste kämen. Wir mussten tagelang trockenen Kuchen essen und den Rest noch einfrieren.

Celina ist nicht gekommen. Ihre Mutter hat angerufen und meiner Mutter einfach so mitgeteilt, dass Celina mich nicht besuchen wird, zum Geburtstag nicht und überhaupt nicht. Meine Mutter hat sie gefragt, warum denn eigentlich nicht, aber Celinas Mutter hat es nicht erklärt, sondern einfach nur aufgelegt. Meine Mutter hat den Hörer dann auch aufgeknallt, aber sie hatte Tränen in den Augen, ich habe es genau gesehen.

Frau Unmuth hat meinen Eltern das alles noch mal erklärt, dass sie eine sehr soziale Klasse hat, dass es überhaupt nie Ärger gab, bevor ich gekommen bin, dass also alles nur meine Schuld sein kann, und dass es ja wirklich nicht möglich ist, dass mich alle ärgern, und sie hat ihnen geraten, mich in den Fußballverein zu schicken, damit ich dort endlich Freunde finde. Aber wenn wir im Sportunterricht Fußball spielen, macht mir das überhaupt keinen Spaß, und außerdem lachen die anderen Jungs mich auch da aus, weil ich Angst vor dem Ball habe und weil ich manchmal sogar neben den Ball trete. Ich mag Bälle nicht besonders, nur wenn sie vorsichtig geworfen werden, sodass man sie fangen kann. Meine Mutter hat mir versprochen, dass ich nicht in den Fußballverein gehen muss. Marvin spielt im Fußballverein. Er ist ein Naturtalent, sagen die Lehrer mit leuchtenden Augen, und die anderen Jungs bewundern ihn sehr. Beim Fußballverein gibt es außerdem auch Umkleidekabinen, das hasse ich. Ich will da jedenfalls nicht hingehen.

Frau Unmuth und Frau Niebel meinen, mit meinem Kopf stimmt etwas nicht, und dass ich bestimmt auf eine andere Schule muss, eine für Kinder, mit denen etwas nicht stimmt, weil ich so schlimme Schimpfwörter benutze, wo doch gar nichts ist, und weil ich nicht mit Jungen spiele, nur mit Mädchen, und weil ich mein letztes Fünf-plus-zwei-ist-sieben-Bild zerrissen habe, weil ich es einfach nicht mehr ausgehalten habe – einfach weil ich so anders bin. Sie meinen, dass ich unbedingt mit Jungen spielen muss, damit ich lerne, wie sie zu sein. Ich will aber überhaupt nicht wie die Jungen sein. Meine Eltern finden auch nicht, dass ich unbedingt mit Jungen spielen muss. Die Sache mit den Schimpfwörtern finden sie natürlich nicht gut. Meine Mutter übt mit mir neue Schimpfwörter ein, gegen die niemand etwas einwenden kann, »du schmurgeliger Schniefel« oder »du watziger Drammelboff«. Uns beiden fallen noch viel mehr dieser Ausdrücke ein, und wir lachen uns beide schief darüber. Ich lerne die neuen Schimpfwörter auswendig, aber als Marvin und der dicke Ruben mich am nächsten Tag in der Pause mit Spuckekügelchen bespucken, mich anrempeln und meine Jacke in den Dreck werfen, fallen mir doch wieder nur die langweiligen Ausdrücke ein wie »Arschloch« und »blöde Sau«. Ich kann nichts dagegen machen.

Frau Unmuth rät den anderen in der Klasse, dass sie sich besser von mir fernhalten sollen. Und meinen Eltern rät sie noch einmal dringend, mich mal untersuchen zu lassen, ich sei nicht wie die anderen, ich sei einfach nicht normal, so ein Kind habe sie noch nie gehabt. Meine Mutter fragt, ob es nicht vielleicht auch ganz interessant sei, mal ein Kind zu haben, wie sie es noch nie hatte, immerhin sei ich ja sehr klug und würde nur drauf warten, endlich etwas Neues zu lernen. Mein Lehrer in der alten Klasse hat sich jedenfalls sehr über mich gefreut. Aber Frau Unmuth starrt meine Mutter nur stumm an und blinzelt mit ihren getuschten Wimpern.

Meine Mutter geht bei einem Schulausflug mit, bei dem die Klasse in unserem Haus Station macht und in unserem Hof picknickt, auch Celina, die mich eigentlich gar nicht besuchen darf. Meine Mutter hat Muffins gebacken, die nicht ganz so gut gelungen sind wie die Muffins, die andere Kinder von zu Hause mitbringen, und schenkt Früchtetee aus und plaudert mit Frau Unmuth, und die Kinder aus meiner Klasse sehen sich unser Haus, mein Zimmer und unseren Garten an, streicheln Paganini und sind freundlich zu mir. Marco sagt sogar, dass wir uns ja mal verabreden könnten, da kriege ich heftiges Herzklopfen. Abends im Bett stelle ich mir vor, was ich alles mit Marco spielen könnte. Ich könnte ihm zum Beispiel die Stelle am Bach zeigen, an der man so gut Staudämme bauen kann.

Aber am nächsten Tag lacht Marvin mich vor allen anderen Kindern aus, weil ich Poster von kleinen Katzen und Hundewelpen im Zimmer hängen habe, wie ein Mädchen, und Marco guckt weg, als ich ihn frage, ob wir uns denn jetzt mal verabreden sollen. Luisa behauptet, wir hätten ja sowieso fast kein Geld, weil wir uns nur so einen kleinen Fernseher leisten können, und ich versuche ihr zu erklären, dass meine Eltern überhaupt keinen großen Fernseher wollen, weil sie fernsehen eigentlich blöd finden, aber da schweigt Luisa und starrt mich nur noch an wie ein sehr unappetitliches Insekt, das der Wind vor ihre Füße geweht hat.

4. Fahrbare Kaninchen

Ein Handy klingelt. Mein Handy. Den Klingelton habe ich so neu draufgeladen, dass ich ihn selbst noch nicht erkenne. Ich werfe einen Blick aufs Display. O Mann, es ist Charly! Und das jetzt, wo ich dringend Physik lernen muss, wo ich gerade mittendrin bin, voll konzentriert – hm, okay, ich habe jedenfalls schon das Buch auf der richtigen Seite aufgeschlagen, mir ein Glas Eistee geholt und sehr aufwändige verschlungene Muster auf die Schreibtischunterlage gekritzelt. Und nun Charly. Aber ich muss drangehen. Zurückrufen müssen, das wäre noch schlimmer.

»Ja?« Ich bin vorsichtig, misstrauisch, als hätte ich den Anrufer noch gar nicht identifiziert.

»Hier Charly. Film.« Als würde ich auf diesem Planeten noch weitere Menschen kennen, die Charly heißen! Immerhin liegen Welten zwischen Charlys Ausdrucksweise und den rhetorischen Ansprüchen meines Deutschlehrers, das macht ihn wieder sympathisch.

»Wie geht's dir?«

Wieso, wie geht es mir? Bin ich derjenige, der einen Schlag auf die Nase bekommen hat?

»Gut, wieso?«

»Weil du angerufen hast.«

»Ach, das. Na ja. War doch klar.«

»Nichts ist klar. Warum willst du bei uns aufhören?«

»Ist doch klar«, wiederhole ich wütend. Soll ich jetzt mein Sprüchlein aufsagen, dass ich so ein böser Junge bin, dass ich mit anderen nicht kann, dass ich zu schnell wütend werde?

»Ich möchte aber nicht, dass du aufhörst«, sagt Charly. »Ich brauche dich für den neuen Film.«

Ich schnappe nach Luft. Kapiert dieser Typ denn überhaupt nichts?

»Ich mach das sowieso nicht. Die Rolle. Wer will denn schon ein Opfer spielen?«

Charly schweigt. Ich kann es nicht leiden, wenn einer am Telefon längere Zeit nichts sagt. Ich fange wieder an, wild zu kritzeln, jetzt sind meine Krakel eckig und zackig, nicht mehr so schön spiralig verschlungen wie eben noch.

»Ich mache dir einen Vorschlag«, sagt Charly schließlich.

»Hm?«

»Du kommst erst mal weiter in die Gruppe. Wir entwickeln das Drehbuch. Vielleicht wird ja alles ganz anders, als wir uns das im Moment vorstellen. Du kannst uns bestimmt helfen. Wer dann welche Rolle spielt, das entscheiden wir hinterher, o.k.?«

»Weiß nicht.«

»Überleg's dir.«

»Hmm.«

Charly atmet tief durch.

»Cedric«, sagt er nur. Er spricht den Namen so aus wie einer, der noch nie was vom kleinen Lord Fauntleroy gehört hat, der meinen Namen einfach so nimmt wie jeden anderen. »Cedric.« Und das ist wahrscheinlich der einzige Grund, warum ich meine Meinung plötzlich ändere.

»O.k. Ich komm dann noch mal.«

»Super.« Er klingt sehr erleichtert. »Das mit Lars regelst du schon. Muss ja nicht noch mal vorkommen.«

»Bestimmt nicht.« Ich möchte noch sagen, dass ich wirklich nicht so einer bin, dass ich noch nie jemanden verletzt habe, nur mich selbst, und das war auch nur aus Versehen, weil ich damals zu fest mit der Faust gegen die Scheibe geschlagen habe ... aber so weit kommt es nicht.

»Ich rechne nächsten Dienstag fest mit dir. Denk schon mal darüber nach, wie der Film anfangen könnte. Ich meine, es muss ja einen Grund geben, warum einer zum Mobbingopfer wird.«

»Muss es gar nicht.«

»Irgendwie schon. Ich spreche nicht von Schuld, sondern von einem Anfang. Jede Geschichte hat einen Anfang. Ich bin gespannt, was euch dazu einfällt.«

»Okay. Ich muss jetzt Physik lernen.«

»Ist schon gut. Ich lass dich in Ruhe. Bis dann also, Cedric.«

Ich atme tief durch, als ich das Handy auf den Schreibtisch lege. Sie sind alle so großzügig zu mir, verzeihen mir meinen Ausfall, vielleicht einfach nur deswegen, weil sie denken, ich bin eigentlich ein ganz normaler, unauffälliger Junge. Weil sie nichts über mich wissen, keine Vorgeschichten, die ihr Urteil in andere Bahnen lenken könnte. Ich spiele meine Rolle doch wirklich gut, oder?

Ach so ja: Physik. Wieso eigentlich Physik? Werde ich doch

nächstes Jahr sowieso abgeben. Rechnen ist nicht mein Ding. Also eigentlich egal, ob ich die Arbeit morgen verhaue oder nicht … Andererseits habe ich so ein Gefühl, als hätte ich mir diese Woche schon zu viel geleistet.

Ein verhaltenes »Bing!« verrät mir, dass gerade eine Nachricht für mich eingegangen ist. Den Rechner habe ich nur fast zugeklappt, gerade mal so, dass ich nicht ständig auf den Bildschirm gucke, aber dennoch das Internet noch funktioniert. Ich klappe ganz hoch und klicke die Mails an. Es ist eine Nachricht von meiner kleinen Schwester Kayla. Na ja, so klein ist sie auch nicht wirklich, gerade mal zwei Zentimeter kleiner als ich und nur ein Jahr jünger und in allem, was ihr Leben angeht, ungefähr das Gegenteil von mir. Will sagen: Sie ist beliebt, fröhlich, unkompliziert, unauffällig. Wahrscheinlich waren meine Eltern mit mir und meinen Problemen so ausgelastet, dass sich meine Schwester keine eigenen mehr leisten konnte.

»Hi Bigbrother«, schreibt Kayla. »Kommst du morgen? Bitte nicht so spät. Habe ein Date!« Dahinter ungefähr sieben Smileys mit unterschiedlich ausgeprägtem Grinsen und Zwinkern, mal mit Zähnen, mal ohne, und ein kleines Herzchen.

Hallo? Ein Date? Meine kleine Schwester?

Ich rechne nach. Na gut, sie wird in absehbarer Zeit fünfzehn. Wahrscheinlich gilt es als normal, mit knapp fünfzehn ein Date zu haben. Fast sicher gilt es als normal. Ich bin nicht unbedingt repräsentativ. Und wenn ich es mir genau überlege … vor einem Jahr, in der alten Schule, fand ich Amelie in der B-Klasse ziemlich gut. Nicht dass die sich für mich interessiert hätte. Sie hat mir nur einmal meine Jacke gebracht, die irgendwelche Typen hinten ins

Gebüsch bei den Mülleimern geworfen hatten. Meine Mutter hatte sich schon Jahre zuvor angewöhnt, meine Sachen mit meinem Namen zu kennzeichnen, damit ich sie in solchen Fällen zurückbekomme, deswegen konnte Amelie mich als Eigentümer problemlos ermitteln. Sie hat mir die Jacke überreicht und dabei kein bisschen spöttisch gegrinst, sondern sogar ganz nett, als wüsste sie überhaupt nicht, wie meine Jacke da hingekommen ist und dass in dieser Ecke nicht nur meine Jacken, sondern auch meine Sporttaschen und andere Habseligkeiten landen, als würde ein Magnet sie quer durchs Schulgelände anziehen. Ich kriege sogar immer noch so ein kleines bisschen Herzklopfen, wenn ich an ihr Lächeln denke. Aber ein »Date« … das klingt gleich so … so unernst. Als ginge es nur darum, eine der vielen Erwartungen zu erfüllen, die in unserem Alter an uns gestellt werden. Meine Schwester erfüllt seit jeher alle Erwartungen. Ich bemühe mich erst redlich, seit ich hier auf die Schule gehe.

»Herzlichen Glückwunsch«, schreibe ich zurück und suche nach dem Ironie-Smiley. »Bin gegen vier Uhr zu Hause, wenn die Bahn nicht kaputt ist.« Schon zweimal, seit ich hier zur Schule gehe, war der Triebwagen des kleinen Zugs defekt, ziemlich lästig.

Physik! Jetzt gleich!

Wieso missfällt mir Kaylas Nachricht so sehr? Gönne ich ihr das Vergnügen nicht? Denn etwas anderes ist es doch bestimmt nicht.

Aber es ist schon merkwürdig. Auf Kaylas Stirn steht seit jeher in Großbuchstaben eine Nachricht für mich geschrieben, zu lesen nur mit meinen Augen, in einer für andere unsichtbaren Schrift: »Wo ist das Problem? Ist doch alles cool!«

Diese Botschaft stand da, wenn sie mit Scharen von Freundinnen ihre Kindergeburtstage feierte, mit Schatzsuche, Ballontanzen und den offenbar unvermeidlichen heulenden Festbesucherinnen.

Es stand da, wenn meine Eltern mit erleichterten Mienen von einem Elternabend in Kaylas Klasse zurückkehrten.

Es stand da, wenn meine Schwester zweimal wöchentlich mit ihrer Sporttasche um die Schulter zum Volleyballtraining aufbrach, am Wochenende bei Turnieren mitspielte, goldene und silberne Pokale ins Haus schleppte.

Es stand da, als sie mit zwölf kurz davor war, sich aus dem Fenster zu werfen, weil meine Eltern ihr noch kein Handy kaufen wollten … sie wusste einfach nicht mehr, wie sie sich ohne eigenes Telefon mit ihren vielen Freundinnen verabreden sollte …

Jeder mag meine Schwester. Sogar ich mag sie. Man muss sie mögen, und außerdem ist es meinen Eltern zu gönnen. Noch so einen Fall wie mich und die würden sich die Kugel geben.

Ich denke noch einmal an diese Kindergeburtstage im Blütenduft von Kinderparfum, das gellende Kreischen der Mädchen, wenn sie ihren Schatz endlich gefunden hatten, und die prüfenden Blicke, die sie mir, der Instanz »großer Bruder«, zuwarfen.

Und im nächsten Bild sehe ich Sinja an der Stelle meiner Schwester. Sinja wäre auf jeden Fall eines der Mädchen, das meine Schwester eingeladen hätte. Sie ist freundlich, hilfsbereit, keine, von der man sich sozialen Aufstieg verspricht, aber ein Mensch, den man gerne um sich hat. Ich bin mir sicher, sie hätte noch nicht einmal gekreischt, wenn sie auf den gesuchten Schatz gestoßen wäre. Überhaupt, wenn ich es mir genau überlege – Sinja wirkt weit älter als meine Schwester, dabei liegen höchstens anderthalb Jahre zwischen ihnen.

Nun also ein Date. Wie viele »Dates« hatte Sinja wohl schon? Vielleicht mit Lars? Ich schweife ab. So schaffe ich Physik nie, das steht fest. Seufzend klappe ich meinen Rechner zu, nur die Standby-Diode blinkt noch, einen Moment lang ist es so still, dass ich den Kühlschrank in der Küche brummen höre. Ich hätte Sinja fragen können, ob wir zusammen Physik lernen. Nicht dass einer von uns so gut in Physik wäre, dass er dem anderen helfen könnte. Es wäre einfach netter, und wir würden uns vielleicht gegenseitig zwingen, beim Thema zu bleiben, wenn wir uns nicht gerade gegenseitig ablenken … Ich schiele nach meinem Handy. Soll ich sie anrufen? Aber vielleicht hat sie sich schon verabredet, mit Lars zum Beispiel, der so aussieht, als könne er sogar Physik, auch er so ein Typ mit dem unsichtbaren Schriftzug auf der Stirn: »Wo ist das Problem? Alles cool!« Bloß nicht anrufen, wenn sie mit Lars zusammensitzt. Aber Lars schreibt morgen nicht Physik, er ist in der Parallelklasse. Trotzdem könnte er Sinja helfen. Und wenn nicht Lars, dann irgendjemand anders aus der Klasse, männlich oder weiblich. Nein, ich rufe nicht an. Keiner soll auf mich aufmerksam werden.

Es klingelt an der Tür. Ich zucke zusammen – warum eigentlich fühle ich mich bei jedem Türklingeln wie ein ertappter Einbrecher? Ich darf schließlich hier in der Wohnung sein, habe den offiziellen Hausschlüssel und ein fast eigenes Zimmer. Ich schleiche zur Tür und sehe durch den Spion. Aber es ist nicht die Polizei, sondern nur Frau Rieger. Ich weiß schon, was sie will: Ich soll ihr mit dem Kinderwagen helfen, den sie alleine nicht die Treppe hochkriegt. Ich hab es schon öfter getan, und deswegen hält sie das jetzt für eine Art Abkommen zwischen uns und klingelt im Bedarfsfall einfach.

»Ich komme schon«, sage ich, und dann springe ich vor ihr die Treppen hinunter. Sie braucht natürlich viel länger als ich, nimmt jede Stufe ganz vorsichtig, hält sich am Geländer fest, die Anstrengung steht ihr ins Gesicht geschrieben, na ja, die Frau ist mindestens achtzig Jahre alt, und wenn sie einmal auf der Treppe hinfällt, ist es wahrscheinlich aus.

»Es regnet«, klagt sie mit zitternder Stimme und deutet auf den angefeuchteten Kinderwagen. Es ist ein sehr alter Wagen mit großen Speichenrädern und dünnen Reifen; keine Mama, die etwas auf sich hält, schiebt ihren Sprössling heutzutage in so einem antiken Geschoss durch die Gegend. Aber Frau Rieger braucht nun mal wirklich keinen dreirädrigen Jogging-Kinderwagen für ihre Ausfahrten. Joggen kann sie längst nicht mehr und außerdem handelt es sich bei den lieben Kleinen um zwei große Widderkaninchen.

Ich spähe in den Wagen, um zu überprüfen, ob da drin noch alles in Ordnung ist. Edwin und Moses wackeln kaum mit den Ohren, als ich den heftig riechenden Wagen vorsichtig anhebe. Die beiden sind inzwischen ziemlich abgebrüht. Oder aber Widderkaninchen können mit ihren Schlappohren gar nicht richtig wackeln.

»Sie müssen ihnen mal die Windeln wechseln, Frau Rieger«, empfehle ich.

»Jaja«, seufzt Frau Rieger. »Sei vorsichtig, lass sie nicht fallen.«

Ich transportiere die fahrbaren Nager bis in den dritten Stock und parke den Kinderwagen vor Frau Riegers Wohnungstür. Ich bleibe noch einen Moment lang stehen, denn manchmal rückt die Frau in so einem Moment einen Euro raus oder eine Tafel Schokolade. Aber heute habe ich sie wohl mit meiner Bemerkung über den strengen Geruch ihrer Lieblinge verletzt. Das tut mir ehrlich leid, nicht nur wegen des verschenkten Euros, sondern weil ich die alte Frau doch irgendwie mag.

»Morgen kann ich Ihnen nicht helfen«, teile ich ihr deswegen freundlich mit. »Ich fahre übers Wochenende nach Hause.«

»Morgen backen wir Kuchen«, murmelt Frau Rieger und späht liebevoll in ihren Kinderwagen. »Nicht wahr, meine Kleinen?«

Ich sehe zu, wie sie ihren alten Wagen über die Schwelle holpern lässt. Ihre Wohnung habe ich noch nie betreten. Ob die beiden Kaninchen ein eigenes Zimmer haben, mit Bett und Spielecke und Wickeltisch? Weil sich Frau Rieger gar nicht mehr umdreht, schließe ich vorsichtig die Wohnungstür hinter ihr und gehe die Treppe wieder hinunter. Nach nur einem Stockwerk treffe ich auf eine weitere Nachbarin, eine von ganz oben, die allerdings auf meiner Favoritenliste ziemlich weit unten steht: die Gerschinski.

»Hat die Alte wieder ihre Hasen in der Gegend herumgefahren?«, schnauft sie. Sie schnauft aus Verachtung und deswegen, weil sie eine ziemlich dicke Einkaufstasche schleppt. Ich könnte sie ihr abnehmen, aber auch meine Nächstenliebe hat ihre gesunden Grenzen.

»Wenn die Kinder hätte, die hätten sie schon lange ins Heim gebracht«, meckert sie weiter und bleibt tatsächlich vor mir stehen, als wäre ich einer, der über dieses Thema mit ihr reden wollte. Sie sagt das so, als wäre es ein großer Gewinn, Kinder zu haben, die einen im Alter ins Heim verfrachten. Ich glaube, Frau Gerschinski ist einfach sauer auf die alte Rieger, weil sie selbst so einen überaus wertvollen eigenen richtigen Säugling besitzt, den sie in einem richtigen echten wertvollen eigenen High-End-Kinderwagen durch die Gegend schiebt. Sie fühlt sich von Frau Rieger vermutlich persönlich verarscht. Einmal war ich dabei, als die Rieger die Gerschinski mit ihrem Baby im Wagen auf der Straße vor dem Hauseingang getroffen hat. Die alte Frau hat so glücklich zwischen den beiden Kinderwagen hin und her geschaut, als würde sie die Sprösslinge vergleichen. Es war deutlich zu sehen, dass die Gerschinski sich am liebsten in Luft aufgelöst hätte.

Ich möchte eigentlich etwas sagen, um Frau Rieger zu verteidigen, aber als ich ins Gesicht der Gerschinski sehe, wird mir plötzlich flau im Bauch und in den Knien und mir fallen keine zusammenhängenden Sätze mehr ein. Ich fürchte, ich werde sogar rot. Ich knurre nur irgendwas Ablehnendes und renne die Treppe hinunter, als wäre der Teufel persönlich hinter mir her.

Dabei ist die Gerschinski doch gar nicht der Teufel persönlich. Sie ist einfach nur eine von den ganz normalen Menschen.

5. Die Leichen meiner Feinde

Zum ersten Mal, seit ich in der Stadt zur Schule gehe, empfinde ich eine gewisse Erleichterung, als ich im Zug nach Hause sitze. Bisher war es immer umgekehrt. Sonst habe ich beim Heimfahren jedes Mal diese Enge in meinem Bauch gespürt, im Hals, die Enge, mit der ich so lange gelebt hatte. In der Stadt hat sich das alles aufgelöst, nur die Druckstellen waren noch da, die an die straffen Bänder erinnerten, die Ketten … hm, als hätte ich im rattenverseuchten Verlies gesessen … nein, zu dramatisch. Okay, ich kann Ratten nicht ausstehen. Würde Frau Rieger in ihrem museumsreifen Wagen Ratten herumfahren, könnte sie nicht mit meiner Hilfe rechnen – und die Gerschinski hätte sie längst ins Heim verfrachten lassen. Schweife ich ab? Kann sein. Ich will einfach nicht darüber nachdenken, dass ich zum ersten Mal froh bin, die Stadt hinter mir zu lassen. Ich habe mich eine Weile dort tatsächlich sicher gefühlt.

Meine Mutter holt mich am Bahnhof ab, obwohl das nicht nötig wäre. Ich wäre schon zu Fuß nach Hause gekommen. Ich kenne alle Wege und Schleichwege dieser Kleinstadt, alle Abkürzungen über die Felder, alle Schlupfwinkel, ich kann mich wie ein

Chamäleon überall unsichtbar machen, mich perfekt angleichen an Garagentore und Thujasträucher.

Meine Mutter nimmt mich in den Arm, ein bisschen ungeschickt, als hätte sie sich immer noch nicht daran gewöhnt, dass ich sie um einen Kopf überrage. Sie versucht, mir meine Reisetasche abzunehmen, aber ich runzle verständnislos die Stirn.

»Ich schaff das schon selber«, sage ich.

»Klar.« Sie lacht, geht mir voraus, öffnet mit der Fernbedienung die Wagentüren. Ich schmeiße meine Tasche in den Kofferraum und knalle mich auf den Beifahrersitz.

»Ist Stefan schon zu Hause?«

Meine Mutter nickt. Mein Vater ist kein Workaholic mehr. Freitags macht er sich im Büro schnell aus dem Staub und genießt sein Wochenende auf seine spezielle Art. In den letzten Jahren hat mein Vater angefangen, Schlagzeug zu spielen. Was unsere Nachbarn dazu sagen, möchte ich jetzt gar nicht aufschreiben. Das Schlagzeug haben meine Eltern für mich gekauft, weil ihnen das der Kinderarzt empfohlen hatte, damit ich mich mal richtig austobe. Aber ich habe es nie geschafft, einfach auf die Trommeln zu hauen. Ich habe mir bei jedem Schlag vorgestellt, wer diesen Schlag in diesem Moment mithören kann – also ungefähr das halbe Dorf. Ich wollte aber nicht, dass jemand hört, wie falsch ich spiele. Ich wollte still sein, ganz still, als wäre ich nicht da.

»Und Kayla?«

»Ist total aufgeregt. Sie hat ein Date.« Meine Mutter wirft mir einen bedeutungsvollen Blick zu.

»Weiß ich schon. Mit wem?«

»Hat sie mir nicht verraten. Nur erklärt, dass er total süß ist.« Sie lacht. »Na, er holt sie ja später ab, dann werden wir sehen.« Sie dreht den Zündschlüssel, Schulterblick. »Und, Hunger?«

»Klar.«

Danach schweigen wir eine Weile. Ich weiß, dass sie sich Fragen verkneift, die ihr auf der Zunge liegen, Fragen nach Freunden und Feinden, nach Sinja, nach dem Film. Meine Mutter hat uns allen Normalität verordnet, dringend benötigte Normalität, die sie mit einer gespielten Fröhlichkeit überzieht, einer Fröhlichkeit, die mich gleichzeitig nervt und rührt.

Zu Hause stolziert mir unser Kater Paganini entgegen wie einer, der eigentlich nichts mehr mit mir zu tun haben möchte, aber anstandshalber noch »hallo« sagt. Fast wäre er mir um die Beine gestrichen, entscheidet sich aber im letzten Moment doch für meine Mutter.

Ich spüre einen Stich. Paganini hat mich abgeschrieben. Ich bin für ihn nicht mehr Mitglied dieser Familie, nur Besucher, dessen Gunst keinerlei Bedeutung für sein Weiterleben hat. Blödes Katzenvieh. So leicht wirst du mich nicht los!

Die Tür fliegt auf, Kayla rennt in Strümpfen auf mich zu. »Bigbrother!« Sie fällt mir um den Hals.

Meine Mutter betrachtet kopfschüttelnd Kaylas bestrumpfte Füße, die jetzt deutliche Nässespuren aufweisen. »Es regnet«, bemerkt sie. »Ist dir das schon aufgefallen?«

»Klar«, sagt Kayla so ganz nebenbei. Sie zieht mich an der Hand. »Du musst dir ansehen, wie ich mein Zimmer umgestellt habe. Na ja, ich habe angefangen, aber ich brauch dich noch für die richtig großen Sachen …«

Mann, ich war doch nur vier Tage weg! Warum fühlt es sich an, als käme ich von einer langen Reise?

Eigentlich hat Kayla bis jetzt nur ihre Poster umgehängt. Die groben Arbeiten – Schreibtisch und Bettrücken – hat sie für mich aufgehoben. Na, danke.

»Ich hab ein Date!«, flüstert sie mir zu, als wäre das ein Geheimnis.

Ich zucke mit den Schultern. Begeisterung vortäuschen kann ich nicht. Mir wäre es lieber, meine Schwester bliebe noch eine Weile eine richtige kleine Schwester.

Kaylas Blick fällt auf den Digitalwecker.

»Mann, ich muss mich umziehen!« Sie starrt auf ihre nassen Strümpfe, als hätte sie die eben erst entdeckt.

»Ich geh schon«, sage ich und wandere in mein eigenes Zimmer. Es riecht nicht so muffig wie erwartet. Meine Mutter lüftet das Zimmer regelmäßig, auch wenn ich nicht drin herumgammele.

Ich schmeiße mich aufs Bett, stehe wieder auf und packe meinen Laptop aus, stelle ihn auf den Schreibtisch, klappe ihn auf wie eine Antenne, die selbst hier draußen noch Signale aus der Stadt empfangen kann.

Ich trete ans Fenster.

Ein Typ im Kapuzenshirt fährt mit dem Rad vor. Ob das Kaylas Date ist? Er stellt das Rad ab, stopft die Hände in die Hosentaschen und schlappt auf unser Gartentor zu.

»Machst du auf?«, quiekt Kayla aus dem Nebenzimmer. »Ich bin noch nicht ganz fertig.«

Ich zögere nur einen kleinen Moment. Dann siegt die Neugier. Wollen wir uns den Typen doch mal ansehen! Ich renne die Treppe runter, aber meine Mutter ist mir zuvorgekommen, sodass ich das Gesicht von Kaylas »Süßem« nur von hinten im Flur sehen kann.

Ich erstarre. Mein Herz klopft bis zum Hals.

Er?

Er steht da und grinst meine Mutter an, deren Bewegungen ebenfalls erstarrt sind, lächelt ungemein charmant, mit Grübchen in der Backe und den langen Wimpern und allem, fährt sich mit der Hand durch die Haare. »Ich bin mit Kayla verabredet.«

»Sie kommt gleich«, sagt meine Mutter automatisch. Sie steht immer noch in der Tür wie ein Wachhund, bittet ihn nicht herein.

»Kann ich drin warten?«, fragt Marvin ganz unbefangen. »Es regnet nämlich.«

Meine Mutter macht die Tür ganz auf. Ich stehe immer noch im Flur. Marvin zieht schon den Reißverschluss seiner Jacke auf, während er ins Haus kommt. Er sieht mich da stehen, hebt lässig die Hand.

»Hi!«

Als hätte er nicht … als wären wir nicht …

Ich hole tief Luft, kehre um und platze bei meiner Schwester ins Zimmer, ohne anzuklopfen. Sie kreischt anstandshalber ein bisschen, dabei ist sie zu neun Zehntel angezogen und das letzte Zehntel ist mir auch nicht wirklich fremd.

»Spinnst du?«, fauche ich sie an.

»Wieso jetzt?« Sie zieht ihren sehr kurzen Rock über den Zebraleggings zurecht.

»Wie kannst du dich ausgerechnet mit dem verabreden?«

Sie reißt die Augen auf. »Und wieso nicht?«

»Der da! Sag mal, weißt du denn gar nichts mehr?«

»Ja und? Das hat doch mit mir nichts zu tun. Ist außerdem schon ewig her. Ihr wart kleine Jungs.«

Ich traue meinen Ohren nicht, gehe drohend noch einen Schritt auf sie zu. Nein, meine Schwester würde ich nie schlagen, nie im Leben! Ich habe bis diese Woche überhaupt noch nie jemanden geschlagen, und von Lars' aufgesprungener Lippe weiß Kayla noch nichts. Deswegen hat sie auch gar keine Angst vor mir, schiebt mich einfach zur Seite.

»Ich brauche noch meine Tasche. Geh mal da weg. Wie sehe ich aus?«

»Du kannst nicht mit dem ausgehen.«

»Gut, dass ich von dir keine Genehmigung brauche. Sei nicht kindisch, das ist doch alles Schnee von vorgestern.«

Sie tätschelt mir tatsächlich die Schulter. Nur weil sie mit ihren widerlichen Ausgehschuhen drei Zentimeter größer ist als ich.

Ich schnappe immer noch nach Luft, als ihre Schritte auf der Treppe verklingen. Schnee von vorgestern? Noch nie was von Permafrost gehört?

Ich höre seine Stimme, sie bricht längst nicht mehr, ist tief und männlich geworden, wie meine. Soll ich einfach runtergehen und ihm eine reinhauen? Was ist denn mit mir los, bin ich zum Schläger mutiert? Verdient hätte er es. Tausendmal. Meine Mutter wird nicht zulassen, dass Kayla mit ihm geht! Sie weiß doch, was er mir angetan hat. Gut, er war es nicht allein, aber er war es vor allem … Dieser charmante Junge mit den haselnussbraunen Augen und den langen Wimpern …

Ich trete ans Fenster und sehe, wie meine Schwester ihr Fahrrad aus dem Garten schiebt. Marvin geht ebenfalls zu seinem Rad, hat die Hände wieder in die Taschen geschoben, gut so! Wenn er meine Schwester anfasst, raste ich vielleicht doch noch aus und werfe irgendwas …

Ich halte die Luft an, bis die beiden um die Ecke gekurvt sind, dann gehe ich in mein Zimmer und lege mich wieder aufs Bett, schließe die Augen. Die Luft ist nicht mehr frisch, sie ist muffig.

Es klopft. Meine Mutter. Ich antworte nicht, aber sie macht die Tür trotzdem auf, ganz vorsichtig.

»Cedric?«

»Hm?«

Sie kommt ganz herein, schließt die Tür hinter sich.

»Wie geht es dir?«

»Warum?«

»Du weißt schon.«

Ich drehe mich gegen die Wand. »Ist ja lange her.«

Meine Mutter schweigt einen Moment lang, sucht nach Worten. »Ich kann Kayla nicht verbieten, sich mit ihm zu treffen«, sagt sie schließlich.

»Klar.« Warum eigentlich nicht?, denke ich. Wenn sie sich nun mit Jack the Ripper treffen würde? Mit dem jungen Hitler? Okay, ich übertreibe vielleicht. Ein kleines bisschen.

Sie setzt sich zu mir aufs Bett, legt ganz vorsichtig ihre Hand auf meinen Rücken, wartet auf irgendein erlösendes Wort von mir, aber ich schweige und wünsche mich zurück in das Zimmer in der Stadt, in das Haus mit der verrückten Hasenmutter, zu Sinja, in mein sicheres Leben, in dem es keine alten Gespenster gibt, nur ein neues Gespenst namens Lars, von dem ich immerhin noch hoffe, ich könne es bannen.

»Kommst du gleich essen?«, fragt meine Mutter und zieht ihre Hand wieder ein.

»Ja, gleich.«

Sie atmet tief durch.

»Wie geht es Sinja?«

Das musste ja kommen. Ablenkmanöver: Auch bei mir soll möglichst schnell das Liebesglück einziehen, das macht bestimmt toleranter gegenüber Schwester-Feind-Beziehungen.

»Gut.«

Meine Mutter wartet noch einen Moment, dann steht sie auf. Sie tritt ans Fenster, verschränkt die Arme. »Kalt hier drin.«

»Find ich nicht.«

Sie geht, ich höre ihre Schritte auf der Treppe. Ich drehe mich auf den Rücken und starre die Decke an. Spinnweben. In diesem Haus ist immer alles voller Spinnweben.

Stefan steht am Herd, wendet irgendwas in der großen Eisenpfanne, die sein ganzer Stolz ist, Eier vielleicht oder sogar ein Schnitzel für den heimgekehrten Sohn, der angesichts all der Widrigkeiten des Lebens bei Kräften bleiben muss. Er lächelt mir zu, aber aus der Falte auf seiner Stirn lese ich, dass er mit Kaylas Wahl auch nicht besonders glücklich ist.

»Sie wird schon selbst merken, was das für ein Typ ist«, sagt meine Mutter, als würde das Problem dreidimensional mitten im Raum stehen.

»Vielleicht hat er sich ja geändert«, murmle ich. ICH sage das!

Meine Mutter wirft mir einen zweifelnden Blick zu.

Ich mache den überfüllten Kühlschrank auf, weide mich an diesem Anblick, am Unterschied zum Kühlschrank von Bine und

Freddie – die beiden haben fast nie was zu essen da, Stadtmenschen eben, die kaufen sich jeden Tag, worauf sie Lust haben – und angle eine Saftpackung heraus.

»Achtung – Teller her!«, kommandiert mein Vater. Meine Mutter hält ihm einen Teller hin und er lässt mit geübtem Schwung ein Spiegelei hineinrutschen.

»Was gibt es bei Bine und Freddie zu essen?«, fragt er. »Kann Freddie inzwischen kochen?«

Er hat vor schätzungsweise hundert Jahren mit Freddie in einer WG gewohnt, und Freddie hat damals wohl nicht durch seine Kochkünste geglänzt.

»Die holen sich meistens was«, sage ich. »Es gibt ja überall Imbisse. Billig.«

»Hm«, macht mein Vater vorsichtig. Er ist kein Freund der Billiggastronomie, muss Freddie und Bine aber dankbar sein, dass sie mich überhaupt aufgenommen haben. Ohne die beiden … keine Ahnung.

»Werd mal mitkommen und ihm einen Kurs geben«, brummt er noch.

Es ist schon beinahe ein traditioneller Dialog, wir können ihn automatisch führen, während wir an etwas ganz anderes denken, zum Beispiel daran, dass meine kleine Schwester gerade jetzt mit Marvin Händchen hält oder gar rumknutscht, keine Ahnung, was bei so einem Normalo-Date passieren muss. Und während ich zusehe, wie mein Vater penibel das Eiweiß neben dem perfekt erhaltenen Eigelb in Streifchen schneidet und damit sein Butterbrot garniert, kommt mir ein Gedanke, der so unerträglich ist, dass ich schon den Anblick von Essbarem kaum mehr ertrage.

Vielleicht geht es ihm gar nicht um Kayla. Vielleicht geht es um mich. Vielleicht hat Marvin jetzt einfach einen Trick gefunden, wie er mir nach all der Zeit wieder eins auswischen kann, über Kayla.

Er weiß genau, wie man Leute gegen mich aufbringt. Auf meine Schule hat er ja jetzt keinen Zugriff mehr, da bleibt nur meine Familie. Er wird Kayla irgendwelche Geschichten über mich erzählen, und das verknallte Huhn glaubt womöglich jedes Wort. Sie wird sich von mir abwenden. Er wird einen Keil in meine Familie treiben, genau das wird er tun.

Oder er wird Kayla wehtun, nur um mich zu treffen. Er wird ihr das Leben zur Hölle machen, wie er meines zur Hölle gemacht hat. Er kann das, und er kann dabei lächeln wie ein Engel.

Alles liegt so offen vor mir wie ein aufgeschlagenes Buch.

»Sie darf nicht mit dem gehen«, platze ich unvermittelt heraus, und aus dem spontanen Nicken meiner Eltern schließe ich, dass ihre Gedanken gerade auf ähnlichen Pfaden gewandert sind.

»Wir müssen vernünftig sein«, sagt meine Mutter trotzdem. »Wahrscheinlich denkt er sich gar nichts dabei. Für ihn war das Ganze damals nur ein Spaß.«

»Und wenn er nur mit ihr spielt?«

»Das tun doch alle in dem Alter«, knurrt mein Vater.

Mit »alle« meint er »alle normalen Jugendlichen«. Die, auf deren Stirn jener Schriftzug eingebrannt ist, den mir das Schicksal versagt hat.

»Ich nicht«, sagt meine Mutter langsam. »Ich war nicht so.«

Mein Vater sieht von seinem Teller auf und betrachtet sie eine Weile aufmerksam, nachdenklich, als würde er überlegen, ob er etwas Wichtiges verpasst hat. Aber dann wendet er sich wieder seinem Ei zu.

»Sie wird schon selbst merken, was für ein Typ das ist«, sagt meine Mutter. »Muss ja nicht gleich was Ernstes sein, in dem Alter.«

Es gibt ein chinesisches Sprichwort, das habe ich mir aufgeschrieben und an die Pinnwand gehängt:

Wenn du lang genug am Fluss wartest, treiben die Leichen deiner Feinde an dir vorbei.

Ein schwacher Trost, aber immerhin – ein Trost.

Also gut, ich setze mich jetzt also an den Fluss und warte … und warte …

C

Das Gesicht von Frau Unmuth, ihre Miene, entsetzt und doch irgendwie zufrieden, wohl, weil sich ihr schlechtes Bild von mir mal wieder restlos bestätigt hat. Sie ist angewidert, fassungslos.

»Wie bitte? Kannst du das noch mal laut wiederholen, Marvin?«

Marvin klimpert mit seinen verhassten langen dunklen Wimpern.

»Cedric hat in den Hof gepinkelt. Hinter die Turnhalle. Er hat gedacht, es sieht keiner, aber ich habe es genau gesehen.«

»Das stimmt nicht!«, schreie ich so laut ich kann. Ich springe sogar von meinem Stuhl auf, ringe nach Luft. »Das stimmt überhaupt nicht!«

»Setz dich, Cedric«, kommandiert Frau Unmuth. »Du schreist hier nicht herum, sonst gehst du vor die Tür.«

Ich verstumme. Aber ich setze mich nicht wieder. Ich bleibe stehen, mit zitternden Knien, zitternden Lippen, alles in mir tobt, schreit, knäult sich …

»Hat noch jemand gesehen, dass Cedric im Hof … Wasser gelassen hat?«, fragt Frau Unmuth in die Runde.

Lautes Gekicher. »Wasser gelassen!«, flüstert Noah spöttisch.

Alle drehen sich zu mir um. Celina auch, ihr Gesicht ein ratloses Fragezeichen.

»Ich habe auf jeden Fall gesehen, dass er hinter die Turnhalle gegangen ist«, meldet sich Lotta, unsere Klassensprecherin.

Das kann stimmen, denn ich verstecke mich in den Pausen jetzt meistens hinter der Turnhalle. Dort sieht mich normalerweise keiner, keiner kann mir mein Brot wegnehmen oder gegen das Schienbein treten und gemeine Sachen zu mir sagen.

»Du hast aber nicht gesehen, dass er … so etwas gemacht hat.«

»Nicht genau«, sagt Lotta und zuckt mit den Schultern.

»Aber ich! Ich bin ihm nachgegangen!«, ruft Marvin triumphierend. »Und da habe ich es gesehen. Er hat einfach da hingepinkelt.«

»Bäääääh«, machen ein paar Mädchen.

»Das stimmt nicht!«, schreie ich wieder.

»Bist du dir denn da ganz sicher, Cedric?«, fragt Frau Unmuth, und ihre rosa geschminkten Lippen verziehen sich zu einem angestrengten Lächeln. »Es kann doch sein, dass du ganz dringend musstest und keine Lust hattest, bis zur Toilette zu gehen, oder?«

Ich starre sie an, ihr Gesicht verzerrt sich zu einer Fratze, einer Maske, ihre Stimme klingt so hohl, als spräche sie aus einer Gruft, ein kalter Hauch weht mich an, gleich wird sie mich packen … Weiß sie denn nicht, wie sehr ich mich schämen würde, einfach draußen irgendwo hinzupinkeln? Weiß sie nicht, dass die ganze Familie sich darüber lustig macht, dass ich mich nicht mal ausziehen mag, wenn die Katze im Zimmer ist? Dass ich im Bad immer Licht brauche und erst kontrollieren muss, ob die Spülung läuft, und dann noch mal kontrolliere, ob die Tür auch fest verschlossen ist?

»Es würde ja irgendwie zu dir passen«, sagt Frau Unmuth.

In mir steigt die Wut auf, ich spüre, wie sie aus dem Boden strömt, von den Füßen her in meine Beine kriecht, gleich wird sie meinen Bauch erreicht haben.

»Wahrscheinlich sieht man die Pfütze noch«, sagt Marvin.

»Arschloch!«, schreie ich, so laut ich kann, und dann renne ich aus dem Raum, bevor die Unmuth mich rauswerfen kann. Ich renne die Treppe runter bis in den Keller. Ich schluchze, ringe nach Luft, trete gegen die Heizungsrohre, bis mir die Füße wehtun. Leider machen die Rohre keinen richtigen Lärm, wie ich es gerne hätte. Ich will nach Hause! Wenn ich Glück habe, ruft die Schulleiterin jetzt gerade meine Eltern an und sagt ihnen, dass sie mich abholen sollen. Ich weiß, dass meine Eltern mir glauben werden. Ich weiß, dass meine Eltern sich total aufregen werden. Vielleicht ist es besser, die Schulleiterin ruft meine Eltern nicht an.

Nach einer ganzen Weile kommt Lotta in den Keller. »Du sollst wieder reinkommen.«

Mit gesenktem Kopf schlurfe ich zu meinem Platz. Natürlich gucken schon wieder alle, grinsen. Marvins Nachbar, der dicke Ole, flüstert ihm etwas zu, Marvin kichert laut. Ich ziehe die Nase hoch.

»Hat jemand ein Taschentuch für Cedric?«, fragt Frau Unmuth.

Maja hat ein Taschentuch, gibt es durch die Reihen durch bis zu mir.

»Du musst deiner Mutter endlich mal sagen, dass sie dir Taschentücher mitgeben soll«, sagt Frau Unmuth.

Ich warte auf eine Strafe. Normalerweise muss ich bei solchen Gelegenheiten zwanzig Mal einen dummen Satz schreiben: »Ich darf nicht reinrufen, wenn die Lehrerin den Schülern etwas erklärt.« – »Ich darf nicht schwätzen und die anderen Kinder vom Unterricht ablenken« und so etwas. Noch schweigt Frau Unmuth. Vielleicht ist ihr noch kein guter Satz eingefallen, der zu diesem Vergehen passen würde. Es ist ihr vielleicht sogar zu peinlich, sich einen auszudenken. Jedenfalls sagt sie nichts.

In der Pause flüstert mir Celina zu: »Marvin hat zugegeben, dass er das nur so gesagt hat. Nur so aus Spaß.«

Ich atme tief durch.

Deswegen habe ich also keine Strafarbeit bekommen.

Aber warum hat Marvin keine Strafarbeit bekommen?

Und warum musste er sich nicht einmal bei mir entschuldigen?

Warum hat sich Frau Unmuth nicht bei mir entschuldigt?

Ich stelle diese Fragen nicht. Ich bin nur einerseits erleichtert, andererseits tief verletzt – aber mein Vater fragt mich das alles, als ich nach Hause komme und alles erzähle, er schäumt vor Wut, aber er ruft nicht in der Schule an, weil er sagt, er und Mama können sich nicht jeden Tag nur mit meinen Lehrerinnen herumstreiten, das führt zu nichts.

Stattdessen fahren wir in die Stadt, essen ein großes Eis, und mein Vater kauft mir eine Hörspiel-CD, eine von den Fünf Freunden, die höre ich besonders gerne. Fünf Freunde, die immer und überall zusammenhalten, das ist ein schöner Traum!

Marvin hat nicht die Spur eines schlechten Gewissens. Er begrüßt mich am nächsten Morgen mit »Hallo, Hofpinkler!«, und Ole und Marlon finden das ungeheuer lustig. Ich erinnere mich daran, dass meine Mutter sagt, ich soll die einfach ignorieren, und gehe an meinen Platz. Marvin fängt an, mit Papierkügelchen nach mir zu spucken. Das ekelt mich so, dass ich mich fast übergeben muss.

»Lass es!«, schreie ich ihn an.

»Lass es!«, äfft er mich mit Mädchenstimme nach. Ich knalle meine Hefte so laut auf den Tisch, dass Frau Niebel, die gerade zur Tür hereinkommt, zusammenzuckt.

»Cedric! Geht das auch leiser?«

»Nein!«, brülle ich.

Sie setzt mich eine Viertelstunde vor die Tür. In der restlichen Stunde beschießen mich Marvin und Ole mit Papierkügelchen. Franca und Melina stecken die Köpfe zusammen, sehen mich an und kichern. Ich muss rechnen, tausendmal ungefähr dieselbe Aufgabe, die ich schon im Kindergarten rechnen konnte, mit jeder Zeile wird mir ein bisschen übler, als müsste ich die Aufgaben einzeln hinunterschlucken und sie stapelten sich alle aufeinander in meinem Bauch, sperrig und trocken und kratzig stechen mir die Zahlen in die Magenwand.

Als ich in den Pausenhof komme, steht Marvin bei seinem Bruder und dessen Freunden.

»Der Hofpinkler!«, begrüßen sie mich.

»Mädchen!«

»Loser!«

»Der fette Loser!«

Ich versuche, in den anderen Teil des Pausenhofs auszuweichen, aber die Mädchen schneiden mir den Weg ab. Der lange Stanley aus der Vierten bewirft mich mit Tannenzapfen, das tut richtig weh. Ich suche nach der Pausenaufsicht, aber es ist keine da. Ich bin froh, als die Pause vorbei ist, denn im Klassenzimmer habe ich es wenigstens nur mit meiner eigenen Klasse zu tun, außerdem muss Frau Unmuth gleich kommen.

Aber hier drin bewirft mich Marvin mit allem, was er findet: Papierkügelchen, Radiergummis, zuletzt mit einem spitzen Bleistift. Der Bleistift trifft mich am Arm und ritzt ihn leicht, aber er hätte mir auch ins Auge gehen können, dann wäre ich jetzt blind! Da ist es doch kein Wunder, dass ich ausflippe und zurückschmeiße. Gut, es hätte nicht gleich ein Stuhl sein müssen, aber ich habe ja auch gar nicht getroffen, wollte auch gar nicht treffen, wollte einfach nur etwas Schweres mit möglichst viel Gepolter durchs Klassenzimmer werfen, weil ich es einfach nicht mehr aushalte!

Ich komme im Sekretariat wieder zu mir, sitze auf einem sehr niedrigen Stühlchen und warte darauf, dass meine Mutter mich abholt. Ich heule und habe wieder kein Taschentuch, aber die Sekretärin, die manchmal ganz nett zu mir ist, hat heute frei, und die Schulleiterin wirft mir nur einen vernichtenden Blick zu, als sie vorbeikommt.

Meine Mutter hört sich an, was passiert ist. Sie schimpft nicht, sie streckt nur ihre Hand aus, ich nehme sie.

»So geht das nicht«, faucht die Schulleiterin, die aus dem Hintergrund wieder aufgetaucht ist.

»Das finde ich auch«, sagt meine Mutter mit eisiger Stimme.

»Wir sollten uns unbedingt unterhalten. Dieses Kind braucht Hilfe.«

»Ja, genau«, sagt meine Mutter.

»Professionelle Hilfe«, betont die Schulleiterin.

»Dieses Kind«, sagt meine Mutter, »würde nur gerne anständig behandelt werden.«

Die Schulleiterin plustert sich auf, winkt dann aber ab. »Wir telefonieren«, sagt sie.

»Gut.«

Meine Mutter hält meine Hand ganz fest, bis wir den Schulhof verlassen haben. Dann lässt sie die Hand los und streicht mir über die Haare. »Was ist passiert?«

»Ich bin so ein Idiot«, heule ich. »Ich bin an allem schuld.«

»Quatsch«, sagt meine Mutter. »Erzähl von Anfang an.«

Und ich versuche, ihr zu erzählen, von Marvin und den Spuckekügelchen, von den Beschimpfungen im Schulhof, vom kalten Schulflur, und ich glaube, meine Mutter versteht nur die Hälfte, weil ich so viel weinen muss.

»Stühle schmeißen ist trotzdem keine gute Idee«, sagt meine Mutter.

»Ich weiß. Ich bin so ein Idiot!«, heule ich schon wieder.

Meine Mutter nimmt mich in den Arm und drückt mich und sagt nichts, aber ich spüre genau, dass sie einen richtig echten Idioten nicht so fest in den Arm nehmen würde.

In der Mittagspause ruft Frau Kastner, die Leiterin der Mittagsbetreuung, an und fragt, wo ich denn abgeblieben bin. Normalerweise komme ich nach der Schule dorthin zum Mittagessen und bleibe noch eine Weile, bastle oder male. Ich stehe immer noch so dicht bei meiner Mutter, dass ich das ganze Gespräch mithören kann.

»Cedric ist zu Hause«, erklärt meine Mutter. »Ich habe Ihrer Kollegin doch heute Morgen Bescheid gesagt.«

»Sie hat nichts aufgeschrieben«, erwidert Frau Kastner schnippisch.

»Das tut mir leid«, sagt meine Mutter ungeduldig. »Jedenfalls ist er hier.«

»Ich wollte nur sichergehen«, sagt Frau Kastner. »Man weiß ja nie. Gerade beim Cedric weiß man ja nie.«

Und da fängt meine Mutter so plötzlich an zu brüllen, dass ich schnell drei Schritte von ihr weglaufe, mich dann umdrehe und sie bestaune. Sie brüllt, was das denn heißen soll, gerade bei Cedric, dass ich noch nie geschwänzt habe und immer darauf bestehe, dass meine Mutter mich entschuldigt, wenn ich fehle, sie verbitte es sich, dass so über mich geredet wird, und ich weiß nicht, ob Frau Kastner daraufhin noch irgendetwas stammelt, meine Mutter weiß es wohl auch nicht, denn sie macht das Telefon aus und feuert es so schwungvoll auf den Sessel, dass es abprallt wie ein Gummiball, auf den Boden knallt und der Deckel über den Batterien abspringt. Ich flitze schnell hin und hebe das Telefon auf, es ist nicht kaputt. Meine Mutter rennt in ihr Zimmer und schreit, schreit einfach ohne Worte, mindestens eine Minute lang, und dann kommt sie wieder herunter, streicht mir über die Haare und sagt: »Entschuldigung, aber das musste mal sein.«

6. Der Gutmensch

Der Streit zwischen Kayla und mir war so absehbar, so Wort für Wort vorprogrammiert, wir hätten ihn uns locker sparen können. Haben wir aber nicht, leider.

Ich natürlich: »Verräterin!«

Und sie: »Mann, das ist dein Film, nicht meiner, klar?!«

Ich: »Der will doch gar nichts von dir. Das geht nur gegen mich.«

Sie: »Immer denkst du, alles geht gegen dich. Du bist doch krank.«

Ich: »Dieser Typ ist krank! Pass bloß auf mit dem!«

Sie: »Du hast doch keine Ahnung! Er hat sich total verändert.«

Ich: »Hat er sich etwa entschuldigt?«

Sie: »Der braucht sich doch schließlich bei mir nicht zu entschuldigen ... Ich sag dir, der ist jetzt ganz anders.«

Ich: »Wer's glaubt. Der ist höchstens noch raffinierter geworden. Du triffst dich jedenfalls nicht mehr mit dem.«

Sie: »Ich lass mir doch von dir nicht vorschreiben, mit wem ich mich treffe.«

Ich: »Wenn der dich nicht in Ruhe lässt, dann ...!«

Sie: »Dann was? Du schlägst dich doch nicht mal.«

Ich: »…«

An dieser Stelle ist meine Mutter dazugekommen, und das war auch ganz gut so, denn wir wären uns im nächsten Moment ins Gesicht gesprungen.

»Du kannst dir doch vorstellen, dass deinem Bruder nicht viel Nettes zu Marvin einfällt«, sagt sie zu Kayla. Und zu mir: »Du weißt genau, dass Marvin nicht an allem schuld war. Das hat nur so gut geklappt, weil die anderen mitgemacht haben. Einer allein schafft das gar nicht. Im Grunde waren deine Lehrerinnen schuld, die haben das unterstützt, anstatt dir zu helfen. Wenn sie Marvin nicht immer geglaubt hätten …«

»Mann, das war in der Grundschule!«, beschwert sich Kayla. »Später war Marvin doch gar nicht mehr dabei.«

Ich nicke, atme tief durch, aber ich mag Kayla nicht mehr ansehen. Und als ich Montag früh, sehr früh, ins Auto steige – mein Vater bringt mich zum Bahnhof –, kommt Kayla noch nicht mal aus ihrem Zimmer, um ihren geliebten Bigbrother zu verabschieden, und ich bin sogar ganz froh darüber. Das hat es noch nie gegeben. Als der Wagen losfährt, habe ich einen bitteren Geschmack im Mund. So weit hat er es also wieder geschafft. Diese Typen schaffen es immer. Die wissen genau, wie das klappt, dass ihnen nichts passiert, dass alle zu ihnen halten.

Ich würde es ihnen allen so gerne zeigen.

Zeigen, hm.

Also doch Film?

Macht das einen Sinn? Sind Leute wie Marvin überhaupt in der Lage, sich in einem Film wiederzuerkennen? Ist ihr Selbstbild nicht so strahlend, flüssigkeitsabweisend und abwaschbar, dass kein Shitstorm einen Makel darauf hinterlassen kann?

Außerdem ist Charly nicht derjenige, der einen Film macht, um »es anderen zu zeigen«. Er hat da seine Ansprüche, die ich beim letzten Projekt noch sehr anständig fand, die mir beim Thema Mobbing aber vollkommen unangebracht scheinen: dass es immer mehrere Sichtweisen gibt, blablabla. Es gibt in dieser Sache aber keine zwei Sichtweisen. Es gibt nur die Sichtweise des Losers, des Einzelnen, der einer gnadenlosen Übermacht ausgeliefert ist.

Und wenn die jetzt tatsächlich ohne mich diesen Film drehen, zu diesem Thema, von dem doch keiner etwas versteht? Für das ich leider Fachmann bin?

Ich kann mir genau vorstellen, was dabei herauskommt. Ihr Mobbingopfer wird wahrscheinlich alle Klischees erfüllen, wird dick sein und langweilig und sich altmodisch kleiden und eine dicke Brille tragen und Geige spielen und ein Streber sein, eine Petze, die sich bei den Lehrern einschleimt … na ja, all das, was mobbende Mitschüler entschuldigt, alles, wozu dann geschulte Sozialarbeiter sagen: Na ja, vielleicht liegt die Schuld ja auch ein bisschen bei dir selbst? Du müsstest dich vielleicht ein bisschen mehr anpassen? Hast du nicht vielleicht überreagiert? Du solltest einfach mitlachen, wenn sich jemand über dich lustig macht, oder? Du musst ja nicht jedem auf die Nase binden, was du denkst. Du kannst dir doch auch mal ein Fußballspiel ansehen, damit du mitreden kannst. Vielleicht solltest du sogar in den Verein eintreten …? Und am Ende werden der schlimmste Mobber und der Gemobbte natürlich die dicksten Freunde, weil alles ja nur ein dummes Missverständnis war, und sie joggen mit einem Fußball unter dem Arm in den Sonnenuntergang.

Toll.

Nein, das muss ich verhindern.

Das bin ich mir schuldig.

Das bin ich auch anderen schuldig.

Kuno zum Beispiel, dem Jungen aus der Sechsten, den ich manchmal im Schulhof beobachte. Schon wegen seines blöden Namens wird er geärgert – die Eltern gehören echt verprügelt –, und dann ist er auch noch aus einem entfernten Bundesland zugezogen und spricht einen merkwürdigen Dialekt, der wie ein Sprachfehler klingt und sich enorm zum Nachäffen eignet. Ich war schon ein paar Mal kurz davor, ihn anzusprechen, wenn er so verlassen in einer Ecke herumstand und sehnsüchtig den anderen Kindern beim Spielen zusah, aber er sieht mich so ängstlich an, dass ich selbst Angst bekomme. Ich darf nicht wieder auffallen. Ich darf mich nicht um Kuno kümmern. Aber den Film darf ich machen, auch für ihn.

Am Bahnhof will so ein Abgewrackter einen Euro von mir, von mir! Ich gebe ihm zwanzig Cent, die ich noch in einer Jackentasche finde, und hoffe, keiner hat gesehen, dass ich so einem überhaupt was gebe und dass es so wenig war.

Ich schließe mein Gepäck ein und nehme direkt den Bus in die Schule. Ein paar Jüngere kloppen sich mit ihren Sporttaschen, aber ich kümmere mich nicht darum, sehe unbeteiligt aus dem Fenster. Irgendwann brüllt der Busfahrer. Die Jungs lachen. Alle. Ich atme auf. Ich habe die Sache richtig eingeschätzt, es war alles nur ein Spaß.

Ich treffe Sinja vor dem Eingang der Schule. Sie steht dort unschlüssig herum, tippt auf ihrem Telefon, als hätte sie auf jemanden gewartet, aber als ich da bin, dreht sie sich um und folgt mir ins Klassenzimmer.

»Wie war dein Wochenende?«

»Durchwachsen.« Ich würde ihr gerne von Kayla und Marvin erzählen, aber das geht natürlich nicht. »Meine Schwester hat einen Freund«, sage ich nur. »Ausgerechnet einen totalen Vollidioten.«

»Kennst du ihn denn?«

»Ja.«

Sie fragt nicht weiter nach, nickt nur. »Meine Mutter hat auch schon wieder einen Neuen«, sagt sie dann. »Ist aber ganz nett.« Sie zuckt mit den Schultern. »Der wollte sogar mit uns in den Zoo gehen.«

Ich grinse. »Ist doch nett von ihm«, frotzle ich.

Sinja hat zwei wesentlich jüngere Geschwister, einen Bruder und eine Schwester. Bei ungeübten Ersatzvätern kommt es da manchmal zu Verwechslungen.

Sie zuckt wieder mit den Schultern. »Wir hatten schon schlimmere. Nein, es war wirklich ganz nett. Die Löwen haben Junge, die Kleinen waren begeistert.«

»Mhm.« Ich runzle die Stirn. Ich wollte sie schon ein paar Mal fragen, wie sie das denn findet, dass ihre Mutter immer wieder andere Freunde hat, aber dann habe ich mich doch nicht getraut. Es geht mich überhaupt nichts an.

»Hast du mit Charly geredet?«, fragt Sinja.

»Er hat mich angerufen.«

»Und?« Sie sieht mich beinahe ängstlich an.

»Ich weiß nicht. Er meint, ich soll in der Gruppe bleiben.«

»Ja. Meine ich doch auch!« Sie nickt bekräftigend.

»Vielleicht bleibe ich drin.« Ich atme tief durch. »Kommt auch auf Lars an.«

»Das geht schon okay.«

Ich ziehe die Augenbrauen hoch. Woher weiß sie das? Hat sie sich womöglich mit Lars getroffen? Aber ich kann nicht weiter in das Thema einsteigen, denn unsere Französischlehrerin kommt gerade an, mit klappernden Absätzen und in einer Wolke von Veilchenduft … hm, keine Ahnung, ob Veilchen wirklich genauso duften, aber so stellt man sich das jedenfalls vor, blumig, süßlich, fast ein bisschen widerwärtig. Vielleicht komme ich auch nur auf diese Idee, weil sie ihre Nägel veilchenblau lackiert hat. Sinja lackiert sich auch die Nägel. Als ich sie kennengelernt habe, waren sie immer schwarz lackiert. Inzwischen wechselt sie manchmal zu freundlicheren Farben.

In der Pause passiert etwas Ungeheuerliches.

Auf meinem Handy taucht urplötzlich eine Nachricht auf, von Ken, obwohl der die ganze Zeit nur drei Tische vor mir gesessen hat, also genauso gut einfach analog mit mir reden könnte.

»Kommst du am Samstag zu mir feiern? 21 Uhr, alte Schlachthofstraße 9, dritter Stock, sturmfreie Bude.«

Ich starre auf die Nachricht, dann auf Kens Hinterkopf. Er ist in irgendeine Diskussion mit Momo vertieft, die beiden wiehern in perfekter Harmonie über irgendwelche Witze, und dann höre ich noch den einen oder anderen Namen, der sich möglicherweise auf einen Fußballer bezieht oder auf einen gemeinsamen Feind oder auf einen Typen aus irgendeiner Fernsehserie, keine Ahnung. Ich kriege weiche Knie.

Eingeladen. Ich bin eingeladen. Zu einer Feier. So als wäre ich ein ganz normaler Zehntklässler. Aber Samstag! Das Wochenende verbringe ich bei meiner Familie. O Mann! Ich muss da hingehen. Ich kann nicht da hingehen. Die kriegen alles über mich raus, bestimmt! Ich kann das nicht verbergen. In der Schule kann ich es, da konzentriere ich mich praktisch jede Minute darauf, meine Rolle zu spielen. Aber abends bei einer Feier?

Unvermittelt dreht sich Ken um.

»Ich werde sechzehn«, sagt er zu mir. »Das muss gefeiert werden.«

Momo schlägt ihm wiehernd auf den Rücken.

»Ich weiß noch nicht, ob ich kann«, sage ich.

Ken zuckt mit den Schultern. Er bricht garantiert nicht weinend zusammen, wenn ich absage. Das ist allein mein Problem.

»Gehst du hin?«, flüstere ich Sinja zu. Ich zweifle keinen Moment daran, dass sie eingeladen ist. Ich meine, wenn sogar ICH eingeladen bin!

»Kann sein«, sagt sie. »Wenn ich Bock habe.«

Wenn sie Bock hat! Sie kann es sich also aussuchen, welche Einladungen sie annimmt und welche sie ausschlägt. Welten trennen uns, ich habe es gewusst, ich muss vorsichtig sein.

Glücklicherweise haben wir ja erst Montag. Ich kann das Problem also noch mal auf die lange Bank schieben. Warum eigentlich Problem? Das ist doch die Bestätigung! Hätte ich nie gedacht. Ken hat doch bestimmt auch schon gehört, dass ich Lars eine reingedonnert habe. Vielleicht findet er gerade das so cool, dass ich jetzt dazugehören darf? Das wäre allerdings auch nicht unbedingt die Bestätigung, die ich suche …

Der Nachmittagsunterricht fällt aus, ich schenke mir also auch das Mittagessen in der Cafeteria, gehe stattdessen langsam zu Fuß zum Bahnhof, um meine Sachen zu holen. Je näher ich dem Bahnhof komme, desto abgewrackter das Publikum. Zwar hasten noch einige Normalo-Reisende mit ihren Rollkoffern in dieselbe Richtung wie ich oder mir entgegen, aber vor den Häusern lungern immer mehr Obdachlose herum, aufgedonnerte Frauen – sind das Nutten? Nicht so genau hinsehen, wenn die mich ansprechen … ganzkörpergepiercte und tätowierte Jugendliche … jeder Einzelne von ihnen würde in meinem Heimatkaff für einen Volksauflauf sorgen. Ich beglückwünsche mich wieder einmal dazu, hier untergekrochen zu sein, hier, wo jeder sein kann, was er sein will, und mache einen Bogen um einen weißen Kampfhund mit unheimlichen hängenden rosa Augenlidern, der von einem eher schwächlich wirkenden älteren Männchen im Lederanzug mühsam gebändigt wird.

An der Haustür treffe ich auf einen jungen Mann in roter Outdoor-Jacke und mit Brille, der offensichtlich zum wiederholten Male eine Klingel drückt und dann hoffnungslos an unserem Haus hochsieht.

»Wohnst du hier?«, spricht er mich an, als ich den Schlüssel zücke.

»Manchmal«, antworte ich wahrheitsgemäß. »Suchen Sie jemanden?«

»Eine Frau Rieger«, antwortet er. »Die wohnt doch hier, oder?«

Ich sehe ihn an. Der typische Gutmensch. Sozialarbeiter oder so etwas. Beruflich bedingte Besorgnis in die Stirnfalten eingewachsen. Ich kenne diese Typen.

»Glaub schon«, brummle ich und stecke schnell den Schlüssel ins Schlüsselloch.

»Einige Nachbarn machen sich wohl Sorgen um sie«, sagt der Gutmensch. »Sie meinen, dass sie alleine nicht mehr zurechtkommt.« Er sieht mich prüfend an.

»Quatsch«, sage ich nur. »Die ist total gut drauf.«

»Keine Anzeichen, dass sie … hm, ein bisschen … verwirrt ist?«

»Nö. Die hat mir letzte Woche sogar bei den Hausaufgaben geholfen«, lüge ich einfach mal los. »Geschichte. Sie hat mir von früher erzählt. Und es gab selbst gebackenen Kuchen. Die Wohnung ist tiptop.«

Blöd, dass diese Aussage nicht mit dem »glaube schon« von vorhin zusammenpasst. Der Gutmensch, dem so was natürlich auffällt, runzelt die Stirn nun auf höchster Besorgnisstufe. Er glaubt mir garantiert kein Wort.

»Hat sie denn keine Angehörigen, die sich um sie kümmern?«

»Es muss sich niemand um sie kümmern«, beharre ich. »Die ist okay.«

Der Gutmensch seufzt.

»Na ja, sie scheint jedenfalls nicht da zu sein«, murmelt er. »Ich komm dann ein andermal vorbei. Tschüs …« Er zögert, als müsste er meinen Namen kennen.

Aber den verrate ich ihm bestimmt nicht.

»Tschüs!« Ich quetsche mich durch die Haustür und lasse sie schnell zufallen, bevor der Typ womöglich noch auf die Idee kommt, mit hereinzukommen und direkt oben an Frau Riegers Tür zu klopfen. Wenn man vor der Tür steht, kriegt man nämlich schon deutlich den Geruch der Wohnung in die Nase.

Bine ist überraschenderweise zu Hause. Sie ist krank, hat Schnupfen und so weiter, liegt aber nicht im Bett, sondern hängt mit wirren Haaren in der Küche herum und rührt in einer Teetasse, aus der es heftig dampft.

»Steck dich nicht an«, rät sie mir, schnieft dann laut. »Und wie war dein Wochenende?«

»War okay.«

Bine nickt. Sie ist nicht eine, die den Leuten irgendwelche Informationen aus der Nase ziehen muss. Liegt vielleicht daran, dass sie das nie bei ihren eigenen Kindern üben konnte. Freddie und Bine haben keine Kinder, keine Ahnung, warum nicht. Vielleicht, weil nur zwei Leute auf ein Motorrad passen.

»Hast du Hunger?«, frage ich sie. »Ich könnte was holen.«

Sie hält sich ein Taschentuch vor die Nase, verharrt zögernd in dieser Haltung.

»Weiß nicht«, murmelt es hinterm Taschentuch. »Was denn zum Beispiel?«

»Ach, weiß auch nicht. Ich könnte uns auch Rührei machen«, schlage ich vor. »Wenn Eier da sind.«

»Sieh nach.«

Ich mache den Kühlschrank auf. Die übliche gähnende Leere. Immerhin, drei Eier ducken sich da noch in die Ecke, dazu ein bisschen Käse, und in der Schrankklappe finde ich fast noch genießbares Brot. Daraus bastle ich uns ein Mittagessen, und kurz darauf sitzen wir beide am Tisch und kauen auf dem alten Brot herum.

»Wie geht's Kayla?«, fragt Bine, als sie ihren letzten Bissen Ei verspeist hat. Den Brotkanten lässt sie einfach liegen.

»Gut.« Ich sehe gar nicht auf.

»Und deinen Eltern?«

»Auch gut.«

»Und was hast du heute noch vor? Musst du was für die Schule machen?«

»Klar. Immer.«

Sie nickt, seufzt, greift nach ihrer Teetasse, riecht daran, rümpft die Nase, muss davon niesen. »Na dann.«

Aber ich muss gar nichts Ernsthaftes für die Schule machen. Ich muss hauptsächlich über eines nachdenken: Morgen trifft sich die Filmgruppe. Es besteht immer noch die Möglichkeit, dass die anderen mich nicht mehr dabeihaben wollen. Oder mir nicht mehr die Hauptrolle geben wollen. Ich weiß selbst noch nicht, ob ich wirklich die Hauptrolle will, aber eines ist klar: Diesen Film können sie nicht ohne mich drehen.

Und während ich so auf meinem Klappsofa liege und mir Gedanken mache, lausche ich gleichzeitig auf die Geräusche im Hausflur.

Ich wäre richtig froh, wenn jetzt die Rieger wegen ihrer Hasen klingeln würde. Vielleicht sollte ich selbst später bei ihr klingeln und sie fragen, ob ich ihr den Kinderwagen die Treppe runtertragen soll.

Der Gerschinski sollte man bei dieser Gelegenheit dann eine Ladung Hasenkacke vor die Tür kippen, so ganz aus Versehen.

Aber so weit gehe ich dann doch nicht.

7. Außerirdische Botschaften

Ich habe mich sehr gut vorbereitet, besser als auf jedes Referat, und ich werde mich jetzt auf keinen Fall von Lars irritieren lassen. Ich muss ehrlich sagen, ich habe ihn gestern einfach vergessen. Ich habe mit meinem Laptop auf dem Bett gelegen, mir irgendwann die Kopfhörer über die Ohren geschoben, damit mich von außen keiner mehr ablenken kann, selbst Frau Rieger nicht, und einfach an den Film gedacht, nur an den Film und seine Hauptfigur, und eins weiß ich jetzt sicher:

Die Hauptperson darf nicht fett sein, keine dicke Brille tragen, keine Petze und kein Streber sein, sich nicht für klassische Musik interessieren, kurz: Ganz wesentlich ist, dass sie auf unerklärliche, nicht vorhersehbare Weise ins Schussfeld der Mobber gerät. Sie darf sich in keinem wesentlichen Punkt von den anderen Figuren unterscheiden. Sie könnte zum Beispiel einfach neu zugezogen sein, keine Geschwister oder Cousins oder Freunde an der Schule haben, und natürlich müssen die Lehrer genau das tun, was sie bei mir getan haben: Den Neuen zum Schuldigen machen, bloß weil seine Anwesenheit Unruhe ins Altbewährte bringt.

Seit du da bist, geht es in dieser Klasse drunter und drüber.

Ich bin an allem schuld, ich bin so ein Idiot.

Ich habe den Kopf gesenkt, die Unterlippe vorgeschoben und den Vorwurf mühsam hinuntergeschluckt mit seinen scharfen Ecken und Kanten wie Frau Niebels endlose Zahlenkolonnen.

Die größte Herausforderung wird sein, dies den anderen in der Filmgruppe klarzumachen, ohne mich zu verraten. Denn logischerweise denken Normalos immer, der Gemobbte ist selbst schuld, er muss etwas tun oder etwas sein, das die anderen geradezu zwingt, ihn zu mobben, ob sie wollen oder nicht, ja, er ist geradezu verantwortungslos, weil er diesen dann ein schlechtes Gewissen verursacht ... Er könnte doch einfach mal eben jemand anders werden, einer von ihnen, dann wäre doch alles gut.

Aber heute Nachmittag war ich frohen Mutes, ich war so perfekt vorbereitet, ich wusste, ich würde überzeugend sein, ohne mich zu outen.

An Lars hatte ich nicht gedacht.

Lars mit dem spöttischen Lächeln auf den inzwischen fast vollständig abgeschwollenen Lippen, mit diesem forschenden, eiskalten Blick, der mich durchbohrt, seziert, der offen fragt: Wer bist du und was hast du zu verbergen?

Dieser Blick macht mich so nervös, dass ich zuerst gar nichts sagen kann. Und natürlich geht es gleich los, erster Punkt: Wie entsteht Mobbing überhaupt, warum wird einer zum Opfer. Wie auf Google abgerufen, erscheinen die ganzen Vorurteile, eins nach dem anderen: dick, hässlich, unsportlich, uncool, einfach nur: anders.

Erst als Sinja, an der ich meine Rede schon ausprobiert habe, mich in die Rippen stößt, fange ich stockend an zu reden.

»Klar«, fällt Lars nach meinen ersten zögernden Argumenten

ein. »Einer ist der Gute und alle anderen sind die Bösen. Ist doch völlig klar.«

Ich verstumme, sehe Sinja an, dann Charly, senke den Blick.

Charly springt für mich ein.

»Es geht hier erst einmal überhaupt nicht um eine Schuldzuweisung. Es geht nur darum zu zeigen, wie eines das andere ergibt … wie solche Dynamiken entstehen …«

Mein Blick fällt auf zwei Mädchen aus Kunos Klasse. Ich könnte sie jetzt direkt auf Kuno ansprechen, aber das würde auffallen. Bestimmt macht sich außer mir keiner Gedanken über Kuno. So etwas fällt nur einem auf, der selbst Ähnliches erlebt hat.

Charly klopft sich aufs Knie. Wir sitzen in einer Runde zusammen, denken laut nach, wie immer. Wenn Charly auf sein Knie klopft, hat er eine Aufgabe für uns.

»Einer muss anders sein«, sagt er. »Aber wir lassen mal die ganzen Dinge, die auf den ersten Blick sichtbar sind, weg. Anders sein kann vieles heißen.«

»Schwul«, sagt Lars. Sieht er mich an?

Aber Charly schüttelt den Kopf. »Zu einfach.«

»Ausländer«, piept eines der Mädchen aus Kunos Klasse.

»Viel zu einfach!«

»Falsch angezogen«, vermutet eine aus der Elften. »Völlig falsche Klamotten.«

»Zu einfach«, sagt Lars.

Charly sieht mich an.

»Einfach nur anders«, sage ich. »Einer, der andere Interessen hat. Anders denkt. Der nicht macht, was alle machen. Einer, der nur er selbst sein will.«

Mann, das klingt jetzt echt kitschig!

»Der einsame, unverstandene Held«, spöttelt Lars denn auch. »Am Ende reitet er dann in den Sonnenuntergang, oder?«

Ich ziehe den Kopf ein. Habe ich zu viel verraten? Hätte ich mich doch herausgehalten. Ich habe gegen die alle keine Chance. Ich habe mir eingebildet, dass sie hier in der Stadt anders sind, aber das war ein Irrtum. Wenn ich mir eine Blöße gebe, wird dasselbe passieren wie überall. Nichts darf mich mit früher verbinden.

»Anders ist mir zu vage«, sagt Charly. »Aber die Richtung ist okay. Ihr solltet vielleicht alle mal darüber nachdenken, inwiefern ihr anders seid als die anderen. Ich meine, jeder von euch hält sich doch vermutlich für einzigartig?«

Alle kichern peinlich berührt.

»Ich möchte, dass jeder von euch sich überlegt, worin er sich von *den Anderen* unterscheidet. Und dabei könnt ihr euch auch gleich überlegen, wer überhaupt *die Anderen* sind ...« Ich höre nicht mehr zu. Ein Geruch ist mir in die Nase gestiegen, ein Geruch, den ich vergessen, verdrängt hatte, ein scharfer Tiergeruch, der mein Herz schneller schlagen lässt.

Geh weg! Du kriegst mich nicht mehr!

Jeder verzieht sich mit einem Zettel in eine Ecke.

Worin unterscheide ich mich von *den Anderen*?

»Überleg doch mal, inwieweit du selbst vielleicht der Auslöser bist. Du musst doch irgendetwas tun, was die anderen provoziert?«

»Ich mache nichts falsch. Ich BIN falsch.«

Mein Blatt bleibt leer. In meinem Hals stecken lauter nicht ganz hinuntergeschluckte Zahlen, Buchstaben, Worte, Gedanken, Blicke, Erinnerungen. Ich bekomme keine Luft mehr. Ich hatte lange keinen Asthmaanfall mehr. Seit ich auf diese Schule hier gehe, hatte ich noch keinen einzigen Asthmaanfall.

Um mich zu beruhigen, sehe ich Sinja an. Sie liegt nur einen Meter von mir entfernt auf dem Bauch, hat das Kinn auf die linke Hand gestützt, schreibt mit der rechten ruckartig Sätze, die sie dann nach kurzem Zögern genauso ruckartig wieder durchstreicht. Sie wirkt nicht so locker wie sonst in der Film-AG, eher so, als würde die Themenstellung sie persönlich aufregen. Ahnt sie, wie sehr es mich betrifft? Aber ich stehe ihr doch gar nicht so nahe, dass sie sich darüber aufregen müsste. Vielleicht hat sie Angst, dass ich ihrem Lars wieder eine reindonnere, wenn er eine dumme Bemerkung macht. Mann, bis letzte Woche hatte ich keine Probleme mit Lars, was soll das denn jetzt, ist er plötzlich mein Feind? Er ist nicht Marvin. Ich darf die beiden nicht verwechseln.

Ich schreibe auf meinen Zettel mit möglichst neutralen Druckbuchstaben: »Ich komme von einem anderen Stern.« Dann falte ich ihn zusammen und werfe ihn in den Beutel, mit dem Charly herumgeht.

Charly liest die Antworten vor.

»Ich bin zu dick«, schreibt jemand. Blick in die Runde, Gekicher. Es gibt mehrere Kandidaten für diese Antwort.

»Ich tue so, als wäre ich cool, aber in Wirklichkeit habe ich vor vielem Angst.«

Einige verdrehen die Augen, andere schweigen.

»Ich bin genial.«

»Ich mag Sport nicht so gerne.«

Blicke auf mich. Geht voll an mir vorbei. Ich interessiere mich nun mal nicht für Sport im Fernsehen, den Sportunterricht nehme ich so hin. Ich hatte mal einen sehr guten Sportlehrer, den werde ich bestimmt nie vergessen. Aber das ist nur ein Nebenschauplatz.

»Mein Vater schlägt mich.«

Betroffenes Schweigen. Charly räuspert sich. Er bemüht sich, uns nicht genau anzusehen.

»Ich habe euch versprochen, dass das anonym bleibt«, sagt er. »Aber wer immer diesen Zettel geschrieben hat – ich bitte dich, hol dir Hilfe. Vertrau dich jemandem an.«

Jeder sieht jeden an.

Keiner kann sich vorstellen, wer den Zettel geschrieben und die ganze Sache damit praktisch gesprengt hat. Wir sollten ehrlich sein, aber doch nicht so ehrlich, oder? Charly ist eindeutig überfordert. Er hat die Hand wieder im Stoffbeutel, aber er zögert, als fürchte er, als Nächstes eine Schlange herauszuziehen, die sich um seinen Hals legt und ihn erwürgt.

»Weiter«, sagt Sinja leise.

Charly zieht.

»Ich komme von einem anderen Stern.«

Verlegenes Kichern. Ich kichere mit, das kann ich inzwischen. Jeder, der von einem anderen Stern kommt, muss sich dem Verhalten der Einheimischen so weit anpassen können, dass er nicht mehr auffällt. Das ist die erste Stufe der Raumfahrerausbildung, logischerweise.

»Nach Hause telefonieren!«, piept Lars und hält seinen Zeigefinger in die Höhe. Er stöhnt. »Kennt mal wieder keiner. E. T. Der Außerirdische, Spielfilm aus den Achtzigern, ist ein Klassiker.«

Lars ist ein Spezialist in Sachen Film. Ich glaube, so etwas finden Mädchen ziemlich gut. Er kennt wahrscheinlich Hunderte

Drehbücher auswendig und hat immer den passenden Spruch für romantische Szenen auf den Lippen.

Als Außerirdischer habe ich die Situation gerettet, Charly macht scheinbar locker weiter, und wir erfahren, dass die meisten unserer anwesenden Mitschüler irgendein heimliches Problem haben. Kaum einer scheint sich für einen Normalo zu halten.

»Ich schließe daraus, dass jeder von euch auch gemobbt werden könnte«, sagt Charly nachdenklich.

Aber da schütteln die meisten wieder die Köpfe.

»Man muss sich doch nur anpassen«, erklärt eine der Sechstklässlerinnen. »Dann merkt es keiner.«

Allgemeine Zustimmung.

Ich sehe hoch zur Wanduhr. Was für ein Glück, das Treffen ist fast vorüber. Charly redet noch weiter, aber ich höre nicht mehr zu. Ich versuche, an Unverfängliches zu denken. Hausaufgaben. Der anstehende Geburtstag meiner Mutter – was schenke ich ihr? Frau Rieger und ihre Hasen. Und plötzlich stehen dann alle auf, klopfen sich die Hosen sauber, räuspern sich, kichern miteinander, winken Charly zu und beeilen sich, an die Garderobe zu kommen. Auch ich rapple mich auf. Lars steht mir gegenüber, beobachtet mich aufmerksam. Ich muss in dieser Situation etwas sagen, kann nicht so tun, als wäre nichts gewesen.

»Tut's noch weh?«, frage ich lahm.

Er schüttelt den Kopf, lächelt, sieht jetzt fast nett aus. »Überschätz dich nicht. Du bist kein Klitschko.«

»Zum Glück nicht.« Ich grinse verkrampft. »Hab auch nicht viel Übung.«

Er nickt.

»Kann man ja nicht wissen«, sagt er und sieht mir dabei tief in die Augen. »Wir wissen ja alle nicht viel über dich.«

Da ist er wieder, der beißende Atemhauch des Tiers.

»Ich schreib demnächst meine Autobiografie«, sage ich. »Da kannst du alles nachlesen.«

Er lacht, haut mir sogar freundschaftlich auf die Schulter. »Ich meine ja nur. Wenn einer kurz vor Schuljahresende die Schule wechselt und dann nicht mal mehr zu Hause wohnen kann. Das hat doch irgendeinen Grund. Wahrscheinlich hast du doch schon öfters anderen Leuten die Zähne ausgeschlagen, oder?«

Ich starre ihn stumm an. Ich habe ihm nicht die Zähne ausgeschlagen und plane auch nicht, dies zu tun. Er soll mich einfach in Ruhe lassen. Die sollen mich einfach nur in Ruhe lassen.

Er beachtet mich nicht weiter, wendet sich Sinja zu, die noch an ihren Schnürsenkeln herumfummelt. »Musst du gleich nach Hause?«

»Ja«, sagt Sinja, ohne aufzusehen.

»Ich hätte nämlich noch einen Döner gegessen«, sagt Lars.

Jetzt hebt Sinja den Kopf. »Bei *Karadeniz*?«

Lars strahlt. »Genau! Wie letztes Mal.«

Sinja schüttelt den Kopf. »Trotzdem nicht. Ich muss nach Hause. Meine Mutter geht heute Abend noch weg, ich muss auf die Kleinen aufpassen.«

Lars nickt. Er bleibt stehen, als würde er darauf warten, dass auch ich gehe. Ich hätte gerne noch einen Moment allein mit Sinja verbracht, obwohl mir gar nichts einfällt, was ich jetzt unbedingt sagen müsste. Letztendlich verlassen wir den Trainingsraum zu dritt, Sinja in der Mitte.

»Möchte bloß wissen, wer zu Hause geschlagen wird«, murmelt Sinja, als wir ins Freie treten.

Es nieselt. Lars zieht sich die Kapuze seines Hoodies über den Kopf. »Wer weiß, ob das überhaupt stimmt«, sagt er in den Nieselregen hinein. »Vielleicht wollte uns nur jemand schocken.«

Sinja zuckt mit den Schultern. Sie hat wieder mal diesen Ausdruck im Gesicht, der jeden auf Distanz hält. Frag mich nicht, was los ist, ich kann's dir sowieso nicht sagen, so verstehe ich das jedenfalls. Hat sie irgendeine Idee, wer aus der Gruppe zu Hause verprügelt wird? Befindet sie sich in irgendeinem Zwiespalt, will ihn nicht verraten?

Ich hake nicht nach. Ich murmle nur »Tschüs«, ziehe den Reißverschluss meiner Jacke bis ans Kinn und fahre los.

Ich radle durch den Nieselregen nach Hause. Im Schein der Fahrradlampe erkenne ich die einzelnen Tröpfchen, jedes für sich ganz winzig, aber so dicht, dass ich trotzdem bald vollkommen durchgefeuchtet bin. Ich schiebe mein Fahrrad in den Hinterhof und wische mir den Regen aus dem Gesicht. Meine Haut fühlt sich kalt an und sehr samtig, als hätte der Regen sie aufgeweicht.

Schon im Treppenhaus höre ich Bine husten. Komisch, in diesem Moment bekomme ich heftiges Heimweh nach meinen Eltern. Vielleicht ist es einfach zu intim, eine Wohnung mit einer kranken älteren Frau zu betreten, die nicht die eigene Mutter ist. Nur ganz selten stelle ich mir vor, ich hätte auf der Schule in meiner Heimatstadt bleiben können, es hätte sich einfach alles geregelt ... ich könnte morgens bei meinen Eltern frühstücken, wäre nachmittags wieder zu Hause, bei meiner Schwester, bei Paganini ... Es wäre alles so, wie es sein müsste ... Aber ich habe es versaut. Auch wenn meine Eltern und Frau Dr. Siegesmund sagen, dass es nicht meine Schuld war.

Ich klingle an der Wohnungstür, bevor ich aufschließe, denn ich möchte Bine nicht überrumpeln – vielleicht hängt sie im Bademantel herum und ist nicht auf hereinplatzende junge Männer gefasst.

Aber Bine sitzt vollständig angezogen am Küchentisch und raucht.

»Kannst du das denn schon wieder?« Ich zeige auf die Kippe.

»Muss ich sogar«, sagt Bine. »Leider. Fang damit bloß nicht an. Oder hast du schon damit angefangen?«

»Nö. Macht mich nicht an.«

»Gut.« Sie stößt Rauch aus dem Mund aus, stippt die Kippe in den Aschenbecher. »Nur eine. Ich mach gleich das Fenster auf.«

»Schon gut.« Ich nehme ein Glas aus dem Schrank und fülle es am Wasserhahn, trinke es aus.

»Die Gerschinski war vorhin da«, berichtet Bine. »Sammelt Unterschriften.«

Ich drehe mich zu ihr um. »Wofür?« Ich ahne es schon.

»Wegen der Rieger. Sie meint, die Rieger ist gemeingefährlich. Unberechenbar, hat sie gesagt.«

»Unberechenbar?« Ich pruste los. »Hat sie etwa unter den Hasen eine Kalaschnikoff im Kinderwagen versteckt?«

»Lach nicht.« Bine hustet, nimmt einen Schluck Tee. »Sie meint, die Rieger muss ins Altenheim.«

»Hast du unterschrieben?« Ich versuche, das beiläufig zu fragen, ohne mir darüber im Klaren zu sein, was ich tun werde, wenn Bine bejaht.

Aber ich habe Glück. »Spinnst du?« Bine runzelt die Stirn. »Warum denn? Den Hasen geht es doch gut und Frau Rieger schadet keinem. Frau Gerschinski sagt, die steckt uns vielleicht noch das Haus an oder so, aber das halte ich für Quatsch.«

Ich nicke erleichtert. »Die Rieger ist in Ordnung.«

»Finde ich auch«, bekräftigt Bine. »Leute wie die Gerschinski, die sind gemeingefährlich. Leute, die immer genau wissen, was richtig ist.«

»Bist du gerne zur Schule gegangen?«, frage ich.

Bine stippt die Asche in den Aschenbecher, lacht nur. »Um Gottes willen. Wie kommst du denn darauf?« Dann wird sie wieder ernst. »Na ja, manchmal war's ganz okay.« Sie schielt nach der Zigarettenpackung. »Ich träume heute noch manchmal, ich müsste wieder hingehen.« Sie schüttelt sich.

»Das sagt Stefan auch.«

»Ich glaube, diesen Albtraum haben viele.« Sie steht auf. »Ich leg mich mal wieder hin. Mach dir was zu essen. Freddie kommt auch gleich.«

»Okay.«

Aber ich mache mir nichts zu essen. Mir liegt gerade alles Mögliche schwer im Magen: Frau Rieger und ihre Hasen, meine Autobiografie, der andere Stern, der unbekannte prügelnde Vater, das *Karadeniz*..

Und Kayla! Ich habe seit zwei Tagen keine Nachricht von ihr bekommen!

Ich schnappe mir mein Telefon und texte: »Schwester? Bist du noch da?«

Dann lege ich mich hin und warte.

Endlich, nach ungefähr einer halben Stunde, höre ich das befreiende Schnarren meines Telefons. Ich klicke die Nachricht an.

»Hi, BB. Ich bin SEHR glücklich. Marvin ist COOL. DAS versaust du mir jetzt nicht.«

Ich lasse das Telefon sinken.

Warum hat sie DAS großgeschrieben? Einfach vergessen, nach dem COOL die Sperrtaste wieder zu lösen?

Oder habe ich ihr in ihrem Leben schon so viel versaut, ohne es selbst zu bemerken?

Die Angst ist ein zottiges schwarzes Wesen mit langen Zähnen, die in der Dunkelheit leuchten, ein Wesen, von dem auf weite Entfernung ein scharfer, erstickender Gestank ausgeht, der mich seit vielen Nächten anweht und bald auch tagsüber mein ständiger Begleiter ist.

Näher und näher schleicht das Tier, es knurrt nicht, aber schon sein regelmäßiger Atem macht ein schnarchendes, grollendes Geräusch.

Es lauert in der Schule. Ich meide Treppenhäuser und große Räume, wo ich nur kann, aber manchmal springt es mich plötzlich aus dem Hinterhalt an.

Ich kauere schreiend auf dem Boden der Aula, während überall um mich herum das Heulen der Feuerwehrsirene die Luft zerschneidet, mich erstickt und übertönt.

Frau Unmuth steht ratlos vor mir, will wohl versuchen, mich wieder auf die Beine zu zerren, wagt es aber nicht, mich anzufassen. Sie sieht in die Runde ihrer Kolleginnen, die ihre Klassen bereits vollzäh-

lig um sich versammelt haben und abmarschbereit sind. Ein Feuerwehrmann steht in der Tür und beobachtet uns.

»Es ist doch gar nichts«, sagt Frau Unmuth vorwurfsvoll.

Sie beugt sich über mich. Ich blinzle durch meine Finger hindurch. Ihre Haut glänzt teigig, ihre zu einer scharfen Linie gezupften Augenbrauen sind scharfe Schnitte in ihrer Stirn, die Wimpern tuscheverklebt, ihre Mundwinkel sind nach oben verzerrt, irre Karikatur eines Lächelns.

Ich schreie, obwohl sie mich nicht angefasst hat.

»Jetzt steh aber auf, Cedric. Es ist nur ein Probealarm. Wir müssen alle in den Hof gehen.«

Sie ist nicht das schwarze Wesen, aber es ist ihr ständiger Begleiter.

Schließlich ist es mein netter Sportlehrer, Herr Knopper, der sich neben mich hinkniet, mir die Hand auf den Rücken legt. »Komm mit raus, Cedric. Es passiert nichts.«

Ich stehe sofort auf und gehe mit ihm und seiner Klasse in den Hof. Er hat Erstklässler, und die Kinder kichern und rempeln sich an, flüstern bestimmt etwas über mich, aber Herr Knopper sieht sie streng an und sie verstummen. Im Hof stehen die Lehrerinnen beisammen, tuscheln, sehen zu mir herüber. Ich möchte Herrn Knoppers Hand nehmen, aber die ist schon von einem seiner Erstklässler besetzt. Ich bin sehr müde. Ich möchte nach Hause. Im Hof ist es kalt und es regnet, aber wir durften unsere Jacken nicht mitnehmen, weil es schnell gehen musste. Manche haben noch nicht einmal Schuhe an.

Ich trotte langsam zu meiner Klasse hinüber und möchte keinen ansehen. Marvin und Noah und Lotta machen irgendwelche Bemerkungen, aber ich verstehe sie nicht, weil in meinen Ohren immer noch die Sirene dröhnt.

Ich weiß, dass Frau Unmuth wieder meine Mutter anrufen wird. Oder vielleicht traut sie sich nicht mehr, meine Mutter anzurufen. Vielleicht schreibt sie ihr nur wieder einen ihrer langen Vorwürfe in das Notizheft, das ich extra für solche Gelegenheiten jeden Tag mitbringen muss.

Das zottige Tier schleicht inzwischen auch um mein Zuhause. Ich muss die Klotür verriegeln und nachts in meinem Zimmer eine kleine Lampe anlassen, damit es mich in Ruhe lässt. In den Keller kann ich überhaupt nicht mehr gehen, noch nicht einmal, um mir eine Packung Saft zu holen, denn da ist es viel zu gefährlich.

Ich schlafe schlecht, und wenn ich schlafe, träume ich noch schlechter. Wenn ich aus der Schule komme, lese ich Lustige Taschenbücher. Immer wieder dieselben. Donald ergeht es auch nicht viel besser als mir. Tick, Trick und Track, seine drei neunmalklugen, obercoolen Neffen könnten gut in meine Klasse gehen, sie wären alle drei bestens mit Marvin befreundet, da bin ich mir sicher. Frau Unmuth wäre von ihnen bestimmt begeistert.

Aber in der Schule gibt es kein Versteck, in dem mich das Tier nicht finden könnte.

Micky Maus mag ich auch überhaupt nicht. Der ist mir einfach zu mutig und zu cool. Wenn das zottige Monster in seine Nähe käme, würde er ihm einfach eins auf die Nase geben. Einer, der gar nicht weiß, was Angst ist, ist nicht mein Freund.

Donald dagegen ist eher vorsichtig und geht Problemen lieber aus dem Weg und er hat irgendwie immer nur Pech. Alle denken, dass mit ihm etwas nicht in Ordnung ist. Aber eins ist großartig: Er kann sich nachts in Phantomias verwandeln, und dann zeigt er es allen, beweist, dass sie ihn völlig unterschätzt haben. Sobald er sich in den schusseligen Donald zurückverwandelt hat, machen sich wieder alle über ihn lustig, und keiner ahnt, was in ihm steckt. Aber ich vergesse es nie, wenn ich Geschichten über ihn lese. Ich weiß immer, dass er in Wirklichkeit Phantomias ist.

»Lies doch mal was Richtiges«, seufzt meine Mutter. »Du sitzt hier herum wie im Wartezimmer.«

Inzwischen ist längst auch meine Schwester in der Schule. Sie findet alles prima, hat unzählige Freundinnen, wird dauernd zu Geburtstagen eingeladen. Ich glaube, in der Schule haben sie noch gar nicht bemerkt, dass wir Geschwister sind.

In keinem der Lustigen Taschenbücher kommt das zottige Monster vor, und während ich die bunten Seiten immer wieder durchblättere, kann ich es vollkommen vergessen.

Aber in der Schule beißt mir sein Moschusgeruch in die Nase, egal ob es zur Pause klingelt, ich also den unsicheren Schulhof betreten muss, oder ob die Pause vorbei ist und ich in den unsicheren Klassenraum zurückkehren muss, meiner Klasse und Frau Niebel oder Frau Unmuth ausgeliefert.

Ich bekomme oft keine Luft mehr, der Arzt nennt das »Asthma«, und ich muss jetzt zweimal am Tag ein ziemlich widerliches Spray einatmen, das aber gut hilft. Ich habe es immer in der Schultasche mit, für den Fall, dass ich mal gar nicht mehr atmen kann.

Nur in die Turnhalle wagt sich das Tier nicht, denn Herr Knopper ist stärker. Ich bin kein guter Sportler, aber ich mag Herrn Knopper, weil er in jeder Stunde einen Witz erzählt und weil er mir noch nie gezeigt hat, dass mit mir etwas nicht in Ordnung ist. Witze kann das Monster nicht so gut aushalten.

Zum Glück bekomme ich kurz nach der Sache mit dem Hofpinkeln die Windpocken. Zwei Wochen lang darf ich zu Hause bleiben. Der Arzt verschreibt mir eine weiße Flüssigkeit, die streichen meine Eltern mir über die juckenden Pusteln, es ist gut auszuhalten. Ich habe kaum Fieber und darf eigentlich nur so lange daheim bleiben, damit ich in der Schule niemanden anstecken kann.

Als ich dann wieder am Unterricht teilnehme – schon seit längerer Zeit muss ich an einem Einzeltisch sitzen –, fliegen mir von hinten sofort wieder die Papierkügelchen um die Ohren.

»Fettes Mädchen!«, flüstert es.

»Lass das!«, schreie ich so laut ich kann, und ich kann noch immer laut.

Frau Unmuth verzieht leidend das Gesicht. »Es war so schön ruhig in der Klasse, als du krank warst«, klagt sie.

»Der ist verrückt«, sagt Marvin.

»Marvin«, mahnt Frau Unmuth. »So etwas sagen wir nicht.«

Aber sie rät den anderen Kindern, sie sollten mir am besten aus dem Weg gehen.

Ich verbringe mehrere große Pausen hintereinander an einem Pult direkt vor der Tür des Lehrerzimmers. Ich bin im Klassenzimmer gerannt, das ist verboten. Zwar hat kein Lehrer es gesehen, aber meine Mitschüler haben mich bei Frau Niebel und Frau Unmuth verpetzt. Zweimal bin ich wirklich gerannt, beim dritten Mal haben sie es nur so gesagt, weil es sie freut, wenn ich bestraft werde. Die Strafe besteht darin, dass ich vor dem Lehrerzimmer sitzen muss, und jeder, der vorbeikommt, kann sehen, dass ich, der Cedric, wieder etwas angestellt habe. Überrascht wirkt keiner. Ich weiß nicht, warum sie das zottige schwarze Tier nicht sehen, das unter dem Pult liegt und zu mir heraufgrinst, warum sie es noch nicht einmal riechen. Einmal kommt

Herr Knopper vorbei, bleibt stehen und erzählt mir einen Witz. Denselben hat er im Sportunterricht auch schon erzählt, aber er tröstet mich trotzdem, und als ich lache, ist das noch nicht einmal geheuchelt.

Meine Eltern schreiben an meine Lehrerinnen einen Brief. Ich darf ihn nicht lesen, aber mein Vater sagt mir, dass man mir die Pause nicht verbieten darf, schon gar nicht aus so lächerlichen Gründen wie Rennen im Klassenzimmer, dass es außerdem verboten ist, Kinder zu demütigen. Und als Opa, der gerade zu Besuch ist, von der Sache hört, wird er richtig wütend und erklärt, dass man an meiner Stelle jene Kinder bestrafen müsste, die mich verpetzt haben, denn so etwas gehört sich einfach nicht. Meine Lehrerinnen sagen nichts über den Brief, aber ich muss nicht mehr vor dem Lehrerzimmer sitzen. Stattdessen muss ich jetzt wieder fast täglich den roten Zettel abschreiben. Auf dem roten Zettel steht, wie man sich in der Schule zu benehmen hat und warum es diese Regeln gibt. Ich lerne daraus vor allem, dass Schreiben eine Strafe ist. Ich habe keine Lust mehr zu schreiben, und ich habe keine Lust mehr zu rechnen. In Kunst habe ich ein Bild gemalt, auf das ich sehr stolz war, von einem wunderbaren bunten Herbstwald, aber Frau Niebel, die auch Kunst unterrichtet sagt, es ist falsch, dass ich einen Hasen dazugemalt habe, das war nämlich nicht die Aufgabe, und deswegen gibt sie mir eine schlechte Note, und das Bild wird nicht in der Klasse aufgehängt. Ich male nicht mehr gerne, zeichne aber während des Unterrichts in meinen großen Block, komplizierte Straßensysteme male ich mit vielen Richtungspfeilen und Verbotsschildern und manchmal einen riesigen Unfall. In meinem Spezial-Notizheft steht fast jeden Tag, dass ich im Unterricht zeichne, anstatt aufzupassen. Aber wenn ich aufpasse und mich melde, um eine Frage zu beantworten, werde ich niemals aufgerufen.

»Du weißt es ja sowieso«, sagen die Lehrerinnen dazu. »Du musst lernen, den anderen auch eine Chance zu lassen.«

Manchmal halte ich es einfach nicht mehr aus, habe das Gefühl, ich muss mich jetzt gleich übergeben, und dann schreie ich die Antwort einfach mitten hinein in die Klasse.

Das schreiben die Lehrerinnen dann auch in das Notizbuch. Meine Eltern müssen die Einträge unterschreiben. Sie tun das ohne Weiteres. Sie sind nicht böse auf mich, sondern auf die Lehrerinnen, das merke ich genau.

Ich habe jeden Tag Bauchschmerzen. Vielleicht hat sich der Arzt geirrt, und ich hatte gar keine Windpocken, sondern etwas anderes, viel Schlimmeres, vielleicht eine Krankheit, an der ich einfach sterben werde, und dann sind alle erleichtert, außer Mama und Papa und Oma und Opa und vielleicht Herr Knopper.

Kopfschmerzen habe ich auch oft, das könnte aber daher kommen, dass mir die Kinder in der Hofpause so oft einen Ball gegen den Kopf werfen.

Drei Mädchen spielen trotzdem mit mir, weil ich der einzige Junge bin, der sie nicht ärgert.

Im Schuppen mit den Hofspielsachen gibt es nur noch einen Ball für unsere Klasse. Den holen sich meistens die Jungs, denn die sind der Ansicht, dass Bälle reine Jungensache sind.

Ich würde mit den Mädchen auch gerne Ball spielen, auch wenn ich Bälle jetzt nicht so wichtig finde wie die meisten anderen Jungs, aber wir erwischen ihn fast nie, und Frau Unmuth sagt, wer den Ball zuerst hat, der darf ihn auch behalten.

An einem halbwegs sonnigen Mittwochvormittag habe ich einen festen Plan. Ich will heute den Ball für die Mädchen erobern. Deswe-

gen springe ich beim Läuten der Pausenglocke sofort auf, renne hinaus zum Schuppen und schnappe mir den Ball, bevor der erste Junge mich eingeholt hat. Die Mädchen jubeln, als sie in den Hof kommen und ich ihnen den Ball präsentiere. Wir stellen uns gleich auf und fangen an, den Ball hin und her zu werfen. Natürlich dauert es keine drei Minuten, bis die Jungs uns umstellen.

»Gebt den Ball raus«, schreit der dicke Timo.

»Ihr seid doch sowieso zu doof zum Ballspielen«, spottet Marvin und stellt mir das Bein. Ich stolpere und der Ball fällt mir aus der Hand. Sofort hat ihn Luca geschnappt. Unter Triumphgeheul rennen die Jungs davon. Celina hat Tränen in den Augen und Luisa stampft mit dem Fuß auf.

Gerade kommt Herr Knopper aus der Turnhalle und trabt in Richtung Schulhaus. Ich renne zu ihm, berichte, und er nimmt den Jungs den Ball einfach wieder ab und bringt ihn uns zurück. Wir bedanken uns, aber kaum ist Herr Knopper im Schulhaus verschwunden, sind die Jungs wieder da, und natürlich dauert es keine weiteren drei Minuten, da haben sie uns den Ball wieder weggenommen. Marvin hat mir noch ein verächtliches »Mädchen!« zugebrüllt, aber das beleidigt mich nicht mehr, denn wenn alle Jungs so bescheuert sind wie Marvin und seine Freunde und die großen Jungs im Pausenhof, dann will ich lieber kein Junge sein.

Ich bin so wütend, dass ich fast platze. Jemand muss uns doch helfen, das ist doch ungerecht! Ich renne zurück ins Schulhaus, unser Klassenzimmer befindet sich direkt hinter der Eingangstür und Frau Unmuth ist noch da. Sie, genau sie muss uns helfen!

»Das müsst ihr unter euch ausmachen«, sagt sie nur, ohne mich anzusehen, während sie ihre Unterlagen aufeinanderstapelt.

»Aber Sie haben doch gesagt, wer zuerst …«

»Es reicht, Cedric.«

Wütend drücke ich die Tür zum Pausenhof wieder auf. Erst als ich im Hof stehe, fällt mir ein, dass ich vorhin vor lauter Eile, den Ball vor den anderen zu ergattern, mein Pausenbrot nicht eingesteckt habe. Ich drehe mich also noch einmal um, renne zurück ins Klassenzimmer, an meinen Schulranzen.

»Cedric, du gehst jetzt sofort raus!«, schreit Frau Unmuth völlig außer sich.

»Aber mein Frühstück …«

»RAUS! SOFORT!«

Da ist der Zorn, rot, glühend rot ist er, und er dehnt sich so rasch in mir aus, dass ich fast platze. Ich verlasse den Raum ohne mein Pausenbrot, ohne Ball, ohne ein Fünkchen Gerechtigkeit, mit wild pochendem Herzen, und schlage in meinem Zorn heftig mit der Faust gegen die Tür.

Bloß dass da, wo ich das harte Holz der Tür erwartet habe, keines ist, sondern eine doofe, überhaupt nicht stabile und ziemlich kleine Glasscheibe.

E

Das Nächste, was ich sehe, ist Blut an meinen Fingerknöcheln. Mein Blut. Es tut nicht weh, noch nicht. Meine kaputte Hand zählt gar nicht. Was zählt, ist die kaputte Scheibe, die kleine Glasscheibe in der Schultür, die in den Hof führt. Ich habe die Tür kaputt gemacht. Diese große, wichtige, teure Tür. Kaputt. Ich ganz allein.

Frau Unmuth steht neben mir, die Augen treten ihr aus den Höhlen, aus ihrem Mund kommen irgendwelche schrillen Töne, verstehen kann ich nichts, denn ich schreie selber und das zottige schwarze Tier sitzt nun auf meiner Brust, ich spüre seine spitzen Zähne an meinem Hals, das ist das Ende!

Jemand zerrt mich hoch ins Sekretariat, will meine Hand sehen, aber ich presse sie an mich, das gibt Blutflecken auf meiner Jacke, aber auf die kommt es jetzt auch nicht mehr an.

Die Sekretärin holt Pflaster und Desinfektionsspray. Die Schulleiterin telefoniert, bestimmt mit meinen Eltern.

»Ich bin so ein Idiot!«, schluchze ich. »Ich bringe mich um! Ich bin so blöd! Ich bin an allem schuld!«

Eine Frau, wahrscheinlich eine Mutter, die gerade im Sekretariat ein Formular ausfüllt, erstarrt, sieht mich mit durchdringendem Misstrauen an. Ich sehe sie zögern, das Formular vorsichtig ablegen, dann entschlossen in Richtung Schulleiterbüro gehen.

»Jetzt beruhige dich mal«, sagt die Sekretärin. »Es ist doch gar nicht so schlimm.«

»Doch! Ich bin an allem schuld!«, schluchze ich. Ich will mich nicht beruhigen, ich kann mich nicht beruhigen. Ich habe etwas angestellt, was viel, viel schlimmer ist, als im Klassenzimmer rennen oder im Unterricht reinrufen.

»Was ist denn passiert?«, fragt der Religionslehrer, der eben hereinkommt.

»Cedric hat aus Wut eine Glasscheibe eingeschlagen«, kommt es aus dem Lehrerzimmer.

»Das ist gar nicht wahr!«, schreie ich, aber da sieht sogar die Sekretärin mich streng an. Ich bestreite ja nicht, dass ich die Scheibe ka-

putt gemacht habe. Aber ich wollte keine Glasscheibe einschlagen, ich wollte nur mit der Faust aus Zorn gegen die Tür hauen, das hätte mir normalerweise bloß selbst wehgetan. Ich habe nicht hingesehen, nicht an diese doofe Glasscheibe in der Tür gedacht.

Aber der Religionslehrer schüttelt nur den Kopf wie einer, der es schon immer gesagt hat, und geht weiter. Der Religionslehrer mag mich auch nicht, weil ich gesagt habe, dass ich die griechischen Götter eigentlich besser finde als den Christengott.

Und dann sind meine Eltern da.

»Ich bin an allem schuld«, flüstere ich meiner Mutter zu. »Ich bin so ein Idiot.«

Aber meine Mutter sieht sich nur genau meine Hand an.

»Ich glaube, es ist nicht so schlimm«, sagt sie. »Glück gehabt. Zu Hause erzählst du uns, was passiert ist.«

Im Flur treffen wir auf Kayla. Sie starrt uns drei an wie eine Erscheinung.

»Stimmt das, dass Cedric Glasscheiben eingeschlagen hat?«, fragt sie.

»Wir reden zu Hause drüber.« Mama streicht ihr über die Haare.

Kayla starrt mich weiter an, offensichtlich hin- und hergerissen zwischen ihrer Zuneigung zu mir, ihrem großen Bruder, und der Faszination, einen Verrückten und Gewaltverbrecher vor sich zu sehen, der noch dazu mit ihr verwandt ist.

»Stimmt das, dass er sich die Hand fast abgeschnitten hat?«, flüstert sie.

»Unsinn.«

Ich kann sie nicht ansehen, so sehr schäme ich mich.

»Geh jetzt in deine Klasse«, sagt Mama. »Sonst bekommst du Ärger.«

»Kunst bei der Niebel«, sagt Kayla und streckt die Zunge heraus, so weit es nur geht. Die Niebel kann sie nämlich auch nicht leiden, die kann eigentlich keiner leiden, aber für Kayla ist es nicht so schlimm, denn sie hat die nur in Kunst. Ihre Klassenlehrerin, Frau Schweigler-Grewe, ist auch nicht besonders nett, aber weil Kayla keine Probleme macht, fällt das nicht so auf.

Meine Hand ist nicht schlimm verletzt, aber ich muss erst mal nicht in die Schule gehen. Die Lehrer und die Eltern der anderen Kinder wollen auch gar nicht, dass ich in die Schule gehe. Die Schulleiterin hat nämlich dem Schulamt in der Stadt mitgeteilt, dass ich gedroht habe, mich umzubringen, und erst vor ein paar Wochen hat irgendwo in einer Stadt in Deutschland ein Junge mit einem Maschinengewehr ganz viele Schüler und Lehrer erschossen und zuletzt sich selbst, deswegen muss man mit Leuten wie mir vorsichtig sein.

Mein Vater brüllt, die haben sie nicht mehr alle und ich bin gerade mal acht Jahre alt und habe vor Kurzem noch geweint, wenn einer eine Fliege erschlagen hat. Aber die Schulleiterin sagt, wenn andere Eltern sich Sorgen machen, muss sie darauf Rücksicht nehmen, und dass auch schon Eltern sie angesprochen haben wegen der Papiermesser.

»Wegen der Papiermesser?«, wiederholt meine Mutter verständnislos.

»Für den Bastelunterricht. In Cedrics Klasse sollten doch Papiermesser angeschafft werden. Andere Eltern haben da Bedenken. Wegen Cedric.«

Ich höre das Gespräch nicht mit, und Mama erzählt mir nicht davon, aber sie erzählt es meinem Vater, und ich lausche leider an der Tür und kriege mit, wie mein Vater anfängt, die Lehrer und die Schule so wild zu beschimpfen, wie ich manchmal Marvin und die anderen beschimpfe.

»Die haben sie doch nicht mehr alle!«, schreit er. »Für wen halten sie den Kleinen denn, für Jack the Ripper?«

Wer Jack the Ripper ist, weiß ich natürlich noch nicht. Klar ist aber, dass es sich um einen schlimmen, blutrünstigen Verbrecher handeln muss. Vielleicht hat er als Kind auch schon alles falsch gemacht, Stühle werfen, Scheiben einschlagen, durchs Klassenzimmer rennen, reinrufen. So sieht das erste Kapitel im Leben eines Schwerverbrechers also aus.

Kayla taucht aus ihrem Zimmer auf, sieht mich vor der Tür stehen. Sie starrt mich mit großen Augen an.

»Tut die Hand noch weh?«

»Nein«, sage ich, und dann breche ich in Tränen aus. Wenn die Hand doch wenigstens richtig heftig schmerzen würde! Vielleicht würde mir dann eher verziehen werden.

Kayla kommt auf mich zu. Sie atmet tief ein, als müsste sie erst Mut fassen, aber dann breitet sie die Arme aus und drückt mich fest an sich. »Ich hab dich trotzdem lieb«, sagt sie.

Und dieses »trotzdem« wiegt so schwer wie ein Stein, den man mir um den Hals gebunden hat.

Ich muss zum Arzt, und zwar nicht wegen der Hand – die Wunden sind nicht so tief, wie es auf den ersten Blick aussah, und die glatten Schnitte verheilen ganz schnell – , sondern damit man sicher sein kann, dass in meinem Kopf alles in Ordnung ist.

Ich bin mir nicht sicher, dass in meinem Kopf alles in Ordnung ist. Ich weiß nicht, ob ich dem Arzt von dem zottigen schwarzen Tier erzählen darf. Es besteht immerhin die Möglichkeit, dass er diese Art Tiere kennt und weiß, wie man damit umgeht. Andererseits kann es auch sein, dass er daran merkt, wie krank ich bin, und dann muss ich vielleicht in ein Krankenhaus. Davor habe ich große Angst.

»Bin ich verrückt?«, frage ich Mama unterwegs im Auto.

Sie wendet sich zu mir um. Das geht, weil Papa fährt. »Nein«, sagt sie ganz fest und sicher. »Natürlich nicht.«

Papa stampft heftig aufs Gaspedal und flucht über einen, der vor ihm zu langsam fährt, obwohl das normalerweise nicht seine Art ist. »Die machen dich krank«, sagt er.

»Ich bin also krank?«

Mama seufzt. »Nicht richtig krank. Aber es geht dir doch nicht gut, oder?«

Ich überlege. »Mir ist ein bisschen übel«, sage ich. »Mir ist eigentlich immer ein bisschen übel.«

Mama nickt.

»Und ich habe Kopfschmerzen.«

Jetzt bin ich beruhigt. Ich bin nicht verrückt, ich bin ganz normal krank. Und als ich mit der Ärztin geredet habe, fühle ich mich bestätigt. Die Ärztin ist ganz anders als meine Lehrerinnen. Sie schüttelt nicht den Kopf über meine Antworten, sie zieht keine leidende Miene, sie hört mir zu und nickt und fragt manchmal nach und sagt kein einziges Mal, dass ich an allem schuld bin und es ohne mich überhaupt keine Probleme gäbe, und ich bin mir ganz sicher, dass sie mich nicht bestrafen wird. Allerdings gibt sie mir auch keine Medizin gegen die Bauchschmerzen. Als ich ihr davon berichte, nickt sie wieder nur so, als würde sie sich damit auskennen, und schreibt etwas auf einen Notizblock. Dann will sie mit meinen Eltern reden. Ich muss draußen warten, aber dann darf ich wieder hereinkommen, und als ich sehe, dass Mama schon wieder weint, kriege ich einen großen Schreck und denke, dass ich doch etwas ganz Schlimmes habe, eine tödliche Krankheit wahrscheinlich.

Aber mein Vater beruhigt mich. »Es ist alles in Ordnung, Cedric. Deine Mutter ist einfach ein bisschen mit den Nerven runter.«

Ich nicke und sehe die Ärztin an. Sie lächelt freundlich. »Ich habe deinen Eltern gesagt, dass du ein ganz schön starker Junge bist«, sagt sie. »Du hast es ganz bestimmt nicht leicht. Wir müssen alle überlegen, wie wir dir das Leben ein bisschen leichter machen können. Es wäre gut, wenn du noch ein paar Mal zu mir kommen würdest.«

Ich nicke. Meine Eltern nicken auch.

In den nächsten Wochen fahren mich meine Eltern regelmäßig in die Stadt zu der Ärztin, die Frau Dr. Siegesmund heißt. Sie lässt mich irgendwelche Spiele spielen, Testblätter ausfüllen, stellt mir Knobelaufgaben und so weiter. Jedes Mal, wenn sie mich verabschiedet, sieht sie mir direkt in die Augen, drückt mir die Hand und sagt: »Du bist ein toller Junge. Denk dran.«

Als ich zum ersten Mal wieder in die Schule gehe, bringe ich der Klasse vier Spielbälle mit, die mein Vater gekauft hat, damit es wegen so einer dämlichen Kleinigkeit nie wieder Streit geben muss, sagt er. Frau Unmuth schreibt meinen Eltern ein Dankeschön in das kleine Notizheft, das bis jetzt immer nur für Klagen über mich gedient hat.

Meine Eltern und Frau Dr. Siegesmund treffen sich mit meinen Lehrerinnen und der Schulleiterin, um zu überlegen, wie es weitergehen soll. Sie sagen den Lehrerinnen, dass ich nicht krank bin, sondern einfach nur anders, und dass ich außerdem ziemlich klug bin und dass es mir wahrscheinlich besser gehen würde, wenn ich nicht immer das Gleiche machen müsste wie die anderen Kinder. Das gefällt den Leh-

rerinnen aber überhaupt nicht. Sie meinen, dass ich mich einfach zu schlecht benehme. Die Ärztin sagt, ich benehme mich schlecht, weil ich so schlecht behandelt werde. Meine Eltern und die Ärztin fragen noch mal genau nach, was für schlimme Dinge ich denn tue, aber den Lehrerinnen fällt nur ein, dass ich in den Unterricht hineinrufe und schlimme Schimpfwörter benutze.

»Und andere Kinder tun das nicht?«, fragt mein Vater ungläubig.

»Doch«, antwortet Frau Unmuth. »Aber bei Cedric ist das anders. Bei ihm ist das alles ernst.«

Frau Dr. Siegesmund sagt zu meiner Mutter, dass alles kein Problem wäre, wenn die Lehrerinnen einfach mal freundlich zu mir wären oder mich sogar mögen würden.

»Leider gibt es kein Gesetz, das es den Lehrern verbietet, lieblos mit Kindern umzugehen«, sagt sie.

Ich merke mir das, für den Fall, dass ich mal Bundeskanzler oder wenigstens Minister werde. Vielleicht kann ich so ein Gesetz einführen. Dann würde es nur noch Lehrer wie Herrn Knopper geben, und kein Kind hätte mehr Bauchschmerzen, wenn es morgens aufsteht.

Ich gehe zwar wieder zur Schule, aber Frau Unmuth und Frau Niebel behandeln mich wie Jack the Ripper oder wie dieser Schwerverbrecher hieß, der in seiner Kindheit Scheiben eingeschlagen und mit Papiermessern Leute aufgeschlitzt hat. Mama musste schon ein zweites Notizheft für die Beschwerden über mich kaufen. Dabei gebe ich mir wirklich Mühe. Leider haben jetzt auch die langsamsten Kinder der Schule mitgekriegt, was für ein Typ ich bin. Die drei Mädchen dürfen nicht mehr mit mir spielen. Selbst Erstklässler versuchen mich zu schlagen und zu treten. Ich könnte sie leicht umwerfen oder ihnen eine reinhauen, aber ich will das nicht. Ich schreie immer nur »Lass das! Lass das!«, und je länger es dauert, desto mehr fange ich an zu fluchen. In diesem Moment holen die anderen Kinder die Pausenaufsicht und alles geht wieder von vorne los. Jedes Kind an der Schule kann erreichen, dass ich bestraft werde, so ein Idiot bin ich.

Den größten Teil der Unterrichtszeit verbringe ich im Treppenhaus. Ich sitze auf den kalten Stufen und pule mit den Fingernägeln Dreck zwischen den Steinplatten hervor. Das Treppenhaus ist nicht geheizt, aber ich hätte nichts dagegen mich zu erkälten, weil ich dann zu Hause bleiben könnte.

Wenn ich dann doch einmal im Unterricht sitze, melde ich mich nicht mehr. Ich zeichne und zeichne in meinen Notizblock. Meine Zeichnungen sehen gut aus, aber meine Schrift ist ganz unleserlich geworden und ich mache plötzlich viele Fehler. Wenn ich einen Zettel mit Matheaufgaben vor mir liegen habe, fangen die Zahlen an zu tanzen. Ich kann eigentlich alles leicht im Kopf ausrechnen, aber das darf ich ja sowieso nicht.

Wir sollen in Kunst einen Schlitten mit Weihnachtsgeschenken malen, ich male auf meinen Schlitten Bomben und Gewehre, das hätte Jack the Ripper wahrscheinlich auch gemacht. Frau Niebel nimmt mir das Blatt ab, sie hat die Lippen zusammengepresst, aber in ihren Augen blitzt es, als würde sie sich freuen.

Ich bringe Lustige Taschenbücher mit in die Schule, wenn meine Mutter es morgens nicht merkt. Donalds Lehrer konnten ihn garantiert auch nicht leiden. Aber aus ihm ist nicht Jack the Ripper geworden, sondern Phantomias, der Held und Retter. Vielleicht besteht auch für mich noch Hoffnung. Wenn ich direkt von Frau Dr. Siegesmund komme, glaube ich ein bisschen daran, dass auch aus mir noch ein Phantomias werden kann.

8. Der Mann ohne Schatten

Ich habe mich also entschlossen, Kens Einladung anzunehmen. Zugegeben, Kaylas Beziehungsglück macht die Entscheidung ein bisschen leichter – wenn ich nach Hause fahre, ist Stress mit ihr vorprogrammiert, nicht besonders verlockend. Ich frage Freddie und Bine, ob es okay ist, wenn sie mich jetzt zusätzlich noch am Wochenende am Hals haben. Sie wollen natürlich wissen, was ich vorhabe, und dann machen sie ein bisschen »hm, na ja« und telefonieren mit meinen Eltern und erklären schließlich, es sei alles in Ordnung, solange ich um zwölf zu Hause bin und keinen Alkohol konsumiere. Beides verspreche ich hoch und heilig … ob ich das durchhalte, so viele Leute, bis Mitternacht? Wäre eine Premiere.

So ganz vorsichtig glimmt etwas in mir, eine Art ängstliche Vorfreude, die bereits den Kopf einzieht, um nicht so hart getroffen zu werden.

Und jetzt muss Sinja anrufen.

Nicht, dass ich es nicht mag, wenn Sinja anruft. Im Gegenteil, es gibt wenige Leute, von denen ich lieber angerufen würde als von Sinja. Vom Dalai Lama vielleicht oder vom Glücksboten der Lotterie 6 aus 49, davon abgesehen, dass ich nicht Lotto spiele. Also,

Sinja ist mir durchaus willkommen, aber ihre Stimme klingt so gedrückt, dass in meinem Kopf gleichzeitig mehrere Alarmlämpchen aufleuchten und gelb blinken wie verrückt.

»Können wir uns treffen?«, fragt sie mit ihrer komischen Da-ist-was-Stimme.

»Klar.« Dabei würde ich lieber auflegen und nicht erfahren, was es Unerfreuliches zu besprechen gibt.

»Kannst du zu mir kommen?«

Sinja besucht mich nicht gerne, vielleicht, weil ich trotz allem bei Freddie und Bine auch nur zu Besuch bin.

»Okay, ich komme«, verspreche ich. »In einer halben Stunde bin ich da.«

»Ist gut.«

Wir zögern beide noch einen Moment. Sie überlegt vielleicht, ob sie doch gleich verraten soll, was los ist, und ich warte darauf, dass sie es tut. Aber dann verabschiedet sie sich nur und ist weg.

Mir ist ein bisschen schwindlig, als ich mir die Schnürsenkel zu einer halbwegs haltbaren Schleife binde. Ich kann schlechte Nachrichten nicht gebrauchen. Es ist noch nicht lange genug her, dass mein Alltag so gut wie ausschließlich aus schlechten Nachrichten bestand, aus Momenten, die ich einfach nur ganz schnell wieder vergessen wollte. Fast alles in meinem Leben habe ich ganz schnell wieder vergessen. So gesehen besitze ich eigentlich gar keine Vergangenheit und mache Sinja da nichts vor.

Heute erscheinen mir die Wolken noch dunkler als in den vergangenen Tagen; zottige Zipfel fallen aus ihnen heraus, womöglich wächst einer von ihnen zum Rüssel heran und wir kriegen einen Tornado. Ich beobachte den Himmel misstrauisch, eine Windbö fegt leere Pizzaverpackungen über den Weg. Plötzlich erscheint mir die Stadt unglaublich eng und düster. Wenn sich jetzt eine Spalte im Asphalt öffnen und mich verschlingen würde, dann würde mich dieses riesige, gleichgültige Tier einfach verdauen, und keinem würde auffallen, dass hier gerade noch jemand auf seinem Fahrrad dahingestrampelt ist. Anders als zu Hause im Kaff, wo man in jeder Sekunde, die man in der Öffentlichkeit verbringt, beobachtet, erkannt, verkannt, beurteilt, verurteilt, gewogen, sortiert, gestempelt, etikettiert … wird. Hm, so gesehen bin ich vielleicht in der Stadt doch ganz gut aufgehoben?

Wieso zweifle ich plötzlich daran?

Ich bin froh, als Sinjas Fenster im dritten Stock des großen Mietshauses in Sicht kommt.

Sinjas Mutter macht die Tür auf, frisch geschminkt und frisiert, mit diesem fröhlichen, frischen, unbedarft wirkenden Lächeln, das Sinja vollkommen fehlt.

»Hey, junger Mann. Hereinspaziert.« Sie macht mir die Tür weit auf, eine Parfumwolke umnebelt mich. Ich mag Sinjas Mutter, auch wenn ich mir ein Zusammenleben mit ständig wechselnden … hm, Stiefpapas? … sehr anstrengend vorstelle.

»Sie ist in ihrem Zimmer. Kannst ruhig reingehen.« Sinjas Mutter grinst wissend. Ich bleibe steif stehen. Offenbar schätzt sie das Verhältnis zwischen Sinja und mir vollkommen falsch ein – ich werde bestimmt rot. Aber da ist Sinja schon, sie hat ihre Zimmertür einen Spalt weit geöffnet und nickt mir grüßend zu, ein Nicken, das mich gleichzeitig hereinbittet. Ich räuspere mich, gehe ihr nach. Sinja schließt die Tür fest hinter mir, das passt mir jetzt gar nicht, ihre Mutter soll sich nicht bestätigt fühlen, das ist mir total peinlich.

»Warst ja schnell da«, sagt Sinja.

Ich nicke. »Mieses Wetter draußen«, sage ich. »Tornadowetter.«

Das nimmt Sinja einfach so hin. Sie wartet, bis ich meine Jacke ausgezogen und auf ihr Bett geworfen habe, dann schiebt sie mir einen Schreibtischstuhl zu, nimmt sich selbst einen Hocker und deutet auf ihren Computer.

»Du bist nicht bei Facebook, oder?«

»Nein.« Ich habe das Gefühl, in Erklärungsnot zu geraten. »Ist nicht so mein Ding. Hab's mal ausprobiert, aber ich weiß gar nicht, was ich da reinschreiben soll. Die meisten produzieren sich doch da nur. Ich meine, ich persönlich komme ganz gut ohne klar ...«

Uff! So ein Gefasel. Natürlich kann ich mich auf keinen Fall in einem sozialen Netzwerk dem Mob ausliefern – aber davon weiß Sinja nichts.

Sie lässt mich geduldig labern, spielt mit der kabellosen Computermaus herum.

»Ich bin bei Facebook«, sagt sie, als ich endlich verstummt bin.

»Okay.« Habe ich jetzt was Falsches gesagt? O Mann, das hätte ich mir doch denken können. »Ich rede ja nur für mich.«

»Ich muss dir was zeigen«, sagt Sinja. Sie legt ihre linke Hand über die Maus und klickt ein paar Mal. Ich sehe immer noch ihre Hand an, anstatt auf den Bildschirm zu schauen. Heute hat sie ihre Nägel wieder himmelblau lackiert, das finde ich einerseits abstoßend, aber irgendwie auch faszinierend. Ich möchte viel lieber diese himmelblauen Nägel ansehen als das, was da auf dem Bildschirm erscheint.

»Ich bin mit Lars befreundet. Auf Facebook«, fügt sie noch schnell hinzu.

»Mhm«, mache ich und lasse meinen Blick jetzt doch über den

Bildschirm flackern. Ist das ein Foto von Lars? Er scheint mit der Nase direkt auf der Webcam zu kleben, sein Gesicht ist grotesk verzogen, seine Augen quellen heraus wie die Augen eines Fischs. Nicht besonders schmeichelhaft.

»Hier«, flüstert Sinja. Sie zeigt auf einen kleinen Text, der in einem umrahmten Fenster aufgetaucht ist, und auf ein Foto. Auf diesem Foto ist kein verzerrter Lars zu sehen. Den Typen auf diesem Foto kenne ich noch viel besser. Mein Herz fängt plötzlich wie wild an zu schlagen.

»Wo hat er das her?«, keuche ich.

»Er hat dich mit dem Handy fotografiert«, sagt Sinja leise. »Nehme ich an. In der Filmgruppe. Charly hat es auch nicht gemerkt.«

Dieses Foto zeigt mich. Nicht verzerrt, nicht verwackelt, sondern ganz scharf und naturgetreu, fast schmeichelhaft, nur in meine Augen kann man nicht gut sehen. Denn hätte ich Lars direkt angesehen, wäre mir aufgefallen, dass er mich fotografiert.

»Das darf der doch gar nicht, oder?«, frage ich. Aber Sinja schweigt, und ich sehe wieder auf den Bildschirm und lese den Text, der zu meinem Foto gehört.

»Wanted! Der Mann ohne Schatten! Das ist Cedric. Er ist neu an unserer Schule und gewalttätig. Keiner weiß, wo er herkommt und warum er die Schule gewechselt hat. Brauche dringend Infos über sein vorheriges Leben. Wer ihn kennt, soll sich melden. Bitte teilen.«

Ich bekomme keine Luft mehr.

Zum ersten Mal seit ganz langer Zeit bekomme ich keine Luft mehr, ich huste, meine Lunge fiept ganz fies los, Sinja starrt mich entsetzt an. Ich habe längst kein Spray mehr im Rucksack. Einen Moment lang überfällt mich die schiere Panik.

»Was ist los?« Sinja legt mir ihre Hand auf den Arm. Ihre Hand mit diesen schönen himmelblauen Nägeln. Ich schließe die Augen, konzentriere mich aufs Ein- und Ausatmen, und ganz, ganz allmählich beruhige ich mich. Als ich die Augen wieder öffne, hat Sinja die Seite weggeklickt. Vielleicht habe ich mir alles nur eingebildet?

»Ich weiß nicht, warum er das tut«, sagt Sinja leise. »Wie kommt er darauf? Ich hätte gar nicht gedacht, dass er so ein Idiot ist.«

Diese Bemerkung besänftigt mein Asthma wenigstens für den Augenblick komplett. »Na ja, er ist sauer auf mich«, murmle ich. »Kann man ja irgendwie verstehen.«

»Ja, okay.« Sinja sieht auf ihre Fingernägel. »Aber trotzdem ...«

»Ich finde die Farbe cool«, sage ich schnell.

»Was?«

»Deine Fingernägel.«

Sie starrt jetzt mich an, als würde sie sich einen Moment lang ernsthaft fragen, wer ich bin, der Mann ohne Schatten, woher ich komme, ob ich vielleicht gewalttätig bin oder nur harmlos verrückt.

»Danke«, flüstert sie. Dann entsteht ein hilfloses Schweigen zwischen uns. Ich wappne mich dagegen, dass Sinja mich jetzt gleich über meine Vergangenheit ausfragen wird, dass sie wissen möchte, wer ich bin, warum ich nichts erzähle, ob ich tatsächlich ein Geheimnis habe, das ich vor Lars schützen muss.

»Ich würde Lars blocken«, sagt sie stattdessen. »Aber dann kann ich nicht mehr beobachten, was weiter passiert.«

»Was soll denn passieren?« Ich tue trotzig. »Es gibt nichts herauszufinden. Ich bin einfach nur sterbenslangweilig. Deswegen erzähle ich nichts über mich. Solange ihr nichts wisst, könnt ihr euch noch einbilden, dass ich interessant bin.«

Sinja beißt sich auf die Lippen. Sie glaubt mir kein Wort, und das ist kein Wunder – immerhin ist sie gerade Zeugin meines kleinen Asthmaanfalls geworden und denkt sich ihren Teil.

»Lars hat Hunderte von Freunden«, sagt sie dann. »Und die haben alle auch wieder Hunderte von Freunden.«

»Und das heißt?«

»Mann, du bist doch gar nicht so schlecht in Mathe. Das heißt, dass er über kurz oder lang jemanden findet, der dich von früher kennt. Der irgendeinen Scheiß über dich erzählt. Wie viele Leute außer dir heißen noch Cedric? Das merkt sich doch jeder.«

»Und das wiederum heißt?«

Sie holt tief Luft. »Das heißt, du könntest die Sache abkürzen, wenn du einfach zu Lars hingehen würdest und ihm erzählen, was los ist.«

»Es ist aber nichts los.«

»Dann ist ja gut.«

Sinjas Stimme klingt jetzt gereizt. Die himmelblauen Fingernägel ziehen Spuren in ihre Mähne. Man könnte meinen, sie rauft sich ernsthaft die Haare wegen mir. So ist das eben, mit mir gibt es immer Probleme, so war das immer schon. Probleme wegen der Leute, die mich nicht leiden können, und Probleme für die, die mich gut leiden können, aber das waren ja noch nicht so viele. Ich habe mir nur mal kurz eingebildet, dass das aufhören könnte. Sogar Frau Dr. Siegesmund hat sich getäuscht. Sie hat gesagt, ich brauche nur einen Neuanfang, muss ein unbeschriebenes Blatt sein. Aber ich bin einfach kein unbeschriebenes Blatt. Ich bin ein zerknüllter Fetzen Papier, auf dem viele Leute ihre fiesen kleinen Kritzeleien hinterlassen haben, ihre Demütigungen, auf den ich selbst meine Ausraster notiert habe, auf den ich hundertmal schreiben musste: »Ich will nicht anders sein als die anderen. Ich will nicht anders sein als die anderen.«

Ein unbeschriebenes Blatt … vielleicht in irgendeinem Land, in dem sie unsere Sprache nicht lesen können, am besten unsere Schrift überhaupt nicht entziffern.

»Was kann ich noch tun?«, frage ich, um Sinja zu versöhnen.

Sie zuckt mit den Schultern.

»Pass einfach auf dich auf«, sagt sie. »Ich sag dir Bescheid, wenn sich hier was tut.«

Sie streicht sich eine Strähne aus dem Gesicht. »Eigentlich ist Lars doch gar nicht so ein Idiot«, sagt sie. »Ich weiß nicht, was ihn gebissen hat.«

»Eigentlich habe ich eine so soziale Klasse«, sage ich.

»Was?« Sinja starrt mich an.

»Nichts. Musste ich gerade dran denken. Das hat meine Klassenlehrerin immer gesagt. In der Grundschule.«

Und wieder fragt Sinja an einer Stelle nicht nach, an der es sich anbieten würde. Ich hatte von Anfang an eine gute Meinung über sie, aber sie übertrifft sich gerade selber. So einen großen Brocken habe ich ihr noch nie hingeschmissen. Es ist wie ein Hinweis, den die Gäste des Kindergeburtstags für ihre Schatzsuche bekommen – noch keine Ortsangabe, keine Lösung, nur eine Andeutung, die zum Weiterdenken und Weiterfragen anregen kann.

Und das, wo ich noch nie auf so einem Kindergeburtstag eingeladen war und bei meinem einzigen eigenen Kindergeburtstag nur Kayla mit mir Schatzsuche gespielt hat.

»Gehst du jetzt zu Kens Feier?«, frage ich.

Sie sieht mich überrascht an. »Gehst du denn? Ich meine, traust du dich trotzdem? Du weißt schon, dass Lars auch da sein wird.«

»Was meinst du?«

»Na ja – du solltest dich nicht verstecken.«

»Ja, vielleicht. Vielleicht sollte ich gerade hingehen.«

»Aber du darfst Lars nicht wieder eine reinsemmeln.«

Ich mustere sie scharf. Ist das jetzt ein ernst gemeinter Ratschlag? Geht sie davon aus, dass Gewalt für mich ein akzeptables Mittel zwischenmenschlicher Kommunikation darstellt? *Er ist gewalttätig* … Na toll, das hat Lars ja schon gut hingekriegt!

Oder macht sie Witze?

»Ich gehe jedenfalls auch hin«, sagt sie.

»Cool.«

»Meine Mutter holt mich nachts ab. Sie kann dich vielleicht mitnehmen.«

»Ziemlicher Umweg.«

»Kein Problem. Meine Mutter mag Umwege.«

Ich stehe auf, zögere. »Lässt du die Nägel so?«

Sie betrachtet ihre lackierten Nägel fast liebevoll. »Klar«, sagt sie. »Blau passt doch.«

»Passt wozu?« Ich runzle die Stirn.

»Zu meinem Schal«, sagt Sinja.

Und da geht es mir einen kleinen Moment lang wieder ziemlich gut.

Zynismus = bitterer Spott

9. Tortenmord

Frau Rieger steht vor der Tür, schaut mich mit ihren kleinen glänzenden Äuglein bittend an, verknotet ihre knorrigen Finger und riecht nach länger nicht ausgemistetem Stall, aber sie sagt kein Wort.

»Soll ich Ihnen wieder mit den Hasen helfen?«, erkundige ich mich.

Frau Rieger schüttelt den Kopf. Dann schnellen ihre Finger vor wie die sehnigen Klauen eines Raubvogels, packen meine Hand, zerren daran.

»Kommst du mit?«, fragt sie mit zittriger Stimme.

»Wohin denn?«

Sie zeigt wortlos nach oben.

Hatten die Hasen einen Unfall? Hallo, ich bin kein Tierarzt! Oder brennt heute wirklich irgendwas auf ihrer Herdplatte? Mann, das darf doch nicht wahr sein – glaube ich jetzt auch schon, dass sie nicht ganz zurechnungsfähig ist? So funktioniert das nämlich mit Leuten wie der Gerschinski. Sie streuen irgendein Gerücht in die Welt, und selbst wenn man es erst einmal gar nicht glaubt, setzt es sich doch irgendwo im Bewusstsein oder

Unterbewusstsein fest und wartet mit zappelnden Füßen auf eine Bestätigung.

»Gut. Ich komme.« Ich ziehe meine Hand schnell weg, drehe mich um und nehme den Wohnungsschlüssel vom Haken, damit ich mich nicht aussperre und im Hasenstall übernachten muss.

Frau Rieger stützt sich ganz selbstverständlich auf meinen Arm, als wir die Treppe hochsteigen. Zuerst zucke ich zurück, aber dann spüre ich, dass ich die alte Frau wirklich stabilisieren kann, und das ist ein überraschend gutes Gefühl. Vor ihrer Wohnungstür angekommen, lässt sie mich los. Sie hat die Tür nur angelehnt, drückt sie nun auf und geht mir voraus. Ich hole im Treppenhaus vorsichtshalber noch mal tief Luft und folge ihr.

Frau Rieger öffnet eine weitere Tür, ein besorgt-liebevolles Lächeln liegt auf ihrem Gesicht. Die Kaninchen haben wirklich ein eigenes Zimmer. Es ist ein richtiges Kinderzimmer mit Mobiles und Teddybärvorhängen. Auf einem kleinen Sofa liegen lauter Plüschkaninchen, an den Wänden hängen gerahmte Fotos von Kaninchen (vielleicht frühere »Kinder« von Frau Rieger?), wunderschöne Bilder von Blumenwiesen und – ich muss grinsen – ein Gemüseposter. Also gut, es riecht heftig, ziemlich heftig, aber ich kann nirgendwo Kaninchenkot entdecken. Offenbar sitzen die beiden doch meistens in ihrem großen Käfig – oder im Kinderwagen.

Ohne zu reden, öffnet Frau Rieger die Gitterklappe des Käfigs, greift vorsichtig hinein und hebt eines der beiden Kaninchen heraus – Edwin. Sie reicht es mir mit ernster Miene, und mir fällt nichts anderes ein, als es ihr abzunehmen und gegen meine Brust zu halten. Edwin glotzt an mir hoch, seine merkwürdige Hasennase zuckt.

»Es sind wunderschöne Kaninchen«, erkläre ich, um etwas zu sagen.

»Ja«, sagt Frau Rieger leise. »Sie sind so schön, meine Kinder.«

Sie nimmt das zweite Kaninchen, Moses, auf den Arm und geht mit ihm in die Küche. Ich – beziehungsweise: wir – folgen ihr. Sie hat den Tisch gedeckt, vier Teller, aber nur zwei Tassen. Frau Rieger gießt aus einer Kanne ein dampfendes Getränk ein. Ich schnuppere vorsichtig – ja, könnte echter Kaffee sein. Dann hebt Frau Rieger eine weiße Plastikhaube, und darunter kommt eine bildschöne Käsesahne-Torte zum Vorschein, mit Puderzucker und kleinen Sahneröschen und allem, was dazugehört.

Wenn ich die Hände frei hätte, würde ich mir die Augen reiben, so aber blinzle ich nur und sage mir, dass ich den Gutmenschen in der Wolfskinjacke neulich vor der Tür da unten wenigstens nicht angelogen habe, auch wenn der Zeitverlauf sich ein bisschen verkehrt hat. Frau Rieger hat für mich Kuchen gebacken. Wenn sie mir jetzt noch gleich mit den Hausaufgaben hilft, dann ist alles gut.

Frau Rieger setzt das Kaninchen auf einen kleinen blauen Plüschhocker. Ich entdecke einen zweiten, ähnlichen Hocker in Neongrün und lade mein Kaninchen darauf ab, wische mir die Hände an den Hosenbeinen sauber.

Erst als wir alle vier sitzen und die Kaninchen und ich fleißig am Kuchen knabbern, spricht Frau Rieger. »Ich ziehe aus«, sagt sie. »Ich muss. Leider.«

Ich lasse die Gabel sinken. »Warum denn das?«

Sie zuckt mit den Schultern, sieht in die Ferne. »Es ist besser«, sagt sie, als hätte sie das auswendig gelernt. »Es ist besser, weil ich alleine nicht mehr zurechtkomme.«

Die Gerschinski!

Dieser Gutmensch in der roten Jack-Wolfskin-Jacke!

»Ich helfe Ihnen«, platze ich spontan heraus. Natürlich weiß ich nicht, was ich da sage. Ich kann nicht wirklich die Verantwortung für eine alte Frau übernehmen, die, na ja, sagen wir mal: nicht mehr so ganz in der Wirklichkeit lebt.

Frau Rieger strahlt mich so glücklich an, dass ich einen Moment lang befürchte, sie nimmt mein Angebot einfach an. Sie legt ihre knochige Hand auf meine und drückt sie.

»Ich wusste es«, sagt sie. »Du wirst dich um Edwin und Moses kümmern.«

Sie lächelt breit. Ihre Zähne sind gelb.

Ich sage gar nichts, meine Gedanken überstürzen sich. »Warum nehmen Sie die beiden nicht mit?«

»Ich darf nicht.« Frau Riegers Miene verdüstert sich. »Sie lassen mich nicht. Sie sagen, es ist kein guter Platz für sie. Sie sagen, Edwin und Moses wären dort sehr unglücklich.«

»Warum denn?«, frage ich ungehalten. Als wäre mir nicht klar, dass die Gutmenschen Frau Rieger irgendeinen Mist erzählen, damit sie nicht um ihre Hasen kämpft. Diese Leute, die immer wissen, was gut und richtig ist, wie ich sie verabscheue!

»Ich wohne nicht hier«, gebe ich zu bedenken. »Ich bin nur zu Besuch.«

»Das macht doch nichts«, sagt Frau Rieger leise, und in ihrem Blick liegt so tiefes Vertrauen, dass ich überhaupt nichts mehr einwenden kann. Ich nehme mir noch ein Stück Kuchen, und Frau Rieger schließt daraus offenbar, dass die Sache geklärt ist. Sie lehnt sich zurück und betrachtet uns drei liebevoll.

»Dort kümmern sich die Leute um mich«, sagt sie. »Ich muss dann nicht mehr kochen.«

»Sie können das doch gut … na ja, backen jedenfalls.«

Frau Rieger nickt, in ihren Augen blitzt etwas auf, Stolz.

»Mein Mann hat Käsesahnetorte geliebt«, sagt sie.

Ich weiß nicht, wie ich darauf reagieren soll. Nachfragen, wo ihr Mann abgeblieben ist? Na ja, tot vermutlich. Also lieber nicht.

»Das war meine letzte Torte«, sagt sie zufrieden und zeigt auf meinen Teller.

Mir bleibt der Bissen im Halse stecken. Was soll das heißen, die letzte Torte? Hat sie die Torte womöglich vergiftet? Der perfekte Tortenmord? Mann, warum glaube ich jetzt auch, dass sie gemeingefährlich ist? Aber nein, ihre beiden Süßen knabbern ebenfalls am Tortenboden (die Käsesahne lassen sie links liegen, üble Verschwendung!), und ihre lieben Kinder würde Frau Rieger bestimmt nicht leichtfertig über den Jordan schicken. Schließlich hat sie mir die beiden gerade sozusagen vererbt, auch wenn ich das Erbe noch nicht ausdrücklich angenommen habe.

»Sind Sie gerne zur Schule gegangen?«, frage ich sie plötzlich.

Sie blinzelt noch nicht einmal, bleibt ganz ruhig, so als hätte sie mit dieser Frage gerechnet.

»Ich hatte einen schönen Lehrer«, sagt sie. »Einen Deutschlehrer mit braunen Augen. Er hat mir einen Gedichtband geliehen.«

Ich nicke. Typische romantisierte Erinnerungen von alten Leuten, die sich nicht mehr an den Horror der Schule erinnern können. Oder aber ich täusche mich, und Frau Rieger war eben doch früher eins von den ganz normalen Mädchen, auf deren Stirn in goldenen Buchstaben »Ich bin richtig« stand.

»Meine Schwester hat eine Seite aus dem Gedichtband herausgerissen«, fährt sie träumerisch fort, während ich mit der Kuchengabel Krümel über meinen Teller schiebe. »Dafür gab es für mich zehn Tatzen von meinem Lehrer. Zehn auf jede Hand.«

»Tatzen?« Ich runzle die Stirn.

»Schläge mit der Weidenrute.« Sie legt ihre beiden Hände mit den Handflächen nach oben auf den Tisch, betrachtet sie, als müsste man die Narben noch sehen.

»Er hat mich gemocht. Aber ich mochte ihn danach nicht mehr.«

»Klar«, krächze ich. Mir wird ganz übel. Ich weiß, dass es Zeiten gab, in denen Lehrer die Schüler sogar schlagen durften. Ich habe mir das oft vor Augen gehalten, wenn ich gedacht habe, ich halte es jetzt nicht mehr aus.

»Und Ihre Mitschüler? Hatten Sie viele Freundinnen?«

Sie lächelt, man könnte fast sagen: Sie grinst.

»Wir waren arme Leute. Mein Vater war lange in Kriegsgefangenschaft in Frankreich. Ich hatte fünf ältere Geschwister. Alle schon tot.« Sie spreizt jetzt die Finger. Fünf Finger. Fünf tote Geschwister. »Ich war oft schmutzig. Ich musste die Hosen von meinen älteren Brüdern auftragen. Ihre Schuhe. Jungenschuhe. Jungenhosen. Meine Mutter hat getrunken.«

Mehr muss sie mir nicht sagen. Ich bin mir ganz sicher, dass ihre Mitschüler kein Mitleid mit ihr hatten. Dass sie Frau Rieger – Wie lautet eigentlich ihr Vorname? Keine Ahnung – wegen der alten Jungenschuhe gehänselt haben, wegen der schmutzigen Blusen, weil sie ohne Pausenbrot in die Schule kam. Dass sie die Kleine geschubst haben, ihr ein Bein gestellt, ihre Sachen weggenommen und versteckt, Lügen über sie erzählt haben … Ich schüttle die

Gedanken ab, richte meinen Blick auf Edwin, der sich gerade auf die Hinterbeine setzt und sich mit den Vorderpfoten Krümel aus den Schnurrhaaren putzt.

»Ist gut. Ich kümmere mich um die Kaninchen«, erkläre ich.

»Ja, natürlich.« Sie sieht gar nicht auf, reagiert, als hätte sie nichts anderes erwartet. »Noch Kaffee?«

»Danke.«

Etwas kribbelt mir die Beine hoch, kriecht bis in meinen Magen. Vor mir sitzt also ein Mensch, der sich auf seinen letzten Schritt im Leben vorbereitet, eigentlich auf seinen Abschied vom Leben. Was hat das mit mir zu tun, was mache ich hier? Ich lege doch gerade erst los. Ich weiß nicht, warum sich die alte Frau gerade mich ausgesucht hat, warum ich diesen Moment mit ihr teilen soll. Die Tatsache, dass ich Kinderwagen tragen kann, macht mich noch nicht unbedingt zum Experten für Kaninchenpflege. Ich kann Frau Rieger nicht mehr ansehen. Die haben sie kleingekriegt. So lange hat sie sich einfach über das hinweggesetzt, was die anderen als normal akzeptieren, aber nun haben sie sie doch noch erwischt.

Ich stehe auf, Edwin springt von seinem Hocker.

»Ich muss gehen.«

»Ja.«

»Danke für den Kuchen.«

»Ich krieg's noch hin, oder?«

Ich nicke nur.

Ich kann nicht zurück in Freddies Wohnung gehen, ich brauche Luft, frische Luft, andere Gerüche als die nach Kaninchenmist in der Nase, andere Gesichter, andere Gedanken. Ich renne beinahe, spüre schon auf der Treppe jedes meiner federnden Gelenke, jedes Anspannen und Lockern meiner Muskeln, spüre eine Kraft in mir wie selten. Ich reiße die schwere Haustür auf, trabe einfach los. Es ist ein bisschen zu kalt ohne Jacke, aber egal, ich bleibe nicht lang draußen. Ich muss mich einfach nur mal komplett durchspülen.

F

Das Beste an der neuen Schule ist: Sie ist nicht die alte Grundschule.

Frau Unmuth, Frau Niebel, die Schulleiterin, Marvin und seine Fans, sie alle habe ich zurückgelassen; mein Tag beginnt ohne sie, in einem weißen, kastenförmigen Gebäude, ein bisschen außerhalb des Orts. Busse bringen die Kinder aus den umliegenden Dörfern in diese große Schule, Kinder, die bisher überwiegend andere Grundschulen besucht haben, mich daher nicht kennen und nicht wissen, dass ich später vielleicht mal Amokläufer werde oder Jack the Ripper und dass ich zuletzt meine Klassenlehrerin »blöde Sau« genannt habe. Sie wissen nicht, dass ich an meinem letzten Schultag in der Grundschule vor Unterrichtsbeginn einen Durchgang zwischen den Tischen mit Tesafilm gesperrt habe, nur so, damit mir die Niebel nicht zu nahe kommt, die war nämlich sauer auf mich, weil ich ein paar Tage vorher gesagt habe, dass ich mich in ihrem Unterricht so schrecklich langweile und deswegen leider dauernd in meinen Block zeichnen muss, und dass die Niebel in diesem Moment, als sie das Tesaband gesehen hat, explodiert ist und sofort meine Mutter angerufen hat, dass meine Eltern mich schon zehn nach acht abgeholt haben und mein Vater im Auto sitzen geblieben ist, damit er nie-

mandem die Zähne einschlägt, und meine Mutter Frau Niebel angebrüllt hat, und ich habe vorher noch nie erlebt, dass meine Mutter einfach so jemanden anbrüllt, außer Frau Kastner damals am Telefon. Dann hat meine Mutter meine Jacke vom Haken genommen, meine Hand ganz fest gepackt, mindestens genauso fest wie an dem Tag, an dem sie mich hergebracht hat, und als wir aus der inzwischen reparierten Tür ins Freie getreten sind, wusste ich tief in mir drin, dass ich dieses Gebäude nie, nie wieder betreten würde, dass sich im Treppenhaus die Ritzen zwischen den Stufen und Steinblöcken nun ganz allmählich wieder mit Dreck und Staub von den vielen kleinen Schuhen zusetzen würden, bis irgendwann einmal ein anderes völlig verkehrtes Kind sich die Mühe macht, ihn mit den Fingernägeln ans Tageslicht zu pulen.

Das alles schwirrt unzusammenhängend in meinem Kopf herum, während ich mir im neuen Klassenzimmer meinen Platz einrichte, meinen Block und mein Mäppchen auf den Tisch lege und aus den Augenwinkeln den Jungen beobachte, neben dem ich sitzen werde. Er heißt Sven, so viel weiß ich schon.

Ich war eine Weile nicht in der Schule, bis zu den Sommerferien nicht, und die Leute auf den Ämtern in der Stadt, mit denen meine Eltern und ich häufig geredet haben, waren der Meinung, dass ich dringend in eine andere Schule gehen muss, und zuletzt haben sie beschlossen, dass ich die vierte Klasse überspringen und gleich in die fünfte Klasse eintreten soll, an der großen Schule in der Kleinstadt, zu der unser Dorf gehört.

»Von welcher Schule kommst du?«, fragt der Junge neben mir.

Ich mache den Mund auf, will antworten, aber da mischt sich eine Stimme hinter mir ein, eine Mädchenstimme.

»Der kommt von der Grundschule bei uns im Dorf. Die wollten den nicht mehr haben. Er hat da letztes Jahr eine Scheibe eingeschlagen.«

Ich klappe den Mund wieder zu. Mein Herz schlägt schneller. Ich traue mich nicht, den Jungen anzusehen.

»Wieso das denn?«, fragt der Junge erstaunt. »Hast du einen Fußball dagegen gekickt?«

»Der und Fußball«, kichert das Mädchen. »Der kann doch einen Ball nicht von einer Kloschüssel unterscheiden!«

Ich schüttle nur den Kopf, sehe unseren Klassenlehrer an, Herrn Schrader, der am Pult noch irgendwelche Listen kontrolliert, in ein kleines Buch kritzelt, von Zeit zu Zeit aufblickt, überprüft, ob wir so weit sind. Gerade schlägt er das Buch zu, legt den Stift weg, verschränkt die Hände und sieht uns an.

»Könnt ihr mir jetzt mal eure werte Aufmerksamkeit schenken? Danke.«

Die Klasse beruhigt sich allmählich. Herr Schrader räuspert sich, dann fängt er an zu reden, begrüßt uns, erklärt die Wege zu den verschiedenen Schulgebäuden, schreibt den Stundenplan an die Tafel.

Ich schreibe den Stundenplan ab. So viele Stunden! Einmal muss ich sogar über Mittag in der Schule bleiben. Ich kann nicht zu Fuß nach Hause gehen, muss mit dem Bus fahren, weil die Schule so weit außerhalb liegt. Ich starre aus dem Fenster. Ich kann den Hügel sehen, auf dem unser Haus liegt, aber die alte Hainbuche im Garten versperrt mir den Blick auf die Fenster, hinter denen meine Mutter jetzt arbeitet.

»… Und nun zu den Regeln«, sagt Herr Schrader. Ich zucke zusammen, wende meinen Blick nach vorn.

»Ich denke, Cedric wird uns jetzt mal die Schulregeln vorlesen.«

Er kommt an meinen Tisch, reicht mir einen Zettel. Die Regeln sind von eins bis zwanzig durchnummeriert. Ich fange an zu lesen.

»Lauter«, kommandiert Herr Schrader. »Sonst redet sich nachher einer raus und behauptet, er hat nichts verstanden.«

Ich lese lauter.

»Viele Probleme und Konflikte lassen sich von vornherein vermeiden, wenn sich alle an die folgenden Regeln halten:

1) Ich spreche mit anderen in einem freundlichen Umgangston.«

Gekicher.

»2) Ich gehe fair mit anderen um, belästige, beleidige und schädige niemanden.«

Das klingt gut. Bin ich hier sicher?

»3) Ich achte auf Pünktlichkeit und Zuverlässigkeit.

4) Ich trage zu einer ruhigen Arbeits- und Lernatmosphäre bei.

5) Ich höre anderen zu, ohne sie zu unterbrechen, und melde mich zu Wort, wenn ich etwas sagen möchte.

6) Ich behandle das Gebäude, das Schulgelände sowie die Einrichtungsgegenstände verantwortungsvoll.

7) Ich sage ehrlich, wenn ich etwas kaputt gemacht habe, und bin bereit, dafür einzustehen.«

»Ich habe eine Scheibe eingehauen!«, piepst das Mädchen hinter mir mit Micky-Maus-Stimme. Ich wende mich zu ihr um und beinahe hätte ich etwas Schlimmes gesagt. Aber meine Eltern und Frau Dr. Siegesmund und die Schulpsychologin haben mir klargemacht, dass ich mich beherrschen muss. Ich hole tief Luft und sage ruhig: »Lass es.«

Als es zur Pause klingelt, trabt Sven mit mir mit in Richtung Schulhof, als sei das ganz selbstverständlich. Mein Herz klopft laut, als ich blinzelnd ins Freie trete. Vielleicht haben meine Eltern recht und jetzt wird alles anders? Vielleicht bin ich jetzt doch endlich ein ganz normales Kind, so wie meine kleine Schwester Kayla?

»Mein Nachbar sagt, der Schrader ist nett«, sagt mein Sitznachbar. »Der macht gerne Witze.«

Vielleicht habe ich ja Glück, und mein neuer Klassenlehrer ist so etwas wie Herr Knopper, mein Sportlehrer aus der Grundschule?

Im Schulhof entdecke ich ein paar bekannte Gesichter, ältere Schüler, die in derselben Grundschule waren wie ich.

»Was macht der kleine Lord denn hier?«, ruft einer.

Ich tue so, als hätte ich es nicht gehört, und Sven reagiert ebenfalls nicht. Vielleicht kennt er die Geschichte vom kleinen Lord Fauntleroy überhaupt nicht.

»Ich habe einen neuen Schulrucksack gekriegt«, erzählt er mir stattdessen. »Damit ich nicht mit so einem Babyschulranzen in die Schule muss.«

Ich nicke. Mein schöner Wikingerschulranzen steht im Keller. Kayla hat einen mit Pferden drauf, ehemals weißen Pferden, die inzwischen ziemlich schmutzig sind, aber sie möchte ihn trotzdem nicht gegen meinen eintauschen. Nun benutze ich einen schwarzen Schulrucksack mit vielen Fächern für Stifte und Ordner.

»Keiner meiner Freunde ist in meiner Klasse«, sagt Sven traurig.

Ich nicke. Was soll ich dazu sagen? Freunde habe ich sowieso nicht, kein Kind aus meiner Klasse ist in der neuen Schule, ich habe jetzt ein Jahr Vorsprung, bis Marvin und die anderen kommen. Aber leider sind sechs Schüler aus höheren Klassen der alten Schule in meiner neuen Klasse. Ich kenne ihre Namen nicht, aber ihre Gesichter, und mindestens drei von ihnen waren dabei, wenn ich im Schulhof ge-

ärgert worden bin. Ich weiß, dass einer von ihnen, der mit den ganz kurzen, stoppeligen Haaren, ein sehr böses Wort zu mir gesagt hat. Ich habe erst gemerkt, wie böse es war, als ich es selbst Marvin gegenüber benutzt habe. Er war auch dabei, als mehrere ältere Kinder mir einmal meine Jacke geklaut, damit Fangen gespielt und sie hinterher in einen Baum geworfen haben. Aber nun sind wir ja alle an einer neuen Schule und es wird alles anders, haben meine Eltern gesagt.

»Sollen wir uns verabreden?«, frage ich Sven.

»Klar«, antwortet Sven zu meiner Überraschung. »Wo wohnst du?«

»In Wendeck«, antworte ich. »Oben am Waldrand.«

»Ich frage meine Mutter, ob sie mich fährt«, verspricht Sven. Mein Herz klopft ganz laut, so laut, dass ich es schaffe, das Geraune hinter meinem Rücken zu überhören. Die aus der alten Schule erzählen jetzt bestimmt überall herum, was ich alles angestellt habe und dass man mich gut ärgern kann. Ein merkwürdiges Gefühl kriecht kreuz und quer auf meinem Rücken herum wie eine kalte Schnecke, die ich nicht abschütteln kann. Egal, ich habe Sven, und Sven will sich mit mir verabreden.

Schwalben jagen sich am Himmel über dem Pausenhof. Es riecht nach Hagebutten, die mag ich nicht so, weil ich schon so oft damit beworfen worden bin.

Aber das war ja früher, in meinem alten Leben.

Vielleicht gehöre ich bald zu den normalen Kindern, die keine Angst mehr vor Tannenzapfen und Hagebutten haben, noch nicht einmal vor Schnee.

10. Ertrunkene Hunde

Am Samstag habe ich Heimweh.

Zum ersten Mal verbringe ich das Wochenende in der Stadt, bin von den Wochenendritualen meiner Familie ausgeschlossen, diesen kleinen Dingen, die sich seit meiner frühen Kindheit wiederholen, die ich manchmal so verabscheut habe: Beispielsweise, dass zum Frühstück irgendeine Kultursendung im Radio läuft, in der fast nur geredet wird, dass wir in die Kleinstadt fahren und auf dem Bauernmarkt eine Bauernbratwurst kaufen, all diese Alltäglichkeiten. Ich vermisse Kayla, die mir kaum mehr eine SMS schreibt, und ich mache mir Sorgen um sie. Ich weiß nicht, ob sie immer noch mit Marvin rummacht, wage es auch nicht, meine Mutter danach zu fragen. Kayla selbst ist in ihren Textnachrichten nur noch kurzangebunden. Ich vermute, wenn ihr Marvin schon seinen miesen Charakter offenbart hätte, gäbe sie sich mir gegenüber nicht mehr so wortkarg, würde sich eher an meiner (wenigstens digitalen) Schulter ausweinen, wir würden Marvin gemeinsam ohne Rückfahrkarte auf entfernte, unwirtliche Planeten schicken und uns genüsslich ausmalen, was ihm dort alles zustoßen wird. Auf diesen Moment könnte ich mich eigentlich freuen – er kommt auf jeden Fall. Aber je länger ich darauf warten muss, desto schärfer nagt in mir die Furcht, Marvin könne Kayla gegen mich aufhetzen, ihr Unwahrheiten über mich erzählen, sie davon überzeugen, dass ich schon immer ein Loser war und man sich am besten von mir fernhält.

Entschlossen springe ich vom Schreibtischstuhl. Ich bin jetzt hier, in meinem neuen Leben, und, jawohl, ich gehe zu einer Party, einer richtigen Geburtstagsfeier, und Sinja kommt auch, man hat mich eingeladen, als wäre es völlig normal, einen wie mich einzuladen. Ich werde mich jetzt umziehen, in einer Dreiviertelstunde muss ich bei Sinja sein.

Über diese Facebook-Geschichte will ich jetzt überhaupt nicht nachdenken. Ich habe die Erfahrung gemacht, dass es nichts bringt, sich vorzustellen, was alles passieren kann, sich schon im Voraus die Szenen auszumalen, die Dialoge zurechtzulegen. Nein, ich mache mir heute keine Sorgen, ich ziehe mein neues Hemd an, das türkis und gelb karierte, und die schwarzen Jeans, neble mich mit Deo ein, reibe mir Gel in die Haare, stecke mein Handy ein. Wenn ich mich so im Spiegel ansehe, gefalle ich mir beinahe. Ich wollte eigentlich immer braune Augen haben und meine sind nun mal gnadenlos blau. Ich wollte auch immer schwarze Haare haben und meine sind gnadenlos … hm, straßenköterblond. Ich wollte mindestens einsneunzig groß werden, aber es hat bis jetzt nur für zwölf Zentimeter weniger gereicht. Ich wollte schlank und muskulös werden … na ja, moppelig bin ich jedenfalls nicht mehr. Ich kann mit mir zufrieden sein: Keiner wird bei meinem Anblick zusammenzucken. Ich habe lange Zeit überhaupt nicht in den Spiegel gesehen, weil ich mich so hässlich fand und meinen eigenen Anblick nicht ertragen konnte. Aber das war früher.

»Du siehst schick aus«, sagt Sinja, als sie mir die Tür aufmacht. Sie sieht eigentlich aus wie immer, hat sich überhaupt nicht besonders zurechtgemacht, so als würde sie nur mal um die Ecke zum Zeitungskiosk gehen. Mir ist nur wichtig, dass sie ihren Schal umhat. Ihre Fingernägel sind immer noch blau. An den Füßen trägt sie ihre üblichen bequemen Dockers, weil wir ja ein ganzes Stück zu wandern haben.

Ziemlich lange traben wir schweigend nebeneinanderher. Ich habe die Hände in meinen Jackentaschen vergraben. Sinja hat den rechten Daumen unter den Rucksackriemen gehakt. In der Stadt ist ziemlich viel los, Weihnachten droht, Lämpchen blinken, Leute schleppen Plastiktüten, Kinder quengeln, ein verlorener kostümierter Nikolaus lungert vor einer Kaufhausfassade herum und starrt wortlos ins Gedränge, seinen Sack hat er auf dem nassen Pflaster abgelegt.

»Scheißjob«, sagt Sinja und deutet auf den Nikolaus.

»Wenigstens erkennt ihn keiner«, wende ich ein. »Und warm angezogen ist er auch.«

Dann haben wir die Innenstadt durchquert und erreichen das Viertel, in dem auch Lars wohnt. Ich bin so locker, dass ich Sinja von der kläffenden Krawallbürste erzähle, und sie kichert, obwohl sie es sonst gar nicht so mag, wenn ich gegen Lars stichle.

Dann geht es noch eine Anhöhe hinauf. Svenja war noch nie in Kens Wohnung, aber sie findet das Haus trotzdem gleich. Es ist eine alte Villa, die offenbar in drei Wohnungen unterteilt wurde, mit einem eindrucksvollen Eisentor in der Einfahrt, einem weißen Schotterweg und einem algenbewachsenen steinernen Löwen mit Dauerwelle rechts neben dem Haupteingang, der seine abgeschmirgelten Zähne zeigt. Mit einer großartigen Geste wie eine Zirkusdompteuse legt Sinja ihm die Hand ins offene Maul und dann müssen wir beide lachen. Und so ziemlich an dieser Stelle endet die lockere Stimmung schon, denn aus dem Haus tritt, eine Kippe in der Hand, Momo, Kens bester Kumpel. Er sagt »Hi« zu Sinja – eindeutig nur zu Sinja –, mustert mich dann mit schiefem Grinsen. »Hey, der Mann ohne Schatten!« Er zuckt zurück, als hätte ich ihm gedroht, hält die Hände vors Gesicht, winselt: »Nein! Schlag mich nicht!«

Ehrlich gesagt, genau das hätte ich in diesem Moment gerne getan.

»Sehr witzig«, sagt Sinja mit unterkühlter Stimme und schiebt sich an Momo vorbei. Ich folge ihr, ohne ihn anzusehen – nur gut, dass sie vor mir geht, dass ich mich auf ihren Rücken in der kurzen schwarzen Steppjacke konzentrieren kann, auf ihren abgewetzten Lederrucksack, denn alleine hätte ich es nicht geschafft, hätte ich einfach an dieser Stelle kehrtgemacht. Sinja dreht sich nicht nach mir um, ihre linke Hand liegt auf dem Treppengeländer, streicht leicht darüber, sie sieht geradeaus, in die Richtung, aus der Partygeräusche dringen, Stimmen, Gelächter, das Klappern von Geschirr, stark Bass-lastige Musik. Würde Momo nicht mit seiner Kippe im Mund vor der Haustür stehen, hätte ich auch an dieser Stelle noch umkehren können, aber so bleibt mir nur die Flucht nach vorn.

Die Wohnungstür steht offen, die Nachbarn scheinen ziemlich tolerant zu sein. Sinja trabt einfach mitten hinein ins Getümmel, schwingt den Rucksack von der Schulter, sieht sich um. Ich stehe wie ihr Schatten hinter ihr – der Mann ohne Schatten, selbst eine Schattengestalt.

»Hi«, rufen ein paar Mitschüler aus der Ecke. Zwei fremde Jungs wenden sich um und betrachten Sinja. Ich halte die Luft an. Zumindest einer der beiden sieht ziemlich gut aus, athletisch und so weiter, soweit ich das als männliches Wesen beurteilen kann. Bin ich eifersüchtig? Hallo? Sinja ist eine Freundin, ein Kumpel, keine Beziehung oder so etwas Ähnliches.

Ich taste nach meinem Asthma-Spray und hoffe nur, dass ich es jetzt nicht gleich mitten im Wohnzimmer anwenden muss. Es ist ein ganz normales Wohnzimmer mit Sitzgruppe und riesigem Flachbildschirm-Fernseher und irgendwelchen vollkommen staubfreien Deko-Gegenständen in den Regalen, die ich an der Stelle von Kens Eltern heute Abend doch lieber weggeräumt hätte. So ein normales Wohnzimmer, wie ich es mir als Kind immer gewünscht habe. Aber meine Eltern sind eben nicht so normal.

Ken trinkt Bier, er ist sechzehn und darf ab heute, aber er hat garantiert geübt.

Und da ist Lars, inmitten einer Gruppe von Jungs aus der Parallelklasse, die ich alle vom Sehen kenne. Einer von ihnen war kurz in der Filmgruppe, hat sich aber schon wieder verabschiedet, hat, soweit ich weiß, eine Freundin und kann deswegen keine Zeit mehr für außerschulische Verpflichtungen verschwenden. Ich wusste, dass Lars kommen würde. Ich habe vielleicht sogar gehofft, Lars hier zu treffen, um mir zu beweisen, dass seine Aktion auf Facebook nur ein Scherz ist, ein kleiner Trick, mit dem er mir eins auswischen will, nichts weiter. Aber als Lars mich ansieht, weiß ich, dass er es ernst meint. Er mustert mich wie ein Raubtier seine Beute, wie der Kommissar den Täter, den er am Ende des Anderthalbstunden-Krimis unausweichlich überführen wird.

Fast hätte ich Sinjas Hand gepackt. Glücklicherweise kann ich mich rechtzeitig beherrschen. Ich begnüge mich damit, so dicht neben ihr stehen zu bleiben, dass ich ihr federleichtes Parfum riechen kann.

»Gibt's auch was zu essen?«, fragt Sinja.

»Küche.« Ken zeigt auf eine Tür, in der sich mehrere Festgäste mit Papptellern drängen.

Sinja sieht mich an. »Wie ist es mit dir?«

»Kein Hunger.«

Fehler! Sinja entfernt sich von mir, marschiert in Richtung Küche, und ich habe keinen sinnvollen Grund, ihr zu folgen. Ich ziehe die Schultern hoch, schiebe die Finger in die Jeanstaschen, mehr geht nicht, und sehe in Richtung Fenster, um niemanden anzusehen. Das Flimmern in meinen Augen kenne ich, das schrille Pfeifen in den Ohren kenne ich, beides sind die Vorboten bohrender Kopfschmerzen.

»Trink was«, sagt Lars.

Ich zucke beinahe zusammen. »Was?«

Lars hält mir eine Bierdose hin. Ich schüttle stumm den Kopf. Ken mag jetzt sechzehn sein, ich bin es noch nicht, und selbst wenn … ich mag den Geruch von Bier nicht, mir wird davon übel.

»Trink«, wiederholt Lars. Er steht auf, geht auf mich zu und hält mir die Bierdose dicht unter die Nase.

»Nein danke.«

»Braver Junge.« Lars fährt sich mit der freien Hand durch die Haare. »Deine Mama ist bestimmt zufrieden mit dir.«

»Lass es«, murmle ich.

»Los, wir verraten's deiner Mama nicht«, verspricht Lars und schubst mich mit der kalten Bierdose leicht in den Bauch. Was soll das? Ich bin mir nicht mal sicher, dass er selbst Bier getrunken hat. Vielleicht tut er nur so, um mir Druck zu machen.

»Gib's mir«, ruft einer der beiden athletischen Jungs, die Sinja angestarrt haben. Lars wirft die Bierdose so dicht über meinem Kopf zu ihnen rüber, dass ich zusammenzucke.

»Ich tu dir nichts«, sagt Lars. »Jetzt erzähl mal. Wie waren die Feiern da, wo du herkommst? Ging da mehr ab als hier? Ich meine, auf dem Land soll's doch manchmal ziemlich abgehen.« Er grinst.

»Nein«, antworte ich einsilbig, aber ruhig. Wo bleibt Sinja?

Zwei andere Mädchen aus meiner Klasse retten mich, nehmen Lars in Beschlag, schieben ihm eine Minipizza in den Mund und kichern, als er sich daran verschluckt. Ich schlurfe zur Musikanlage und sehe die CDs durch, um irgendetwas zu tun. Leider nichts dabei, was ich besonders mag, bestenfalls Erträglicheres als das, was gerade läuft. Aber ich wage es natürlich nicht, die CD zu wechseln. Bloß nicht auffallen. Die Kunst besteht darin, wie ein Chamäleon mit dem Raum und den anderen Besuchern zu verschmelzen, und das kann doch eigentlich nicht so schwierig sein in dieser Schummerbeleuchtung.

Da ist Sinja wieder. Sie taucht mit einem voll beladenen Teller aus der Küche auf, steuert auf mich zu, wird aber von den beiden Athleten abgefangen. Der Größere der beiden nimmt sich einfach etwas von ihrem Teller, eine dieser Minibratwürste, wenn ich es richtig sehe, steckt sie in den Mund und strahlt Sinja so erwartungsvoll an, als hätte er ihr einen Strauß Rosen geschenkt.

»Okay«, sagt Sinja. »Hol mir eine neue.«

»Mach ich doch gern«, sagt der Athletische, bleibt aber stehen. Ich sehe ihm an, dass er vorhat, sich nun länger mit Sinja zu beschäftigen, und werfe ihr warnende Blicke zu, die sie aber offenbar nicht deuten kann. Der Athletische greift wieder auf ihren Teller, sie schlägt ihm auf die Finger.

»Ist schon gut«, grinst der Athletische, und dann wendet er mir direkt den Rücken zu, sodass ich nicht mehr hören kann, was er sagt. Er redet jedenfalls eine ganze Menge, das erkenne ich an seinen gestikulierenden Händen, an der Art, wie er den Kopf zurückwirft, mit den Schultern zuckt. Sinja kaut und nickt ab und zu oder schüttelt den Kopf. Über kurz oder lang wird sie sich in so einen Typen verknallen, und der wird dann dafür sorgen, dass sie sich nicht mehr mit mir abgibt, mit mir, dem Loser.

Ich schaffe es, mir eine Cola zu organisieren, an der ich mich in der nächsten halben Stunde festhalten kann. Ein paarmal ringe ich mich dazu durch, auf andere Gäste zuzugehen, Leute aus meiner Klasse, die mich eigentlich kennen, aber alle nicken mir nur kurz zu und beachten mich dann nicht weiter, bis auf jene, die mich mit unverstellter Neugier beobachten, als wäre ich eine Art wandelnde Zeitbombe.

Garantiert sind sie alle bei Facebook.

Hat sich dort schon jemand gemeldet, der mich von früher kennt? Ich setze die Colaflasche wieder an den Mund, aber es ist nichts mehr drin. Trotzdem kann ich mich nicht von ihr trennen, trage sie mit mir herum wie ein kleines Kind seinen tröstenden

Stoffhund. Ich hätte Sinja noch einmal fragen müssen, ob es auf Facebook Neues gibt. Ich denke ja eigentlich, dass sie mich auf dem Laufenden halten wird, ohne dass ich sie darauf ansprechen muss, aber vielleicht ist auf Facebook etwas ganz Schlimmes, Erlogenes zu lesen, das sie mir lieber nicht verraten will. Je länger ich zwischen den Räumen hin und her wandere, je schlechter es mir gelingt, mit einem der anderen Gäste Kontakt aufzunehmen, desto sicherer bin ich mir, dass genau das der Fall ist: Jemand hat auf Facebook irgendwelche Geschichten über mich verbreitet, Lügen, die zu widerlegen ich niemals die Chance haben werde, wie es auch früher war. Man gönnt mir keine Chance. Mir glaubt doch sowieso keiner. Es heißt ja, wer einmal lügt, dem glaubt man nicht. Es geht aber auch anders: Der, über den einmal Lügen verbreitet worden sind, dem glaubt man auch nicht, so ist das.

Schließlich kann ich gar nicht mehr anders, als mich wieder in Sinjas Nähe zu begeben. Der Athletische hat nun Verstärkung von seinem Kumpel bekommen, sie stehen wie eine Wand zwischen mir und Sinja, die ihren Teller inzwischen leer gegessen hat und schwach lächelnd von einem zum anderen sieht.

Sinja erspäht mich dann doch zwischen den beiden Typen, sie winkt mir zu.

»Das ist Cedric«, stellt sie mich vor. »Karol und Ben aus der C.«

»Hmm«, mache ich nur. Die beiden Jungs wenden sich zu mir um.

»Der Mann ohne Schatten.«

»Haha.« Sinja runzelt die Stirn.

»Er ist kein Mann«, verbessert der Zweite. »Er ist noch klein. Darf noch kein Bier trinken.«

»Lass es«, murmle ich wieder.

Karol wendet sich Sinja zu. »Weißt du denn, wer sich hinter dieser rätselhaften Gestalt verbirgt?«, fragt er. »Er hat doch sicher eine sehr interessante Vergangenheit.«

»Ich denke eher, er hat eine sehr interessante Zukunft«, sagt Sinja und hakt sich bei mir unter. Mir bleibt die Luft weg vor Schreck. Normalerweise würde ich mich schnell losmachen, denn ich mag es nicht, wenn mich jemand plötzlich packt, aber ich weiß, dass Sinja mich und sich retten will, es ist nur ein Spiel.

»Pass bloß auf«, sagt Karol zu Sinja. »Der ist ein Wolf im Schafspelz.«

»Ein Werwolf«, ergänzt Ben und fletscht die Zähne. »Vollkommen unberechenbar.«

»Ich hab noch Hunger«, sagt Sinja, ohne die beiden weiter zu beachten. Sie zieht mich in Richtung Küche. Erst dort gibt sie meinen untergehakten Arm frei.

»Gefallen dir die beiden nicht?«, stichle ich.

Sie wirft mir einen vernichtenden Blick zu und schaufelt eine riesige Portion Tiramisu auf ihren Teller. Ich wusste gar nicht, dass Sinja so viel essen kann.

»Wie geht's dir so?«, fragt sie zwischen zwei Bissen.

Ich zucke mit den Achseln. »Na ja.«

»Ich find's ganz okay.« Sinja leckt sich die Mundwinkel sauber. »Wie Feiern eben so sind, oder? Ganz normal.«

Sie sieht mich an, als erwarte sie eine Bestätigung. Ich werde ihr bestimmt nicht auf die Nase binden, dass dies hier meine erste Feier ist, abgesehen von Kaylas Geburstagsfeiern aus der Luftballon-und-Mohrenkopf-Zeit.

Ich würde gerne nach Hause gehen. Nicht in die Wohnung von Freddie, sondern nach Hause, ja, ich gebe zu, zu meiner Mutter und zu meinem Vater, zu denen ich immerhin irgendwie gehöre, auch wenn ich ihnen schon so viel Stress gemacht habe. Gut, dass man mir nicht ansieht, dass ich am liebsten meinen Vater anrufen würde, ihn bitten, mich abzuholen. Er ist nicht da, ist viel zu weit weg, und ich bin fast sechzehn und muss so was wie diese Feier hier wohl mal durchhalten können. Es gibt doch immerhin einiges zu beobachten: wie die beiden Mädchen Lars angraben, wie die beiden Athleten ein neues Mädchen angraben, wie drei Jungs Musik auflegen wollen und sich gegenseitig die CDs aus der Hand reißen … Ich war immer ein guter Beobachter, einer, der sich alles von außen ansieht. Wenn ich eine geschützte Ecke finde, in der mich keiner belästigt und von der aus ich einen guten Blick auf das Geschehen habe, werde ich durchhalten, bis Sinjas Mutter uns abholt.

Ich versuche, wie ein Schatten zwischen den Gästen hindurchzuschlüpfen, trete in der Hoffnung auf frische Luft und angelockt vom Plätschern des kleinen Teichs kurz auf die Terrasse, auf der aber so heftig gequalmt und geknutscht wird, dass ich schnell zurückweiche, mir noch eine Cola organisiere und mich schließlich auf ein Sitzkissen neben dem Beistelltisch zurückziehe, ziemlich dicht neben der Anlage, damit es so aussieht, als wollte ich einfach nur Musik hören. Mir fällt natürlich auf, dass Naomi, ein schüchternes Mädchen aus unserer Klasse, immer wieder zu mir herübersieht, aber wie gesagt, sie ist schüchtern, sie spricht mich nicht an, das ist mir recht. Ken hat das Saufen offenbar doch nicht für diesen Tag trainiert, er kann schon nicht mehr gerade stehen, wird von

Momo gestützt, lallt etwas Unzusammenhängendes. Lars steht daneben und lächelt sein strahlendes Lars-Lächeln, nichts kann ihn umwerfen. Irgendwann sehen sie zu mir herüber, Ken hat seinen Arm jetzt um Meline gelegt, Momo den seinen um Nasrin, alle fünf gucken und wispern und kichern, tauschen wohl fantasievolle Theorien über meine Vergangenheit aus. Momo und Nasrin verschwinden mal kurz, tauchen wieder auf, mehr Gekicher. Ich sehe auf die Uhr. Noch eine halbe Stunde. Ich schaffe es vielleicht noch, hier wegzukommen, bevor Ken umfällt und kotzt; vielleicht überholt ihn Momo sogar, der jetzt auf einen Zug eine Bierdose leert und dann Nasrin knutscht, die vor seinem Bierkuss noch nicht mal davonläuft. Sinja hält sich nun überwiegend bei ein paar ganz netten Mädels auf, die ebenfalls im Hintergrund bleiben.

Endlich treffen sich unsere Blicke wieder. Sie tippt auf ihr Handgelenk, obwohl sie keine Uhr anhat, macht auch keinen Sinn, wenn man immer Pulswärmer trägt. Ich signalisiere ihr, dass wir aufbrechen müssen, und innerhalb von ein paar Sekunden steht sie neben mir.

»Können wir?«

»Aber klar.«

Aber meine Erleichterung hält nur so lange, bis ich meine Jacke suche. Zugegeben, es ist nicht einfach, im schwachen Licht eine schwarze Jacke unter lauter schwarzen und dunkelblauen Jacken zu finden, aber es ist die einzige Bikerjacke, und ich habe einen Atomkraft – nein danke – Button dran, das habe ich mir lange überlegt, aber daraus kann einem eigentlich keiner einen Strick drehen. Dreimal grabe ich den Jackenhaufen durch und finde nichts, dann sucht Sinja selbst noch mal.

»Vielleicht hat jemand sie verwechselt«, sagt sie dann mutlos. »Oder einer hat sie einfach angezogen, weil ihm kalt war.« Ihr Blick wandert zur Terrassentür. »Warte hier«, kommandiert sie.

Brav bleibe ich stehen, als sie noch einmal quer durch das große Zimmer marschiert, im dunklen Garten verschwindet. Die Musik ist so laut, dass ich nicht hören kann, was da draußen vor sich geht. Es dauert einige Minuten, bis Sinja wiederkommt. Sie hat die Lippen zu einer schmalen Linie zusammengepresst, ihre Schritte sind noch energischer, schneller, und in einer Hand hält sie wie einen ertränkten Hund meine triefnasse Jacke. Wasser rinnt auf den teuren Parkettboden, Gäste weichen erbost aus.

»Wo war sie?«, frage ich, versuche, ruhig zu klingen. Aber mein Herz klopft ganz laut.

»Im Fischteich«, flüstert Sinja. »Diese Arschlöcher.«

Ihre Augen glänzen, als würde sie gleich weinen.

Wenn der Fischteich nicht so lächerlich klein wäre, ich glaube, ich würde mich selbst hineinstürzen.

11. Gequetschte Pralinen

Jeder von uns soll sich eine Szene für den Film überlegen. Ich habe diese Aufgabe bis zum letzten Tag hinausgeschoben, und als ich jetzt am Schreibtisch sitze, vor meinem Collegeblock – aus irgendeinem Grund möchte ich von Hand schreiben, nicht mit dem Computer –, habe ich nur einen Gedanken, nämlich den, dass ich die Sache doch hinschmeißen sollte, die Filmgruppe verlassen, überhaupt nicht mehr an dieses Thema denken.

Ich kann das einfach nicht. Es wäre mir schon vor der Feier unendlich schwergefallen, und nach dem, was am Samstag passiert ist, kann ich schon gar nicht mehr nachdenken. Wenn ich die Augen schließe, sehe ich nur glühende Punkte tanzen wie leuchtende Atome in einem ansonsten leeren Universum. Keine Gesichter zeichnen sich ab, keine Orte, nur so ein langsam aufwärtskriechendes Gefühl, schmutzig zu sein, besudelt am ganzen Körper, einen fauligen Geruch auszuströmen.

Die Geschichte mit meiner Jacke gestern, das heißt noch nichts. Es war ein dämlicher Jungenstreich, es haben sich bestimmt nur diese drei Jungs beteiligt, Lars, Momo und Ken, und mindestens zwei davon waren zu diesem Zeitpunkt schon hochgradig besoffen. Das bedeutet noch lange nicht, dass alles wieder losgeht. Wenn ich mich bei der Feier nicht wohlgefühlt habe, dann nicht, weil jemand mir etwas Böses will, sondern nur deswegen, weil solche Feiern einfach nicht mein Ding sind.

Sinjas Mutter hat gesagt, wenn die Jacke kaputt ist, muss ich den Jungs eine Rechnung stellen, so geht das ja gar nicht, aber ich habe gesagt, die Jacke hatte es ohnehin nötig, mal gewaschen zu werden, und dass ich vielleicht mal nachsehen sollte, ob noch ein Goldfisch in einer der Taschen feststeckt. Sinjas Mutter hat gesagt, sie findet es gut, dass ich die Sache mit so viel Humor nehme, und dass man das Leben überhaupt nur mit Humor ertragen könne und das Beste draus machen müsse.

Mir war aber in Wirklichkeit gar nicht nach lachen zumute. Nur gut, dass ich mein Handy nicht in der Jacke hatte, aber vielleicht waren die Jungs sogar noch nüchtern genug, um das zu überprüfen.

Wie soll ich etwas zu diesem Thema schreiben, ohne über mich zu schreiben, über Marvin und Frau Unmuth, über Herrn Schrader und Frau Zwecke, über Paul, Finn-Luca, Jasmin, Max-Erik, Noah, Emil, vielleicht auch über Herrn Knopper, der immer noch an der Grundschule unterrichtet, obwohl er schon im Pensionsalter ist – wahrscheinlich denkt er, er kann die Kinder nicht im Stich lassen …? Sie alle habe ich aus meinem Leben gestrichen, und was es über sie zu sagen gäbe, liegt in einer kleinen Kiste vergraben, an einer Stelle, die nur ich kenne. Dort wird sie für alle Zeiten liegen bleiben. Es besteht keine Gefahr, denn garantiert wird keiner ein Haus an diese Stelle bauen oder einen Acker anlegen.

Ich esse eine ganze Tafel Schokolade … meine Mutter hat mich großzügig versorgt, weil ich ja am Wochenende nicht nach Hause kommen wollte … und bin gerade kurz davor, alles hinzuschmeißen und Charly per SMS mitzuteilen, dass ich doch aussteige … kann ja sagen, ich habe mich verliebt oder muss so viel für die Schule machen … als mir eine Szene einfällt, die meine Eltern und ich uns damals in einer verzweifelten, aber vertrauten Stunde ausgemalt haben. Ich war in der fünften oder sechsten Klasse, es war noch vor dem Zusammenbruch.

Wir haben uns vorgestellt, Herr Schrader oder irgendein anderer jener Lehrer, die immer nur behaupten, ich würde überreagieren, keinen Spaß verstehen, leicht ausflippen, würde plötzlich in einem Leben aufwachen, das seine Sicht auf die Dinge radikal verändern würde.

Ich setze mich gerade hin und fange an zu schreiben.

Schon als Herr S. morgens sein Auto vor der Schule parken will, wird ihm von einem Kollegen der Weg verstellt, sodass er einen Umweg fahren muss. Auf seinen gewohnten Parkplatz hat jemand »Herr S. ist eine Sau« geschrieben, mit Kreide. Herr S. stellt schnell sein Auto so hin, dass man die Schrift nicht mehr lesen kann. Mit klopfendem Herzen betritt er das Schulgebäude. Vor der Tür des Lehrerzimmers bleibt er einen Moment lang stehen, er ist vor Angst schweißgebadet, mit zitternden Händen schließt er auf. Er weiß schon, was ihn erwartet, und er täuscht sich nicht. Als er das Lehrerzimmer betritt, brechen alle Kollegen in lautes Gejohle aus. Einer entreißt ihm den Hut und wirft ihn einem anderen zu, mehrere Kollegen spielen damit Frisbee. Ein weiterer Kollege baut sich vor ihm auf und zupft ihn am Bart. »Siehst heute wieder aus wie der Nikolaus«, sagt er, und alle grölen. Eine Kollegin nimmt die Tasche, die er neben der Garderobe abge-

stellt hat, und kippt sie einfach auf dem Boden aus. Der Typ, der ihn am Bart gezupft hat, schubst ihn jetzt so fest, dass er auf den Hintern fällt. Die Frauen lachen alle. »Schwächling!«, rufen sie.

Jemand hat einen Zettel in Herrn S.' Fach eingeworfen, auf dem steht: »Herr S. ist eine fette Schwuchtel.« Herr S. zerknüllt ihn und wirft ihn in den Müll.

Herr S. setzt sich an seinen Platz.

»Verpiss dich«, sagt der Kollege links daneben. Die beiden gegenüber fallen mit ein: »Ja, los, verpiss dich!«

»Du stinkst!«

»Welches Fach hast du denn jetzt?«, fragt die Kollegin rechts.

»Mathe«, antwortet Herr S. mit zitternder Stimme.

Wieder grölen alle laut. »Dafür bist du doch viel zu blöd!«, schreit einer. Herr S. dreht sich nach ihm um. Von hinten bewerfen ihn drei Kollegen derweil mit Radiergummis und Spuckekugeln.

»Lasst das bleiben!«, schreit Herr S. seine Stimme überschlägt sich.

»Reg dich doch nicht auf«, sagt Herr D. »Wir machen doch bloß Spaß!«

»Wir wissen doch alle, dass er verrückt ist«, erklärt die Kollegin V. »Deswegen wollten sie ihn an der alten Schule nicht mehr haben.«

Sie nimmt das Pausenbrot, das sich Herr S. mitgebracht hat, und wirft es schwungvoll in den Müll. Dann kippt sie seinen Kaffee in den Ausguss. Das Frühstück hat Frau S. liebevoll für ihren Mann zubereitet, hat ihm noch eine Praline dazugelegt, Nougatmarzipan, seine Lieblingspralinen, die liegt jetzt zerquetscht auf dem Boden. Herr S. flippt aus, er beschimpft seine Kollegen mit allen Ausdrücken, die ihm nur einfallen. Die Kollegen schreiben alles mit, was er sagt, und erklären Herrn S., dass sie das alles dem Schulleiter melden werden. Herr

S. weint inzwischen bitterlich, er reißt die Tür auf und rennt aus dem Lehrerzimmer, hinüber zu einer Gruppe von Schülern.

»Helft mir«, fleht er sie an. »Die machen mich fertig.« Aber die Schüler runzeln nur die Stirn.

»Wegen solcher Kleinigkeiten brauchen Sie sich doch nicht gleich aufzuregen«, sagt einer. »Sie verstehen wohl keinen Spaß.«

Ein zweiter Schüler schüttelt den Kopf. »Ich kann mir gar nicht vorstellen, dass Kollegin V. Sie so behandelt hat.«

»Das müssen Sie Lehrer unter sich regeln«, ergänzt ein Dritter. »Sie haben sicher ein bisschen überreagiert.«

Und ein Vierter betrachtet Herrn S. von oben bis unten und meint dann: »Sie sollten sich vielleicht mal darüber Gedanken machen, woran es liegt, was Sie falsch machen, wenn doch keiner Sie leiden kann.«

Und Herr S. trottet mit gesenktem Kopf davon. Er weiß, dass der Tag morgen genauso verlaufen wird.

Der übernächste Tag auch.

Der überübernächste Tag auch.

Und alle Tage der nächsten Wochen, jeder einzelne.

Immer wieder. Tag für Tag.

Tag für Tag wird dasselbe passieren und keiner, wirklich keiner, wird ihm helfen. Und wenn er einfach nicht mehr in seine Schule fährt, weil er es nicht mehr aushält, dann kommt die Polizei und holt ihn ab und bringt ihn mit dem Polizeiauto zur Schule, denn es herrscht Unterrichtspflicht, er hat überhaupt nicht das Recht, es nicht auszuhalten. Kündigen kann er sowieso nicht, erst nach zehn Jahren. Zehn Jahre lang muss er täglich dieses Lehrerzimmer betreten.

Zufrieden lege ich den Stift beiseite, tupfe mit der Fingerkuppe noch letzte Schokokrümel aus der Verpackung und lutsche sie ab.

Das muss ich noch abliefern. Und wenn ich es bloß für meine Eltern tue. In dieser Szene würde ich gerne mitspielen. Ich würde einen der Schüler spielen, die Herrn S. mit nachsichtigem Lächeln abweisen, ihn zurückschicken in seine kleine rot glühende Privathölle, ihm kopfschüttelnd nachsehen und mit verhaltener Stimme zu meinen Mitschülern sagen: »Mit diesem Mann stimmt einfach etwas nicht. Er kann sich einfach nicht in eine Gruppe einfügen. Er benötigt dringend professionelle Hilfe.«

Und mein Gegenüber würde antworten:

»Wir haben schon längst eine Therapie angeregt, aber seine Kinder stellen sich mal wieder quer.«

»Beratungsresistent«, werde ich sagen, ein Wort, das meine Eltern über die Jahre gelernt haben, weil sie nicht bereit waren, mich wegen »Verhaltensauffälligkeit« therapieren zu lassen.

Ich habe Heimweh.

Ich schiebe den Zettel von mir weg, greife nach dem Telefon und tippe die Nummer von zu Hause ein. Es dauert eine Weile, bis jemand drangeht, es ist Kayla. Ich halte die Luft an. Zwischen Kayla und mir hat es lange kein richtiges Gespräch mehr gegeben.

»Ich bin's, Cedric.«

»Ja.« Das ist natürlich wenig überraschend, denn das Telefon zu Hause erkennt meine Nummer.

»Wie geht's dir?«

»Gut.«

An ihrer zögernden Zurückhaltung erkenne ich, dass ihr Verhältnis zu Marvin enger geworden ist. Womöglich steht er neben ihr, verzieht das Gesicht zu wilden Grimassen, macht sich über mich lustig? Ich atme tief durch. »Sind Mama oder Papa da?«

»Nein. Die sind einkaufen.«

»Ach so.«

Schweigen.

»Und du so?«

»Ganz okay. Komisch, so lange hier zu sein.«

»Sind Freddie und Bine irgendwie doof zu dir?«

»Nein, natürlich nicht.«

»Na dann.«

Herzlicher Kontakt unter liebenden Geschwistern klingt anders. Ich gebe mir einen Ruck. »Und Marvin?« Wie schwer es mir fällt, diesen Namen auszusprechen!

»Willst du doch gar nicht wissen.«

»Doch.« Ich will natürlich wissen, dass Kayla ihn durchschaut hat, dass sie ihm niemals verzeihen wird, was er mir angetan hat, dass sie sich leider von ihm hat blenden lassen und nun der Lichtstrahl der Wahrheit auf ihn gefallen ist, in dem er leider nicht bestehen konnte.

Nichts von alledem.

»Gut«, lautet die knappe Antwort.

»Aha.«

»Passt dir natürlich nicht.« Kaylas Stimme ist so anders als sonst, so entschlossen, fremd. »Du denkst natürlich, er ist an allem schuld. Aber wenn ich höre, was du so alles getrieben hast …«

»Du, ich habe überhaupt nichts getrieben, ich …«

»Klar, du warst vollkommen unschuldig.«

»Ja, war ich. Dieses Arschloch …«

Sie ist weg. Stille.

Ich lege das Telefon auf den Tisch, stecke es dann doch lieber in die Hosentasche, für den Fall, dass Kayla noch einmal zurückruft und sich entschuldigt, und dann gehe ich die Treppe hoch zu Frau Riegers Tür. Ich klingle und klopfe, aber es bleibt ruhig. Das ist mir zu unheimlich – es kann ja immer sein, dass so eine alte Frau einfach mal ohnmächtig oder tot in ihrer Wohnung liegt. Ich stehe eine Weile ratlos herum und beschließe dann, wieder runterzugehen und auf jedes Geräusch im Treppenhaus zu achten. Jedenfalls, wenn ich wieder zurück bin, denn jetzt muss ich erst mal hier raus, auf mein Fahrrad. Nach kurzem Zögern hole ich mir meinen Fahrradhelm, den ich eigentlich nicht ausstehen kann, und Freddie leiht mir eine Jacke, weil meine eigene immer noch nicht getrocknet ist. Ich müsste mich eigentlich mehr um Freddie und Bine kümmern. Sie sind ja schließlich keine Vermieter, die einfach nur Geld kassieren und nichts von mir wissen wollen, sondern Freunde, noch dazu Freunde ohne eigene Kinder, die bestimmt gehofft haben, dass ich mein Leben mehr mit ihnen teile. Ich könnte vielleicht mal für sie kochen, Pfannkuchen backen, das ist meine Spezialität.

Es ist eigentlich ein bisschen zu kalt für eine richtige Fahrradtour, aber beim Strampeln wird mir schon warm werden. Wenn ich mich durchs Viertel schlängle, dann den Park durchquere und ungeschoren das Verkehrschaos am Rinteler Platz überstehe, habe ich eine Chance, den Stadtrand zu erreichen. Heute ist mir mehr nach Land zumute, zum ersten Mal überhaupt, seit ich die neue Schule besuche. Ich hätte mir nie träumen lassen, dass einem so etwas Langweiliges wie Felder und Kühe fehlen können.

Ja, ein Pferd wäre besser als ein Fahrrad, ein Pferd, das einfach losgaloppiert, mit wehender Mähne … so jedoch weht nur mein

Schal. Gibt es noch keine Fahrräder mit Hufgetrappel-Sound? Ein Pferd wäre warm, aus seinen Nüstern würden kleine Wölkchen aufsteigen … ihm würden keine roten Ampeln im Weg stehen … O Mann, fange ich jetzt noch mit dem Einsamen-Cowboy-Mist an? Hallo! Ich fahre hier einfach auf meinem Rad durch eine graue Stadt, strample so schnell ich kann, weiche Mülltonnen aus und offenen Beifahrertüren und Katzen und Glasscherben und Hundehaufen. Ich fahre so schnell, dass keiner mein Gesicht im Vorüberhuschen erkennen kann – bilde ich mir jedenfalls ein. Ich bin eigentlich gar nicht da, an keiner Stelle dieser Welt halte ich mich auf, ich sause nur durch sie hindurch wie eine Sternschnuppe … hm, na ja, nicht ganz so schnell und funkensprühend, und verglühen kann ich auch nicht so einfach.

Leider.

Freddie hat für Zweiradtouren ohne Motor wenig Verständnis, aber er grinst mir zu, als ich mich durchgeschwitzt und mit zitternden Knien wieder in seine Wohnung schleppe und in Richtung Dusche wanke.

»Ich wusste gar nicht, dass du so sportlich bist«, sagt er. »Hey, nicht böse gemeint.«

»Ich bin nicht sportlich«, widerspreche ich, bevor ich die Badezimmertür hinter mir schließe. »Ich fahre nur gerne Rad.«

»Na dann«, höre ich ihn noch brummen.

Freddie und Bine sind ein echter Glücksfall. Es gibt bestimmt wenige Menschen, die einfach so einen ziemlich fremden Fünfzehnjährigen bei sich wohnen lassen, bloß weil der in seiner alten Schule so viele Schwierigkeiten hatte. Wenn sie nicht wären, hätte es mit dem

Schulwechsel nicht geklappt. Mit dem Schulwechsel, der mich hätte retten können, wenn Charly mit seinem blöden Filmthema nicht dazwischengefunkt hätte. Oder wenn ich mich im Griff gehabt und Lars' Oberlippe geschont hätte. Welchen Weg kann ich noch einschlagen, wenn hier alles schiefgeht? Es darf alles nicht sein. Ich werde mich beruhigen, alles nicht so tragisch nehmen.

Am nächsten Tag lese ich die Lehrerzimmerszene in der Filmgruppe vor. Es ist ein großer Erfolg, alle Anwesenden lachen sich kaputt, bis auf zwei: Lars und Charly.

Lars hat zwar so ein schiefes Grinsen im Gesicht kleben, aber seine Augen lachen überhaupt nicht, sie sind wie die Augen eines Greifvogels, folgen jeder meiner Bewegungen und Gesten. Charly lächelt nicht einmal, er bleibt sehr ernst, hat sogar den Handrücken ans Kinn gelegt, guckt aber nicht mich an, sondern irgendeine Stelle an der Wand. Umso überraschter bin ich, als er sich direkt zu Wort meldet, nachdem ich zu Ende gelesen habe.

»Genau. Das brauchen wir. So müssen wir vorgehen.«

Er steht auf, streckt die Hand nach meinem Zettel aus. »Darf ich mal sehen?«

Ich überlasse ihm meine Szene, ziehe die Beine an und umschlinge meine Knie mit den Armen.

»Wir drehen die ganze Sache um«, sagt Charly und klopft mit der rechten Hand auf das Papier, das er in der Linken hält. »Wir spielen nicht einfach nach, was passiert. Wir übertragen das Ganze auf andere Gruppen, andere Schauplätze … Das ist eine geniale Idee, Cedric.«

Lars verdreht die Augen.

Sinja lächelt.

Die anderen sehen größtenteils auf ihre Fußspitzen oder Fingernägel oder auf Charly.

»Mobbing ist doch eine Form von Gewalt, oder?«, murmelt Lars. »Mit Gewalt kennt sich Cedric ja aus.«

Wieder kichern einige.

Charly mustert Lars aufmerksam. »Was willst du damit sagen?«, fragt er.

»Weiß doch jeder.« Lars zeigt auf seine Oberlippe.

»Ich denke, das haben wir geklärt.«

Lars zuckt mit den Achseln.

Jetzt mischt sich Sinja ein. »Wir wollen aber doch keine Komödie drehen, oder? Mobbing ist nicht witzig.«

Charly wendet sich ihr zu.

»Du hast recht. Es darf kein Klamauk werden. Aber man kann sein Ziel vielleicht besser erreichen, das Publikum erreichen, meine ich, indem man ihm auch mal ein Grinsen erlaubt.«

»Welches Publikum?«, fragt Lars spöttisch. »Und welches Ziel?«

»Das Ziel ist, wie immer, Leute dazu zu bringen, über das nachzudenken, was sie tun«, sagt Charly.

Lars runzelt die Stirn, aber Charly beachtet ihn nicht weiter. Er kommt auf mich zu und gibt mir die Zettel zurück. »Kannst du in die Richtung noch ein bisschen weiterdenken?«

Ich zucke die Achseln und nicke gleichzeitig. »Kann's ja probieren.«

»Ich schlage vor, wir improvisieren die Lehrerszene mal«, schlägt Charly vor. »Wer macht den Lehrer?«

»Cedric natürlich«, sagt Lars.

Ich schüttle einfach nur den Kopf.

»Ich mach das!« Ein Mädchen aus der Elften meldet sich. »Kann doch auch eine Lehrerin sein, oder?«

»Und wie sollen wir dich am Bart ziehen?«, erkundigt sich einer.

»Improvi-siiiieren«, betont Sinja.

Ich kriege meine Wunschrolle als gnadenlose Hofaufsicht. Als die Lehrerin mit zerrütteten Nerven, schluchzend und mit zerrauften Haaren vor mir steht, teile ich ihr gelassen mit, dass sie mal darüber nachdenken soll, was sie falsch macht.

Ich habe noch nicht einmal ein gutes Gefühl dabei.

Sinja wartet nach der Probe auf mich.

»Wie geht es dir?«, fragt Sinja.

Als ahnte sie, was mir alles durch den Kopf geht. Aber sie kann es nicht ahnen.

»Geht schon«, sage ich. »Wie steht mir Freddies Zweitjacke?« Ich hebe die Arme, drehe mich um mich selbst.

»Cool«, sagt Sinja abwesend. »Ich muss dir was sagen.«

»Ich muss dich zuerst was fragen.«

Sie runzelt die Stirn. »Was denn?«

»Fährst du gerne Rad?«

»Solange es nicht bergauf geht.«

»Hast du denn Lust … ich meine, machst du mit mir eine Fahrradtour?«

»Jetzt?«

»Nein. Natürlich nicht. Donnerstag. Wenn wir nachmittags keine Schule haben.«

»Da kann ich nicht. Babysitten ist angesagt. Warum nicht am Wochenende?«

»Da fahre ich zu meinen Eltern. Mal wieder.«

»Ja, klar.« Sie holt tief Luft. »Ein andermal. Ich muss dir was sagen.«

Ich senke den Kopf. »Facebook?«

Sie nickt.

»Mist.« Ich stütze mich auf meinen Fahrradsattel, sehe auf die Reihe der Straßenlaternen wie auf die Lichter einer fernen Küste. »Und was steht da?« Diese Frage flüstere ich.

»Ich weiß nicht … willst du's lesen?«

»Nein.«

»Ich finde, du solltest es wissen. Es ist wahrscheinlich alles Quatsch.«

»Woher willst du das wissen?«, schnappe ich.

Sie zuckt zurück.

Hey, Cedric, sie kann nichts dafür! »Sag's mir. Lies es durch und sag's mir.«

»Nein.« Sinja fängt an, sich über mich zu ärgern. Das überrascht mich, denn seit ich sie kenne, war sie immer geduldig und versöhnlich, eine Freundin eben.

»Wenn das alles stimmen würde, dann wärst du … dann wärst du nicht …«

»Was denn? Wäre ich dann im Knast? Oder in der Klapse?«

»Mann, Cedric.« Jetzt ist sie tatsächlich wütend. »Dann lass es bleiben. Sag Bescheid, wenn man wieder mal mit dir reden kann.«

Und sie fährt einfach in die Dunkelheit davon. Wenn ich Pech habe, holt sie Lars noch ein, und er begleitet sie bis zu ihrer Haustür, als echter Gentleman. So was kann der. Vielleicht sollte ich ihr nachfahren. Aber was soll das? Wenn ich jetzt anfange, über meine

Vergangenheit zu reden, dann muss ich ihr alles sagen. Dann muss ich ihr erklären, dass ich ein Loser bin, während meiner ganzen bisherigen Schulzeit einer war, dass das Wort »Opfer« in dicken Buchstaben auf meiner Stirn eingebrannt ist, dass ich einer bin, der viele Jahre ganz allein in seinem Opferland gelebt hat, und dass ich nicht dahin zurückgehen werde in mein Opferland, egal was passiert, nie wieder.

Na ja.

Es gibt ja immer noch einen guten Ratschlag in meiner Sammlung, zum Beispiel den hier:

Wenn einem das Wasser bis zum Hals steht, soll man nicht den Kopf hängen lassen.

G

Ich bin gerade mal eine Woche an der neuen Schule, als mich Finn-Luca zum ersten Mal auf den Boden wirft. Finn-Luca ist zwei Jahre älter als ich, aber trotzdem erst Fünftklässler. Er überragt mich um ungefähr zehn Zentimeter, ist nicht besonders sportlich, aber ziemlich dick, und vor allem hat er Freunde, eine ganze Gruppe Jungen und Mädchen, die daneben stehen und johlen und ihn anfeuern, als er mich packt und einfach umwirft.

Ich bin auf meinen Ellbogen gefallen, das tut weh, aber ich versuche, nicht zu weinen. Wenn ich weine, bin ich verloren, dann werden sie es immer wieder tun, nur um mich weinen zu sehen, als liefere ihnen meine Schwäche eine Rechtfertigung. Ich stehe also vorsichtig auf, flüstere nur leise »Arschloch!«, meine Knie zittern, ich halte mir den

Ellbogen und sehe mich nach einem Aufsicht führenden Lehrer um. Es ist keiner zu sehen. Dann sehe ich mich nach meinem neuen Freund Sven um, aber der ist auch nicht zu sehen. Vielleicht holt er Hilfe.

Ich bin wirklich froh, dass ich jetzt Sven habe. Zum ersten Mal seit wir hier im Tal wohnen, habe ich einen Freund, einen Jungen, der sich gerne zu mir an den Tisch setzt. Ich kann ihn anrufen, wenn ich meine Hausaufgaben vergessen habe, und er hat versprochen, dass er mich besuchen kommt. Ich habe meine Mutter gefragt, ob sie ihn abholen und zurückfahren kann, und sie sagt, das kriegen wir schon hin, und wenn ich will, dann backt sie Muffins, die mit Banane drin, die schmecken eigentlich jedem. Es ist das größte Ereignis seit meiner missratenen Geburtstagsfeier vor mehr als zwei Jahren.

Das macht mir so viel Mut, dass ich mich sogar traue, mein orangefarbenes Sweatshirt und die roten Sneaker anzuziehen, obwohl mir klar ist, dass ich dann wieder wie ein Mädchen aussehe. Meine Haare habe ich mir auch noch nicht abschneiden lassen, sie hängen mir auf die Schultern. Ich mag meine langen Haare, und ich sehe trotzdem überhaupt nicht wie ein Mädchen aus, sagen meine Eltern, und Kayla meint, wer mich für ein Mädchen hält, muss total blind sein oder bekloppt oder beides.

Ich weiß noch nicht, ob Herr Schrader nett ist oder nicht. Jedenfalls ist er nicht so nett wie Herr Knopper, auch wenn er von Zeit zu Zeit einen Witz erzählt. Ich ertappe ihn oft dabei, wie er mich mit zusammengekniffenen Augen beobachtet. Einmal habe ich laut gestöhnt, weil er uns so viele Hausaufgaben gegeben hat, da hat er mich gleich vor die Tür geschickt. Auch mein Mathelehrer hat mich schon vor die Tür geschickt, weil ich wieder in meinen Block gemalt habe. Er hat gesagt, dass ich so nicht zuhören kann, und ich habe ihm wider-

sprochen, weil ich beim Zeichnen sehr gut zuhören kann, und da ist er wütend geworden, hat gebrüllt, dass er keine Frechheiten duldet, und schon stand ich mal wieder im Treppenhaus. Das Treppenhaus ist nicht so kalt und dunkel wie das in der Grundschule, es ist heller, man kann durch das Fenster beobachten, was auf dem Hof alles passiert.

Meine Englischlehrerin, Frau Jasper, kommt mir nett vor. Sie lächelt viel, und obwohl mir dreimal mein Mäppchen vom Tisch gefallen ist, hat sie mich nicht angemeckert, sondern nur gesagt: »Na, Cedric, du bist wohl noch nicht ganz ausgeschlafen.«

Einmal in der Woche muss ich über Mittag in der Schule bleiben. Das finde ich eigentlich gar nicht so schlecht, denn ich esse gern in einer Cafeteria. Wenn ich bei der Frau mit dem rollenden R hinter der Theke ein Brötchen mit Käse und Tomaten bestelle und vorne dann bezahle, komme ich mir sehr erwachsen vor.

Nach einer Woche Gesamtschule ist meine Stimmung nicht wirklich gut, aber alles kann nur besser sein als in der Grundschule. Ich habe keine Lust, mir das wegen Finn-Luca wieder kaputt machen zu lassen, und deswegen werde ich jetzt nicht weinen, sondern einfach weggehen.

Sven finde ich am anderen Ende des Schulhofs. Ich weiß gar nicht, wie wir uns so verlieren konnten, denn normalerweise gehen wir in der Pause nebeneinanderher im Kreis herum wie Gefangene, die wir irgendwie in der Schule ja auch sind. Sven hat nicht gesehen, dass Finn-Luca mich angegriffen hat.

»Hast du ihn geärgert?«, fragt er.

Ich schüttle den Kopf. Für wie dumm hält er mich? Ich möchte nur meine Ruhe haben.

Ich höre, dass die Jungs um Finn-Luca von Weitem meinen Namen rufen, »Cedric! Cedric!«

Ich tue ihnen den Gefallen nicht. Ich explodiere jetzt nicht.

Jetzt noch nicht.

»Heute Nachmittag kann ich zu dir kommen«, verkündet Sven. »Meine Mutter fährt mich.«

Und da fühle ich mich ganz groß und stark, und selbst als mir Paul vor dem Schuleingang das Bein stellt und ich stolpere, macht mir das nicht so viel aus wie sonst.

Meine Mutter empfängt Svens Mutter wie eine Königin. Svens Mutter ist jung, viel jünger als meine Mutter, und sie hat Svens kleine Schwester Marlene im Schlepptau. Meine Mutter bittet die beiden herein und drängt ihnen Muffins mit Banane auf, aber Svens Mutter sagt, sie verträgt keine Banane und nippt nur an schwarzem Kaffee, während sie unser Wohnzimmer mustert, unsere alten Möbel, unseren abgewetzten Parkettboden. Sven futtert drei Muffins und Marlene zerbröckelt einen weiteren und wirft die Krümel unter den Tisch. Svens Mutter meint, sie müsse jetzt gehen, ihr Haus sei noch so unordentlich, und Sven sagt sie, er soll anrufen, wenn »was wäre«. Aber was soll sein? Sven gefällt mein Zimmer, ihm gefällt unser Garten und er hat Lust, mit Lego zu bauen, und Kayla, die heute ausnahmsweise mal selbst keinen Besuch hat, darf auch mitmachen.

Es kann überhaupt nichts schiefgehen.

Ich glaube, ich war noch nie so glücklich, seit wir hierher gezogen sind. Meine Mutter singt, während sie die Krümel unter dem Tisch wegkehrt und die restlichen Muffins in Alufolie einschlägt.

Als wir Sven zu Hause abliefern, bin ich davon überzeugt, dass dies die Wende ist.

Auch wenn Finn-Luca mich am nächsten Tag wieder auf den Boden wirft und seine besten Kumpels Paul und Serdan es auch gleich ausprobieren müssen. Serdan ist noch nicht einmal größer als ich, vielleicht nicht mal stärker, aber er schafft es trotzdem, ich kann mich einfach nicht wehren. Ich schreie die drei an, so laut ich kann. Mein Herz klopft ganz laut, ich habe das Gefühl, ich platze gleich. Ich sehe, dass mein Mathelehrer in einer anderen Ecke des Hofs herumsteht, er tippt auf seinem Smartphone herum. Ich renne hin und berichte ihm, was passiert ist, aber er reagiert kaum. Ich sehe mich um. Überall schubsen sich Kinder, rangeln, aber sie lachen dabei, keiner weint, keiner beschwert sich bei der Pausenaufsicht.

»Das sind aber nicht meine Freunde«, sage ich, in der Hoffnung, mein Anliegen damit verständlich zu machen.

»Du musst dich eben wehren«, sagt der Lehrer, und dann lässt er mich stehen, weil vor dem Brunnen nun doch ein Mädchen ziemlich heftig hingefallen ist und laut weint.

Sven steht vor der Cafeteria. Er reißt ein Stück von einer Brezel ab und hält es mir hin, aber ich nehme es nicht. Meine Hände sind schmutzig, weil ich mich auf dem Boden abstützen musste. Mich ekelt es vor dem Boden im Schulhof, weil so viele Kinder ständig ausspucken. Ich darf noch nicht einmal ins Klassenzimmer gehen und mir die Hände waschen. In den Toilettenblock gehe ich bestimmt nicht, dort stinkt es zum Himmel.

»Cedric, Cedric!«

»He, du fette Schwuchtel!«

Ich habe meinen Vater gefragt, was denn eine Schwuchtel sei, und er hat mir erklärt, das sei ein sehr böses Wort für einen Mann, der sich nicht in Frauen, sondern in andere Männer verliebt, so wie sein alter Schulfreund Michael und daran sei nun mal wirklich nichts schlimm. Ich habe nicht verstanden, was das mit mir zu tun hat, denn ich fin-

de Jungs wirklich nicht besonders gut und kann mir nicht vorstellen, warum man sich in die verlieben sollte. Aber ich erkenne eine Beleidigung, wenn ich eine höre. »Schwuchtel« scheint als Beleidigung so unlogisch zu sein wie »Mädchen«.

Als Herr Schrader uns heute einzeln nach vorne ruft, um über unsere Deutscharbeiten zu reden, greift Paul auf dem Rückweg einfach nach meinem Mäppchen und schiebt es über die Tischkante. Das Mäppchen ist offen und die Stifte spritzen in alle Richtungen. Und das Fass läuft wieder über.

»Vollidiot!«, schreie ich laut.

»Was ist da los?« Herr Schrader schiebt sich die Lesebrille hoch, mustert uns scharf.

»Er hat mein Mäppchen runtergeschmissen«, grolle ich.

»Das war doch nur aus Versehen«, behauptet Paul.

»Das stimmt doch gar nicht!«, schreie ich ihn an.

Eine Minute später stehe ich mal wieder auf dem Flur und habe Tränen in den Augen. Das ist ungerecht! Warum glaubt mir keiner?

Und warum hat Sven mir nicht geholfen? Er hat doch genau gesehen, dass Paul mein Mäppchen absichtlich über die Tischkante geschoben hat. Oder hat er vielleicht gerade nicht hingesehen?

Als ich wieder hereinkomme, hat Herr Schrader seine Brille immer noch auf der Nasenspitze sitzen.

»Ich werde mal mit deiner Mutter reden müssen«, sagt er.

Da kriege ich einen großen Schreck. Meine Eltern haben sich in den letzten Wochen deutlich entspannt. Meine Mutter singt wieder und hat angefangen, im Beet vor dem Haus neue Blumen zu pflanzen. Mein Vater sitzt abends auf der Terrasse und trinkt Rotwein und schaut in den Himmel, als gefiele es ihm im Tal besser als sonst irgendwo auf der Welt. Wenn Herr Schrader anruft, wird meine Mutter wieder nervös, und mein Vater regt sich vielleicht wieder darüber auf, dass ich überhaupt in die Schule muss. Ich weiß nämlich inzwischen, dass Deutschland fast das einzige Land auf der Welt ist, in dem Eltern gezwungen werden, ihr Kind in die Schule zu schicken und es nicht selbst unterrichten dürfen oder noch besser mit anderen Kindern zusammen, die es in der normalen Schule nicht aushalten. Dass es das einzige Land ist, in dem die Polizei Kinder in die Schule bringt oder der Staat den Eltern das Kind wegnehmen darf, nur weil sie es nicht in die Schule schicken wollen. Und dabei ist es dem Staat offenbar ganz egal, wie schlecht es dort behandelt wird und dass es dort vielleicht ganz kaputtgeht. Meine Eltern kennen inzwischen Leute, die ebenfalls versuchen, ihre Kinder aus der Schule zu befreien. Und sie kennen Leute in anderen Ländern, die ihre Kinder einfach zu Hause lernen lassen und dafür überhaupt nicht bestraft werden. In den meisten Ländern ist das völlig okay, solange die Kinder wirklich was lernen.

Ich starre Herrn Schrader an, aber ich kann nichts sagen, noch nicht einmal lächeln, ihn irgendwie versöhnen.

Als ich an diesem Tag aus der Schule komme, ist mir ganz schlecht vor Angst, aber Herr Schrader hat offenbar noch nicht angerufen. Nachmittags klingelt zweimal das Telefon, aber einmal ist es Oma, beim zweiten Mal einer, der eine Umfrage über Fernsehgewohnheiten machen will. Ich versuche sogar, meine Hausaufgaben ordentlich zu erledigen, nur um klarzustellen, dass alles in Ordnung ist.

Am nächsten Morgen warten ein paar ältere Jungs schon an der Bushaltestelle auf mich. Ich halte ein paar Meter Abstand, lehne mich an einen Zaun und starre auf die Straße.

»Cedric! Cedric!«

»Hey Cedric, wie geht's deiner fetten Alten?«

»Hey Cedric! Die an der Grundschule sind vielleicht froh, dass sie dich los sind!«

»Der Cedric musste ein Jahr überspringen, weil sie es nicht mehr mit ihm ausgehalten haben.«

Ich denke an unsere letzte Urlaubsreise nach Norwegen. In Norwegen ist die Landschaft groß, leer und ganz still, bis auf die ohrenbetäubend rauschenden Wasserfälle. Man kann hervorragend an den kleinen Flüssen Dämme bauen, aus lauter grauen und weißen Steinen, dann die Schuhe ausziehen und durch das klare, eiskalte Wasser waten, bis die Zehen beinahe abgefroren sind.

Der Bus kommt. Leider fährt er so früh, dass wir zehn Minuten vor Unterrichtsbeginn an der Schule sind. Ich renne in meine Klasse, ohne nach links und rechts zu sehen. Sven ist noch nicht da, denn sein Bus kommt später an. Ich setze mich an meinen Platz und ziehe ein Buch aus der Tasche. Ich werde lesen und keinen beachten, der hereinkommt, dann beachtet mich vielleicht auch keiner.

»Hey, Cedric!«

»Cedric! Was liest du denn da? Liest du die Bibel?«

»Mann, der redet nicht mit uns.«

Jemand reißt mir das Buch aus der Hand, liest den Titel laut, mit theatralischer Stimme vor, die anderen grölen.

»Warum redest du nicht mit uns?«

Finn-Luca schubst mich. Ich halte mich mit den Händen am Tisch fest.

»Verpiss dich«, sage ich leise.

Er packt meinen Unterarm und dreht ihn um.

Da fange ich an zu weinen. Und als ich einmal angefangen habe, kann ich nicht mehr aufhören, denn ich weiß, ich habe verloren. Ich bin dem Spiel nicht entflohen, es wird einfach immer so weitergehen, sie werden es immer wieder tun, bis ich sie anschreie oder weine.

Jede Pause wird für mich zum Albtraum. Ich versuche, einen sicheren Platz zu finden, in der Nähe der Aufsicht, aber oft ist gar keine Aufsicht da. Ich bleibe in der Sichtweite des Verwaltungsgebäudes, damit Lehrer, die zufällig dort herauskommen, mich sehen. Aber es nützt alles nichts. Die Jungs finden mich immer. Außer denen aus meiner Klasse sind jetzt auch welche aus höheren Klassen dabei. Jetzt wo ich wieder weine, ist ihnen eingefallen, dass sie mich aus der Grundschule kennen, dass sie dort schon ihren Spaß mit mir hatten.

Manchmal greifen Lehrer ein und schütteln den Kopf über mich. »Wenn es irgendwo Ärger gibt, steckst immer du mittendrin«, sagen sie. »Das ist doch merkwürdig, oder?«

»Weil mich alle ärgern«, stammle ich dann.

»Und woran liegt das? Was machst du denn?«

»Ich weiß es nicht.«

Wenn die nächste Stunde anfängt, bin ich völlig aufgewühlt von allem, was mir in der Pause passiert ist. Und am Ende der übernächsten habe ich schon wieder Angst vor der nächsten Pause oder vor der Haltestelle, an der ich gemeinsam mit den anderen auf den Bus warten muss. Ich kann mich im Unterricht nicht einmal mehr konzentrieren, wenn ich zeichne, bin gereizt und schnauze zurück, wenn die Lehrer mich anmeckern. Nach dem Unterricht drücke ich mich so lange wie möglich auf dem Schulgelände herum und habe mich mit einer Putzfrau angefreundet. Ich habe sie gefragt, ob sie für die schwere Arbeit denn wenigstens anständig Geld bekommt, und seither mag sie mich und schenkt mir manchmal Bonbons. Ich laufe wie ein Hündchen hinter ihr her, bis der Bus fährt.

Im Bus setze ich mich direkt hinter den Fahrer, der Platz ist immer frei. Der Busfahrer guckt in den Rückspiegel und schimpft, wenn im Bus zu viel Tumult herrscht. Wenn ich ausgestiegen bin, weiß ich, dass meine Mutter hinter der Ecke auf mich wartet. Sie kommt nicht direkt bis zum Bus, weil sie weiß, dass ich dafür erst recht gehänselt würde, aber sie wartet in Hör- und Sichtweite, damit sie mir im Notfall helfen kann.

12. Zurück im Opferland

Sie haben es wahrhaftig geschafft. Frau Rieger muss ausziehen.

Sie behauptet, dass sie es selbst will, aber ich kann das nicht glauben. Bestimmt haben sich alle Gerschinskis und Gutmenschen in Trekkingjacken der Stadt vor ihrer Tür versammelt und ihr eingeredet, dass sie demnächst das Haus anzünden und uns alle umbringen wird, sogar Edwin und Moses.

Und das alles nur wegen des Kinderwagens. Ich bin überzeugt davon, hinter ihrer Wohnungstür dürfte Frau Rieger so verrückt sein, wie sie nur wollte, sie dürfte die Wände bunt anmalen, ihre Topfpflanzen kochen, in ihrer Badewanne Fische halten, und es würde sich keiner daran stören. Ihr Fehler war der Kinderwagen. Sie hat den Leuten deutlich gezeigt, dass sie sich nicht an ihre willkürlich erfundenen Regeln hält. Dabei stören Hasen im Kinderwagen doch niemanden. Sie kacken nicht auf die Straße wie Hunde. Nicht einmal Tierquälerei ist das.

Seit Bine mir gesagt hat, dass Frau Rieger gehen muss, mag ich dieses Haus plötzlich viel weniger. Zu Anfang des Jahres ist es mir wie eine Burg erschienen, eine Festung, in der ich mich gegen all das verschanzen kann, was mich bedroht. Aber die Verräter sitzen längst im Inneren dieser Burg. Vor den Menschen, die davon leben, alles richtig zu machen, gibt es kein Entrinnen. Sie sind jederzeit bereit, jeden zu vertreiben, der ihre wohlorganisierte Ameisenwelt infrage stellt. Eigentlich ein Wunder, dass sie Freddie und Bine noch nicht vertrieben haben, wo diese sich doch gar nicht so anziehen, wie es sich für Leute über fünfzig gehört, und ein altes Auto fahren und immer schnell weitergehen, wenn im Treppenhaus jemand über andere Mieter herziehen will.

»Waffenstillstand«, erklärt Bine, als ich sie darauf anspreche. »Du hättest sie hören sollen, als wir eingezogen sind. Die haben täglich überprüft, ob wir unseren Müll in die richtige Tonne schmeißen. ›Die Rocker‹ haben sie uns genannt. Nur weil wir so ein bisschen Motorrad fahren.« Sie verdreht die Augen. »Dafür haben wir die anderen Mieter ›die Spießerbande‹ genannt«, vertraut sie mir dann an. »Wir leben nun mal auf zwei verschiedenen Planeten. Auch wenn wir im selben Haus wohnen. So was gibt's.«

Als ob ich das nicht schon lange wüsste.

Ich gehe nach oben, klingle an Frau Riegers Tür. Als sie mich einlässt, denke ich, dass ihr Auszug nur ein Gerücht sein kann. Es hat sich nichts verändert, keine gepackten Kisten stehen herum.

»Ich habe keinen Kuchen«, sagt Frau Rieger zur Begrüßung. »Edwin und Moses haben alles aufgegessen.«

Ich verkneife mir die Bemerkung, dass wir dann wohl in unserer Not Edwin und Moses essen müssen – da versteht Frau Rieger bestimmt keinen Spaß –, und präsentiere eine Kekspackung, die mir Bine gerade in die Hand gedrückt hat. Waffeln mit Schokolade.

Frau Rieger strahlt wie ein Kind am Nikolaustag. Noch einmal setzen wir uns zu viert um ihren Küchentisch und plaudern, als wäre nichts, dabei liegt mir ein schwerer Stein im Magen … einer? Ganz viele dicke, kalte Steine …

Ich traue mich nicht zu fragen, was nun aus den Hasen wird. Wenn sie mir die beiden tatsächlich überlassen wollte, hätte sie das ja längst ordentlich mit mir klären müssen, oder? Offenbar hat sie es doch durchgesetzt, dass sie die beiden mitnehmen kann. Das ist doch wenigstens ein Trost.

»Hast du keine Freundin?«, fragt Frau Rieger mitten in meine Gedanken.

Ich schrecke zusammen.

»Nein«, sage ich, ohne nachzudenken. Frau Rieger redet nicht über eine Freundin wie Sinja, das ist mir klar. Sie redet über Liebe und all den Kram.

»Ein Jammer.« Frau Rieger seufzt. »Schade, dass ich zu alt für dich bin.«

Ich verschlucke mich an meinen Waffelkrümeln, huste und trinke schnell einen Schluck Kaffee. Frau Rieger beobachtet mich, sie grinst, und ich kann mir plötzlich vorstellen, wie sie als junges Mädchen ausgesehen hat. Oder vielleicht auch nur, wie sie als junges Mädchen geguckt hat.

Bestimmt hat sie auch schon viel ausgehalten.

Eigentlich kaum zu glauben, dass ein Mensch das Leben überhaupt so lange aushalten kann. Ich bin mir nicht sicher, dass mir das gelingen wird.

Plötzlich habe ich es eilig, hier wegzukommen. Ich stehe auf.

»Ich muss noch was für die Schule machen. Danke für die Kekse.«

»Die hast du doch selbst mitgebracht.«

»Stimmt.« Ich grinse verlegen, streichle Edwin und Moses zum

Abschied, gebe Frau Rieger die Hand. Sie drückt so fest zu, dass ich alle ihre Fingerknochen spüre.

Ich springe über die Treppenabsätze wie ein panisches Känguru, so eilig habe ich es, wieder in Bines Wohnung zu kommen.

Nur gut, dass ich morgen nach Hause fahre. Wenn Frau Rieger dieses Wochenende schon abgeholt wird, möchte ich auf keinen Fall in der Nähe sein. Es könnte nämlich sein, ich schlage noch einmal zu, wenn einer der Gutmenschen sie aus ihrer Wohnung zerrt. O Mann, was ist das denn, werde ich jetzt endlich doch noch gewalttätig, so wie meine Lehrerinnen es schon in der zweiten Klasse prophezeit haben?

Ich bleibe an diesem Abend noch ziemlich lange bei Bine und Freddie sitzen, gucke mit den beiden irgendeinen amerikanischen Krimi im Fernsehen an, so eine Nummer mit Verfolgungsjagden auf Highways und Geballer und langbeinigen Blondinen, interessiert mich genau genommen überhaupt nicht. Ehrlich gesagt überrascht es mich, dass die beiden sich so etwas reinziehen. Sie stellen mir etwas zu knabbern hin und lächeln mir abwechselnd zu, wohl um mir zu zeigen, wie sehr es sie freut, dass ich ihre Gesellschaft suche. In Wirklichkeit weiche ich aber nur meinem Laptop aus, den ich momentan mit dieser Facebook-Geschichte verbinde. Ich klappe es nur im Notfall auf, mit einem Widerwillen, als sei es elektrisch geladen. Dabei kann es nichts von mir verraten. Es kann nicht selbstständig irgendwelche Geheimnisse an Lars' Facebookseite weiterleiten, zumal ich meine Erinnerungen damals in voller Absicht auf Papier geschrieben habe, vergraben habe ich sie, jawohl, vergraben, in echter, analoger Erde mithilfe eines echten, analogen Spatens … Nein, mein Rechner kann wirklich nichts dafür, es gibt nicht den leisesten Grund, ihn mit Missachtung zu strafen.

Jetzt bereue ich es, dass ich mir bei Sinja die Neuigkeiten auf Lars' Facebookseite nicht angesehen habe. Vielleicht steht da ja völliger Unsinn, vielleicht hat nur jemand so getan, als würde er mich kennen, schreibt etwas, was er sich gerade aus den Fingern gesaugt hat, hat in Wirklichkeit noch nie etwas von mir gelesen und gehört.

Aber – ändert das etwas?

Schmeichelhaftes ist auch von Internet-Psychopathen nicht zu erwarten. Kaum anzunehmen, dass jemand, der mich nicht kennt, einfach hinschreibt, dass ich ein ganz normaler Typ bin, sympathisch, ruhig, beliebt, unauffällig.

»Ist einer von euch bei Facebook?«, frage ich mitten in eine Schlägerei in der Tiefgarage hinein.

Freddie wendet sich überrascht zu mir um. »Um Himmels willen. Wozu denn?«

Ich zucke mit den Achseln. Der Held liegt am Boden, Blut rinnt aus beiden Nasenlöchern, der Gegner hebt die Faust, holt zum letzten, vernichtenden Schlag aus …

»Meine Kolleginnen sind fast alle drin.« Bine spricht undeutlich, wegen der Pistazien, die sie gerade zerkaut. »Ich hab mir's mal erklären lassen. Ist vielleicht ganz nett, wenn man viele Bekannte hat, die weit weg wohnen.«

Ein Schuss fällt, der böse Gegner grunzt ein letztes Mal, fällt und verendet unter wilden Zuckungen zehn Zentimeter neben dem Helden, der seine angeschwollenen Lippen zu einem triumphierenden Grinsen verzieht.

»Irgendwie auch nichts Nettes«, murmelt Bine und greift wieder in die Pistazienschüssel.

»Wieso, ist doch gut ausgegangen«, meint Freddie.

Die beiden beruhigen mich heute. Sie sind auf ihre spezielle Art so normal und machen sich kein bisschen Sorgen um mich. Ich muss darauf achten, dass meine Eltern nicht erfahren, was los ist. Sonst bin ich am Wochenende wieder von angespannten, gereizten, ratlosen und deprimierten Menschen umgeben.

Schlimmer ist, dass ich Kayla diesmal nichts erzählen kann. Nicht dass Lars etwas mit Marvin zu tun hätte, aber ich möchte einfach nicht, dass Kayla von der Sache hier erfährt. Ich kann nicht sicher sein, dass sie es ihrem Lover nicht weitererzählt, und der darf es auf keinen Fall erfahren.

Als ich schlafen gehe, verabschiede ich mich gleich fürs Wochenende. Morgen früh werden wir uns nicht begegnen, und nach dem Unterricht fahre ich sofort los und komme erst Montag früh wieder. Mein Laptop packe ich dann doch noch ein, wegen der Schule natürlich nur.

Ich freue mich auf meine Eltern und eigentlich auch auf Kayla. Wenn wir uns gegenüberstehen, einander ansehen, dann wird sich die Spannung von alleine geben. Es kann doch nicht ernsthaft sein, dass dieser Typ jetzt auch noch unsere Familie sprengt. Oder macht Liebe so was? Wenn man all den Filmen und Büchern Glauben schenken will, dann könnte man befürchten, dass Verliebtsein solche Katastrophen auslöst. Mir ist so was noch nie passiert und ich bin auch gar nicht scharf drauf. Ich will entscheiden, was ich tue, nicht kopflos irgendeinem Quatsch hinterherlaufen.

Sinja ist in den letzten Tagen abweisend, still, als würden wir uns gar nicht näher kennen. Sie erwähnt die Facebook-Sache nicht mehr, wahrscheinlich gibt es nichts Neues, oder sie hat einfach beschlossen, dass sie mir nichts mehr erzählen wird. Es kann sein, sie liest jeden Tag irgendwelche üblen Dinge über mich und redet nicht darüber. Es kann sein, jedes Mal wenn sie ihr Laptop aufklappt, bröckelt ein kleines Stück unserer Freundschaft weg, fällt ein neuer Termitenschwarm von Zweifeln darüber her und knabbert und frisst. Der Rest der Woche ist ansonsten in der Schule ziemlich ruhig verlaufen. Ja, wirklich, ausgesprochen ruhig, weil ja praktisch keiner mehr mit mir redet. Ich habe versucht, mich ganz normal mit den Jungs zu unterhalten, mit Ken und Momo und Lars, aber sie drehen mir sofort den Rücken zu. Die Stimmung ist angespannt, aber nicht offen feindselig. Am Donnerstag war allerdings meine Arbeit für den Kunstunterricht verschwunden, wir beschäftigen uns gerade mit Holzschnitt, das hat mir eigentlich viel Spaß gemacht. Als Motiv habe ich das Denkmal in unserem Wald gewählt, das untergehende Schiff, das ich schon immer merkwürdig fand, schon damals, als ich den Zusammenhang gar nicht verstehen konnte, denn ein Schiff hat unter Bäumen irgendwie überhaupt nichts verloren. Jedenfalls hatte ich meinen Holzschnitt fast fertig und nun ist das Bild nicht mehr da. Ich kann aber nicht einfach behaupten, dass jemand es mir geklaut hat. In einer großen Schule gibt es tausend Möglichkeiten, wie und warum eine Sache verschwinden kann. Wenn ich nicht ich wäre, würde ich mich darüber zwar ärgern, aber niemals daran denken, dass irgendeine Absicht dahinterstecken könnte. Dasselbe gilt für den Sportunterricht am Mittwochnachmittag, als mich mehrmals andere Spieler einfach über den Haufen gerannt haben. So etwas kann beim Handball passieren, das hat auch Herr Leppermann gesagt, unser Sportlehrer, und ist nicht weiter darauf eingegangen. Ich hoffe, dass meine Mutter meine blauen Flecken nicht entdeckt. Sie darf auf keinen Fall misstrauisch werden, sich wieder Sorgen machen. Meine Eltern haben sich schon so viele Sorgen um mich gemacht. Jahrelang sind sie jedes Mal zusammengezuckt, wenn vormittags das Telefon klingelte, besonders während der Schulpausen. Jahrelang haben sie auf die Uhr gesehen, den ganzen Vormittag, aber vor allem, wenn sie wussten, dass ich jetzt Deutsch habe bei Herrn Schrader oder Kunst oder Mathe oder Sport oder eins von den anderen Fächern, in denen es gerade ganz schlimm war. Ich weiß das, weil meine Mutter einmal mit ihrer Freundin darüber geredet hat, ich war im Garten, und das Fenster stand offen. Ich weiß, dass sie gesagt hat, mein Vater und sie, sie beide halten es einfach nicht mehr aus, dass die ganze Familie kurz vor dem Durchdrehen ist, nur Kayla nicht, Kayla, der Fels in der Brandung, ein unkompliziertes, normales, allgemein beliebtes Kind.

»Wie geht es dir?«, fragt meine Mutter am Bahnhof, und immer noch schwingt diese Besorgnis in der Frage, die Ahnung, die Befürchtung, das Doch-lieber-nicht-wissen-Wollen, das ich sofort bediene, indem ich meine Mundwinkel nach oben zwinge und meine Mutter fest in den Arm nehme. »Alles super.«

Aber meine Mutter macht sich los. »Wirklich?«, fragt sie streng.

Mütter riechen es leider manchmal, wenn man nicht ganz ehrlich ist. Es kommt aber durchaus vor, dass der Instinkt versagt, immer dann, wenn sie es gar nicht mehr aushalten und sich so sehr wünschen, dass alles in Ordnung ist. Heute ist meine Mutter noch nicht so ganz misstrauisch.

»Alles klar«, wiederhole ich. »Was gibt's zu essen?«

»Papa hat Tortellini gemacht.«

»Gemacht?«

»Ja. Selbst gemacht. Mit Käse-Schinken-Füllung.«

»Cool.« Ich zögere. »Isst Kayla nicht mit?«

Kayla isst nämlich seit zwei Jahren kein Fleisch mehr.

»Sie kriegt ihre eigene Portion. Ricotta-Spinat-Füllung. Da lässt sich dein Vater nicht lumpen, wie du weißt.«

»Klar.« Und ich drücke meine Mutter noch einmal so fest, dass sie »Aua!« sagt und lacht und mir den rechten Oberarm tätschelt, als sei unter meiner Jacke ein eindrucksvoller Bizeps verborgen.

Als wir vorfahren, kommt nicht wie sonst Kayla aus dem Haus, sondern mein Vater. Seine Haare und sein Pulli sind mit Mehl bestäubt und ein Geschirrtuch hängt ihm über der Schulter. Er strahlt, als er mich sieht. »Mann, diesmal hast du dich aber feiern lassen«, sagt er und klopft mir auf die Schulter. »Wird Zeit, dass du mal wieder hier reinschaust.«

Ich habe im Moment wirklich keinen Grund, mich über meine Eltern zu beklagen. Und da ist Kayla. Sie steht hinter der Glastür, kommt nicht auf mich zu, sondern steht da einfach und sieht mich an.

»Hi«, sagt sie.

»Hi.«

Kayla? Kann es sein, dass sie sich in wenigen Wochen so verändert hat? Ich kann mich gar nicht erinnern, dass sie sich schon vorher geschminkt hat. Und die Frisur? Ist die neu? Oder ist es eine Speziell-für-Marvin-Frisur?

»Alles klar?«, brumme ich.

»Hmm.« Sie stopft die Hände in ihren Hosenbund, sieht an mir vorbei, als warte sie auf meine Mutter.

»Hunger?«, fragt mein Vater hoffnungsvoll in die Runde.

»Und wie.«

Mein Vater legt den Arm um Kaylas Schulter, als müsse er sie trösten – kurze Hoffnung flackert in mir auf, vielleicht Liebeskummer? –, und geht ins Haus zurück. Der Ofen ist an, es knackt und knistert, im flackernden Licht der Flammen erkenne ich den eigens für mich liebevoll gedeckten Tisch, mit Papierservietten und so ... Es könnte alles so schön sein.

»Ich komm gleich«, sagt Kayla und verschwindet wieder in ihrem Zimmer.

Ich sehe meinen Vater fragend, bittend an: Sag mir, dass sie sich von diesem Typen getrennt hat, bitte.

Aber Papa seufzt nur.

»Pubertät bei Mädchen ist noch schlimmer als bei Jungs. Bestätigen alle Kollegen.«

Meine Mutter zieht ihre Jacke aus und schlüpft aus den Schuhen. Sie reibt sich die Hände warm und tritt näher an den Ofen.

»Geht's uns gut«, sagt sie.

Und da traue ich mich nicht, nach Kayla und Marvin zu fragen, denn dann kommt vielleicht die Wolke wieder, legt sich auf unser Hausdach, erstickt das Feuer im Ofen, und die Erinnerungen dampfen schal aus allen Ecken, das sorgfältig zubereitete Essen zerfällt zu Staub und wir leben wieder im Opferland.

13. Gefolterte Tortellini

Kayla und ich schaffen es, uns während des Abendessens nicht an die Gurgel zu gehen. Immerhin sind wir uns darin einig, dass wir meinen Eltern den Abend nicht gleich verderben dürfen. Beide sehen so aus, als hätten sie ein bisschen Harmonie nötig. Nur als meine Mutter Kayla beiläufig fragt, was sie denn am Wochenende vorhat, zucke ich heftig zusammen, und Kayla antwortet ziemlich bissig, dass sie ja heute nicht weggehen dürfe, wegen Familie und so, und dabei wirft sie mir einen wütenden Blick zu. Was soll das, ich habe ihr nicht verboten wegzugehen, könnte ich ja gar nicht, selbst wenn ich wollte. Ich wollte natürlich gerne.

»Du darfst ruhig mal einen Abend zu Hause verbringen«, sagt meine Mutter und lässt mit verträumtem Gesichtsausdruck ein Stück Butter auf ihre Tortellini fallen. »Du bist immerhin erst vierzehn.«

»Wegen der paar Wochen«, schnappt Kayla.

»Und dann bist du erst fünfzehn. Ein Kind. Im Nachtleben hast du sowieso nichts verloren.«

»Toll.« Kayla sticht in ihre Tortellini, als wollte sie diese vor der Hinrichtung noch gründlich foltern.

»Wie war deine Party?«, fragt mein Vater.

Ich zucke mit den Schultern. »Na ja. Eine Party eben. Eher langweilig.«

Kayla schnaubt verächtlich durch die Nase, sagt aber nichts.

»War Sinja auch da?«, erkundigt sich meine Mutter gewollt unschuldig.

»Ja.«

Sie seufzt und schiebt die schmelzende Butter mit der Gabel über die Nudeln.

»Gibt's Nachtisch?«, frage ich, um das Thema zu wechseln.

»Hast du etwa noch Hunger?« Mein Vater gibt sich empört. »Na, da werde ich mal in der Küche nachfragen. Kann sein, dass noch ein Rest Eis in der Kühltruhe liegt.«

»War nur Spaß. Später vielleicht. Ich bin pappsatt.« Ich lehne mich im Stuhl zurück.

Kayla sitzt jetzt mit verschränkten Armen am Tisch.

»Was ist?«, fragt meine Mutter vorsichtig.

»Ich bin fertig«, sagt Kayla. »Muss ich hierbleiben?«

»Nein, du kannst gerne den Tisch abräumen«, bietet mein Vater fröhlich an.

»Na toll.« Kayla springt auf und stellt unter lautem Geklapper unsere Teller ineinander.

»Kayla!«, mahnt meine Mutter. »Ein bisschen vorsichtiger, wenn's geht.«

Kayla stürmt mit den Tellern aus dem Raum. Ich höre, wie sie die Spülmaschine aufreißt, und sehe meine Mutter fragend an.

»Hat sie Krach mit ihm?«, wage ich es nun doch zu fragen.

Meine Mutter runzelt die Stirn. »Nicht dass ich wüsste«, sagt sie. »Sie ist nur sauer, weil sie nicht weggehen darf.«

Ich nicke, stehe nun ebenfalls auf, nehme zwei leere Schüsseln und folge Kayla in die Küche. Sie sortiert gerade das Besteck in die Maschine. Ich stelle die Schüsseln ab und stehe unschlüssig herum.

»Willst du kein Eis?«, frage ich schließlich. Kayla ist der größte Eis-Fan, den ich kenne, völlig unabhängig von den Außentemperaturen.

Kayla schüttelt den Kopf. Wieder schweigen wir eine Weile, aber immerhin geht sie nicht aus der Küche.

»Bist du eigentlich bei Facebook?«, frage ich sie schließlich.

Sie nickt. Keine weiteren Erläuterungen. »Warum?«, fragt sie dann wenigstens.

»Nur so. Ich nicht.«

»Weiß ich.«

Kennt sie die Facebook-Seite von Lars? Kennt sie die Frage zum Mann ohne Schatten und womöglich auch die Antworten? Sie verrät es nicht, und ich bin mir nicht mehr sicher, dass ich ihr die Wahrheit ansehen kann. Sie hat sich so sehr verändert in den letzten Wochen, nicht nur äußerlich.

»Und was machen wir jetzt?«, fragt sie.

Ich schrecke zusammen. Grundsatzdiskussionen nach den Tortellini?

»Ich meine, heute Abend«, ergänzt sie.

Ich zucke erleichtert mit den Schultern. »Wir können uns doch zusammen irgendeinen Film ansehen oder so.«

»Toll.«

»Es ist nicht meine Schuld, dass du nicht weggehen darfst.«

»Du willst doch sowieso nicht, dass ich mich mit Marvin treffe.«

Beinahe hätte ich gesagt, dass das ihre Sache ist, dass ich mich da nicht einmische. Aber damit hätte ich zu viel versprochen. Ich entscheide mich stattdessen für Ehrlichkeit. »Nein, will ich nicht.«

Sie wirft mir einen vernichtenden Blick zu. »Ich liebe ihn«, sagt sie sehr schlicht.

»Schwachsinn«, schnappe ich zurück. »Zu viele schlechte Kinofilme, oder? Du bist gerade mal vierzehn. Du hast keine Ahnung von Liebe. Du bist bestenfalls verknallt.«

»DU hast keine Ahnung«, schreit Kayla mich jetzt an. »Du bist ja sowieso ein Eisklotz und lässt niemanden an dich ran. Weißt du was? Du bist bloß neidisch auf mich, weil ich nicht so bin wie du. Ich bin echt froh, dass ich nicht so bin wie du, weißt du das? Und dass Marvin nicht so ist wie du.«

Ich kann fühlen, wie meine Eltern nebenan die Ohren spitzen, einander hilflose Blicke zuwerfen.

»Du weißt genau, dass das nicht stimmt«, sage ich. Ich versuche, ruhig zu bleiben, obwohl sich mir gerade im Zeitlupentempo der Magen umdreht. »Wenn ich ein Eisklotz wäre, dann hätte mir alles nichts ausgemacht.«

»Warum passiert dir das immer?«, fragt Kayla. »Ich meine, warum ist dir das die ganze Zeit passiert? Jetzt sagst du gleich, dass ja jetzt alles anders ist.«

Sie ahnt nicht, dass sich der Abgrund schon wieder vor mir aufgetan hat. Ihre Facebookseite ist zumindest noch unbefleckt.

»Weißt du, dass die Lehrer gern genau diese Frage gestellt haben?«

»Logisch. Ist doch die naheliegende Frage.«

Ich fasse es nicht, dass ich jetzt mit meiner kleinen Schwester diese Diskussion führe. Sie muss es doch wissen! Sie hat doch miterlebt, in welchen Teufelskreis ich geraten bin, dass ich in der Grundschule zum Opfer abgestempelt wurde und mich weder Mitschüler noch Lehrer aus dieser Rolle entlassen wollten, bis ich die Gegend verlassen habe.

Aber ich sage es nicht, starre Kayla nun an, die sich von mir abgewendet hat, sich leicht auf die offene Klappe der Spülmaschine stützt.

»Erinnerst du dich an Lisa?«, fragt sie. »Lisa Reitberger?«

»Nein.«

»Lisa. In meiner Klasse. In der Grundschule.« Sie dreht sich wieder um, sieht mich an. »Wir haben nebeneinander gesessen. Sie war meine Freundin. Sie hatte so tolle Ideen. Wir hatten ganz viel gemeinsam.«

»Ja, und?«

»Ich habe Lisa ein paar Mal hierher eingeladen.«

»Ja, und?«

»Sie durfte nicht kommen. Ihre Mutter hat es ihr nicht erlaubt.« Sie macht eine kurze Atempause. »Wegen dir.« Sie gibt der Spülmaschinenklappe einen heftigen Stoß, sodass diese einschnappt.

Mein Atem wird kürzer. Was für eine Geschichte wird denn das jetzt? »Wegen mir?«

»Sie hat gehört, du bist unberechenbar. Du machst Dinge kaputt. Du verletzt andere Kinder. Du …«

»Jetzt pass mal auf, ich habe nie …«

Kayla beachtet mich gar nicht, sie redet einfach weiter. »Ich durfte auch nicht zu Lisa kommen. Irgendwann hat sich Lisa mit anderen Kindern verabredet. Und nach ein paar Monaten hat sie sich an einen anderen Tisch gesetzt.«

»Das tut mir leid. Aber es ist nicht meine Schuld, wenn die Leute hier spinnen. Außerdem hattest du doch immer Freundinnen.«

»Keine wie Lisa.« Kayla packt das Geschirrtuch und wischt damit sinnlos über die saubere Arbeitsplatte.

»Das wusste ich nicht.« Ich sehe den Kühlschrank an, die Kühlschrankmagnete, eine alberne kleine Ente mit Mütze und Schal, ein Segelschiff, ein rosaroter Dominostein, ein Stückchen Plastiktorte.

»Nein, das wusstest du nicht. Mama und Papa auch nicht. Die hatten ja immer schon genug Sorgen. Mit dir.«

Kayla feuert das Geschirrtuch auf die Heizung und marschiert aus dem Raum.

DAS machst du mir nicht kaputt.

Die Großbuchstaben in ihrer Textnachricht sind also kein Versehen gewesen.

»Bringst du das Eis?«, ruft meine Mutter aus dem Nebenraum.

Ich serviere Eis, setze mich, plaudere. Meine Eltern haben vom Küchendrama offenbar nicht viel mitbekommen, und sie gehen auch nicht darauf ein, dass Kayla sich nicht mehr blicken lässt. Die textet vermutlich ihr Handy voll oder chattet am Rechner mit Marvin. Marvin steckt dahinter! Jetzt plötzlich packt sie ihren kleinen Groll gegen mich aus. Lisa Reitberger – nie gehört! Der Name würde mir doch was sagen, wenn diese Lisa so wichtig gewesen wäre, wie Kayla jetzt tut! Kayla hat doch immer über alles mit mir gesprochen, wir hatten keine Geheimnisse voreinander! Garantiert hat ihr Marvin eingeredet, dass Lisa wichtig war. Vermutlich ist sie seine Cousine oder ihre und seine Eltern kennen sich in siebter Generation aus dem Schäferhundeverein oder die Uropas waren Kriegskameraden oder die Väter haben damals zusammen bei der Minifeuerwehr Minibrände gelöscht. Hier kennen sich alle grundsätzlich seit ungezählten Generationen irgendwoher, bis auf die wenigen, die neu zugezogen sind und nicht hierher gehören und nicht gleich wieder geflüchtet sind. Ich weiß schon, warum mir die Stadt wie ein großes, freies Land vorkam, warum ich beinahe damit gerechnet habe, dass mir dort am Bahnhof die Freiheitsstatue ihre Fackel entgegenstreckt.

Ich weiß nicht, warum ich trotzdem gut schlafe. Vielleicht, weil Paganini auf meiner Bettdecke liegt und so laut schnurrt, als würde wenigstens er meinen Besuch über alle Maßen schätzen. Paganini hat mir nichts vorzuwerfen. Ich habe ihm immer alles erzählt und er mir auch … er hat mir alles berichtet, ganz ohne Worte, über seine Abenteuer im Garten, von Mäusen und Eidechsen, vom fiesen fetten Nachbarskater und der flotten neuen Tigerkatze im Nagelstudio. Wir haben keine Geheimnisse voreinander.

Am nächsten Morgen scheint die Sonne, ein spektakuläres Ereignis im fast ungebrochenen Einheitsgrau dieses Jahres. Ich bleibe lange im Bett liegen und genieße die Wochenendgeräusche, den Geruch nach Kaffee, der ganz leicht und sanft unter meiner Zimmertür hindurch hereinsickert, das Klappen von Autotüren an der Straße, zwei ältere Nachbarn, die sich mit heiseren Stimmen beim Straßekehren unterhalten. Paganini ist verschwunden.

Erst als es im Nachbarzimmer, dem Zimmer meiner Schwester, heftig rumort, werde ich richtig wach. Was hat sie vor? Normalerweise entstehen an Wochenendvormittagen in ihrem Zimmer nur ganz allmählich leise Geräusche, als müsse jedes einzelne erst aufwachen, ein leises Quietschen des Lattenrosts, irgendwann ein etwas lauteres, dann geht ganz leise das Radio an, dann kramt sie vielleicht in ihren Büchern, die sie ums Bett herum verteilt hat ... Heute dagegen sind alle Geräusche kurz, wirken entschlossen, sie scheint sich direkt im Bett aufzusetzen, als sie wach ist, marschiert gleich energisch quer durchs Zimmer, die Schranktür quietscht, ihre Schritte zur Zimmertür, die sie schwungvoll öffnet, schon klappt die Badtür.

Sie hat etwas vor. Sie hat ein Date, garantiert.

Wie an Fäden gezogen, setze auch ich mich auf, ziehe mir Socken über die kalten Füße, sammle meine Klamotten ein, lege sie bereit und gehe im Schlafanzug nach unten. Meine Eltern frühstücken bereits, plaudern über irgendetwas, sehen mir freundlich entgegen. »Schon wach?«

»Na ja, halbwegs.«

»Willst du dich nicht erst anziehen?«

»Kayla ist im Bad.«

»Tee?«

»Ich hole mir Wasser.«

»Trink doch was Warmes.«

»Ich nehme warmes Wasser.«

Ich wette, dass meine Mutter den Kopf schüttelt, aber lächelt, erleichtert, dass unsere alten Rituale noch bestehen.

Als Kayla das Bad freigibt, dusche ich ganz schnell, ziehe mich an, bin fast gleichzeitig mit ihr zurück am Frühstückstisch.

»Hast du was vor?«, frage ich sie so ganz nebenbei, während ich mir ein Brötchen nehme.

»Ja.« Einsilbige Antwort heißt: Marvin.

»Du musst aber dieses Wochenende auch was für die Schule machen«, sagt meine Mutter streng.

»Jajaja.« Kayla verschmiert sehr sorgfältig Butter auf ihrer Brötchenhälfte. Ihre Nägel sind schwarz lackiert.

Ich gebe mir einen Ruck. »Wir könnten Schlittschuh laufen«, biete ich an.

Kayla sieht gar nicht auf. »Ich bin schon verabredet.«

»Wenn dein Bruder schon mal zu Hause ist«, sagt mein Vater vorwurfsvoll. Kayla beachtet ihn nicht, entziffert jetzt das Etikett auf dem Marmeladeglas, schraubt den Deckel auf, schnuppert. Ich habe schon wieder gar keinen Appetit mehr.

»Was habt ihr denn vor?«, fragt meine Mutter, und ihre Stimme klingt etwas ärgerlich. Wie kann sie »ihr« sagen, kann Marvin an unserem Frühstückstisch erwähnen, seine Existenz überhaupt zur Kenntnis nehmen …?

»Wissen wir noch nicht.« Kayla beißt in ihr Brötchen.

Fehlt nur, dass meine Mutter jetzt empfiehlt, wir sollen doch alle drei zusammen Eislaufen gehen. Aber so weit geht der Realitätsverlust dann offenbar doch nicht. Sie greift nach ihrer Kaffeetasse, trinkt einen Schluck, sieht meinen Vater an.

»Vielleicht kannst du mir was helfen«, sagt mein Vater zu mir. »Ein paar Sachen raustragen. Wir haben Sperrmüll angemeldet.«

»Klar. Später.«

Als sich die Runde auflöst, rast Kayla sofort wieder in ihr Zimmer. Sie packt irgendwas zusammen. Ich lausche. Mein Entschluss steht fest, ich werde ihr folgen, sie beschatten wie ein Agent aus dem Spielfilm. Ich muss wissen, was die beiden machen, muss sie belauschen, damit ich weiß, was da abgeht, ihnen nicht einfach nur ausgeliefert bin. So leise und unauffällig wie möglich ziehe ich meine Schuhe an, lege meine Jacke bereit, erzähle meinen Eltern mit verhaltener Stimme und fröhlich lächelnd, dass ich im Dorf was besorgen muss. Das müsste sie misstrauisch machen, denn was in aller Welt kann man in unserem Dorf besorgen, was ich nicht weitaus leichter und besser in der Stadt kriegen würde? Aber sie ziehen es vor, nicht weiterzufragen. Ich hoffe nur, mein Fahrrad hat keinen Platten, sonst hängt mich Kayla ganz schnell ab.

»Ich geh jetzt!«, ruft Kayla durchs Treppenhaus.

Ich habe schon meine Jacke in der Hand.

»Bevor es dunkel wird, bist du wieder da!«, ruft mein Vater.

»Jajaaaa …«

Ich warte vollständig angezogen vor der Tür des Windfangs, bis ich ihr Fahrrad auf dem Gartenweg klappern höre. Dann öffne ich diese Tür … und erstarre, denn eine schemenhafte Gestalt ist vor dem geschliffenen Glas der Haustür zu erkennen. Kayla? Hat sie mich jetzt ertappt? Ich muss mir ganz schnell irgendeine Ausrede zurechtlegen.

Es klingelt. Kayla hat einen Schlüssel. Falls sie ihn nicht vergisst, was häufig vorkommt.

Ich mache auf.

Da steht Sinja. Mit Rucksack, dick eingepackt mit Mütze, dickem Strickschal, Handschuhen, Pulswärmern wie immer, und dennoch roter Nase.

»Du wolltest mich doch zu einer Radtour einladen«, sagt sie und sieht mich beinahe ein bisschen ängstlich an. »Ich habe heute Zeit. Ich habe nur leider kein Fahrrad dabei.«

14. Backhausfest

Meine Mutter könnte ihre Begeisterung meinetwegen gerne ein bisschen geschickter verbergen. Sie musste Sinja eigentlich nicht gleich um den Hals fallen, ihr einen heißen Kakao anbieten, ihre Holzperlenkette loben und ihr alle zwei Minuten erklären, was für eine großartige Idee es von ihr war, mich hier in meinem Kaff zu besuchen. Ab und zu verstummt meine Mutter und wirft mir auffordernde Blicke zu, aber ich schweige und rühre in dem Kakao, den ich immerhin aus Solidarität mittrinke, und fühle mich ziemlich unwohl in meiner Haut. Außerdem denke ich an Kayla, die sich jetzt irgendwo mit diesem Typen trifft, dessen Namen allein ich verabscheue, womöglich mit ihm rumknutscht, sich von ihm begrabschen lässt, mit ihm redet!

Ich sitze am Tisch, kraule Paganini, der auf meinen Schoß gesprungen ist. Sinja beobachtet uns beide aufmerksam, rätselnd.

»Ich leihe dir gerne mein Rad«, sagt meine Mutter gerade zu Sinja. »Ich meine, falls es euch für eine Tour nicht zu kalt ist.«

»Cedric, du kannst meins haben«, fügt mein Vater eilig hinzu. »Damit kommst du besser den Berg hoch als mit deinem alten Drahtesel.«

Die beiden sehen einander an und wirken sehr zufrieden. Na toll, endlich habe ich es geschafft, endlich bin ich ein normaler Sohn.

»Ich muss auch nicht unbedingt«, murmelt Sinja. Sie spielt mit ihrer Tasse, reibt mit der Fingerkuppe einen Kakaofleck von der Untertasse.

»Doch, klar«, sage ich schnell. Womöglich kommt sie sonst auf die Idee, gleich wieder wegzufahren, und das, stelle ich eben und überraschend fest, wäre mir jetzt gar nicht recht.

Einerseits.

Andererseits ist das hier das Kaff mit meiner klebrigen, filzigen, übel riechenden Geschichte, die von jedem Dachziegel trieft, von der die Hunde bellen und die Katzen miauen, die wie ewiger, violetter Nebel über den Hügeln liegt, meine Geschichte, die Sinja nicht erfahren soll, nicht erfahren darf.

»Ihr könntet nach Friedersdorf rüberfahren«, schlägt mein Vater vor. »Der Radweg an der Krumm ist asphaltiert und im Dorf feiern sie heute Backhausfest. Ist doch praktisch, falls ihr euch stärken müsst.«

Hallo? Realitätsverlust? Seit wann mische ich mich hier freiwillig in eine Menschenmenge, hier im Tal?

»Das klingt gut«, sagt Sinja. »Backen die da richtig mit Holzfeuer und so?«

»Klar«, sagt mein Vater so stolz, als hätte er den Teig eigenhändig geknetet. »Es gibt meistens irgendwas Pikantes mit Zwiebeln und Speck und natürlich Apfelkuchen. Köstlich.«

»Okay«, sagt Sinja, als hätte sie zu entscheiden.

»Ich gebe euch Geld«, sagt meine Mutter. »Bringt uns was Gutes mit.«

Ich werde wohl überhaupt nicht mehr gefragt? Ich werfe meinen Eltern vernichtende Blicke zu, versuche es zumindest, aber sie sehen einander schon wieder so glücklich an, dass sie es nicht bemerken.

»Na dann«, knurre ich. Vielleicht – sehr wahrscheinlich sogar – hat einer von uns unterwegs einen Platten und wir kommen gar nicht bis Friedersdorf.

Kurze Zeit später strampeln wir dick vermummt hintereinander her die Straße hinunter in Richtung Krumm. Die Krumm ist ein kleines Flüsschen, eigentlich eher ein Bach, der nur in der Schneeschmelze oder nach Unwettern eine gewisse Energie entwickelt und dann die eine oder andere Wiese überschwemmt. Für den geteerten Radweg sind die Bewohner unseres Tals ganz dankbar, weil das Radeln auf der Landstraße so gefährlich ist, dort wird nämlich gerast und werden Kurven geschnitten, was das Zeugs hält.

Auf dem Radweg fahren wir nebeneinander, könnten uns unterhalten, aber mir fällt nichts ein, Sinja offenbar auch nicht. Ich versuche, nicht so schnell zu fahren wie sonst; Sinja ist mein übliches Fluchttempo nicht gewöhnt, sie fährt eher ein bisschen nachdenklich, verträumt. Plötzlich bremst sie, springt ab. Ich halte an.

»Was ist los?«

»Schau mal.« Sinja zeigt mit dem Finger in den Himmel. Ich folge ihrem Blick. Über den Pappeln streiten sich mehrere große Vögel. Es sind überwiegend Krähen, die einen Falken verfolgen, ihn angreifen, nach ihm stoßen. Der Falke versucht, ihnen mit eleganten Flugmanövern auszuweichen, aber es gelingt ihm nicht, sie abzuschütteln. Die Verfolger krächzen laut, hetzen sich gegenseitig auf, schmähen den Falken, lachen ihn aus, schubsen ihn, bedrängen ihn.

»Ich hasse Krähen«, sage ich leise.

Sinja sieht mich an. »Sie hassen auf den Greifvogel. So heißt das. Hat mir mein Onkel gesagt, der ist Vogelkundler.«

»Klingt bescheuert. Es sind jedenfalls immer viele gegen einen«, murmle ich, aber das muss reichen, ist schon zu viel. Ich steige schnell wieder auf den Sattel. Sinja sieht den Vögeln noch einen Moment lang zu, dann folgt sie mir. Wahrscheinlich findet sie es cool, dass die Krähen sich gegen ihren Feind zusammentun, ihn einfach verscheuchen. Die meisten Menschen sehen das so.

Als Sinja mich eingeholt hat, ist sie aufgetaut.

»Ist das dein Schulweg gewesen?«, fragt sie.

»Die Grundschule war im Dorf. Zur Gesamtschule bin ich mit dem Bus gefahren. Nur im Sommer manchmal mit dem Rad.«

Ich halte die Luft an. Gleich fragt sie weiter. Gleich fragt sie mich, warum ich nicht hiergeblieben bin, warum ich eine Schule besuche, die so weit von meinem Elternhaus entfernt ist.

»Busfahren ist ätzend. Hatte ich auch eine Weile. Diese überfüllten Busse, die genervten, bösartigen Busfahrer …«

»Es gab einen einzigen sehr netten Busfahrer«, sage ich.

Jetzt lasst ihr sofort den Jungen in Ruhe! Sonst halte ich an und schmeiße euch alle raus! Schämt ihr euch nicht, so viele gegen einen?

»Ich hatte keinen netten«, sagt Sinja. »Mich hat der Busfahrer einmal vor der Schule stehen lassen, weil ich meine Fahrkarte nicht gleich gefunden habe. Ich musste nach Hause laufen, im Regen. Vier Kilometer.«

»Idiot«, sage ich und suche verzweifelt nach einem Thema, nach Themenwechsel.

Die Wolkendecke reißt stellenweise auf, die Sonne blinzelt, die Wiesen, Bäume sehen gleich viel bunter aus. Ein überraschter Hase hoppelt einen Moment lang vor uns her, schlägt dann einen Haken und verschwindet im abgemähten Maisfeld.

»Der ist riesig!«, staunt Sinja.

»Ist ja auch ein Hase«, sage ich. »Und kein Kaninchen.«

Und damit bin ich glücklicherweise auf das richtige Thema für ein Ausweichgespräch gekommen. Frau Rieger und ihre Hasen, pardon, Kaninchen! Widderkaninchen! Leider macht mein Bericht Sinja so wütend, dass sie ihren Lenker kaum mehr gerade halten kann und mir fast in die Seite fährt.

»Das ist doch eine Sauerei!«, schimpft sie. »Die Frau tut doch niemandem etwas Böses.«

»Man kann sie ja auch nicht zwingen«, sage ich. »Sie will es jetzt selbst.«

Sinja wirft mir einen zweifelnden Blick zu.

»Na ja«, räume ich ein. »Nicht wirklich, wahrscheinlich.«

»Und die Kaninchen?«

»Die nimmt sie wohl mit.«

»Wenigstens das.«

Dann ist die Sonne wieder verschwunden, die Landschaft graubraun, es wird kalt – eine blöde Idee, Radtour Anfang Dezember – und wir fahren schneller, obwohl ich überhaupt keine Lust habe, in Friedersdorf anzukommen.

Rund ums Backhaus ist eine Menge los. Offenbar steigert die feuchte Kälte den Appetit auf heißen Kuchen und Kaffee und den

Glühwein, den die Feuerwehr an langen Tischen ausschenkt. Wir ketten unsere Räder aneinander und schieben uns in die Menge. Ich habe die Kapuze hochgezogen und den Schal so um meinen Mund gewickelt, dass von meinem Gesicht nicht viel zu sehen ist. Die kalte Jahreszeit hat auch ihre Vorteile.

Und dann sehe ich sie. Marvin und Kayla. Natürlich, Marvin ist Mitglied der Feuerwehr, war er schon damals! Gerade pumpt er Kaffee aus einer großen roten Plastikkanne in einen Plastikbecher, und Kayla steht daneben und nimmt Kleingeld in Empfang, als würde sie selbstverständlich dazugehören. Ich bleibe stehen wie angewurzelt.

»Was ist?«, fragt Sinja.

Ihre Stimme klingt so ernsthaft besorgt, dass ich plötzlich wieder an diese Facebook-Seite denken muss. Was weiß Sinja? Warum ist sie überhaupt hierhergekommen? Spioniert sie mich aus?

Nie im Leben.

Ich drehe mich vom Kaffeestand weg. Aber da hat Sinja Kayla entdeckt, die sie von ihrem letzten Besuch leider kennt, und winkt ihr zu. Kayla zögert, dann hebt sie die Hand und winkt ganz leicht zurück. Sinja geht sofort zu ihr, aber ich bleibe einfach stehen.

Und Marvin ist da, Marvin mit seinen großen Rehaugen, strahlt Sinja an, macht irgendeine Bemerkung, die sie zum Lachen bringt, füllt dann einen neuen Becher, hält ihn ihr hin. Er sieht sich um, sein Blick fällt auf mich. Er schaut mich an. Er schaut mich genauso an wie früher. Siegesgewiss. Unbarmherzig. Mit diesem spöttischen Funkeln in den Augen. Okay, ich stehe eigentlich zu weit weg, um das zu erkennen, aber ich weiß es, ich kann es spüren. *Fettes Mädchen. Cedric ist verrückt. Cedric hat in den Hof gepinkelt.*

Ich drehe mich um, und da vorne stehen sie alle Finn-Luca, Noah, Luisa … sehen herüber, erkennen mich wahrscheinlich, tuscheln, kichern. *Cedric, Cedric! Der kleine Lord, der in der Nase bohrt …*

Ich kann das nicht aushalten, ich muss hier weg. Blindlings taste ich nach dem Schlüssel, mache mein Rad los.

»Was ist los?«, fragt Sinja, die wieder neben mir aufgetaucht ist. Eine Haarsträhne hat sich aus ihrem Haargummi gewunden, fällt ihr ins Gesicht. Sie hat eine rote Nase, wischt sich mit ihrem Pulswärmer über die Nasenspitze.

»Ich kann das alles hier nicht leiden«, sage ich wie ein trotziges Kleinkind. »Diese Leute. Und dieser Geruch.«

»Okay.« Sinja wirkt ruhig, fast mütterlich. »Ich hole nur noch Kuchen für deine Eltern. Und für uns. Wir essen den zu Hause, okay?«

Ich nicke, kann nicht sprechen. Meine Augen brennen, als würde ich gleich weinen, nein, das ist die Kälte, ich bin kein Kind mehr, das ist vorbei, das ist alles längst Vergangenheit, sie können mir nichts mehr tun, die Noahs und Marvins, die Lucas und Luisas und wie sie alle heißen. Ich lebe nicht mehr im Opferland. Ich warte mit abgewendetem Blick, bis Sinja wiederkommt, ein in Papier eingeschlagenes Kuchenkarree vorsichtig in ihren Fahrradkorb legt. Dann fahren wir los.

»Hast du Streit mit deiner Schwester?«, fragt Sinja nach einer Weile. Ich hatte schon gehofft, sie würde überhaupt nichts fragen.

»Ich mag diesen Typen nicht«, sage ich knapp.

»Kennst du ihn?«

»Ja.« Ich gebe mir einen Ruck. »Tut mir leid. Das ist kein gelungener Ausflug.«

»Die Landschaft ist schön«, sagt Sinja.

»Im Sommer ist es viel schöner.«

»Dann fahren wir im Sommer noch mal«, beschließt Sinja. »Oder im Frühjahr. Gibt es hier Eisvögel? Ich habe so lange keinen Eisvogel gesehen. Als Kind, mit meiner Oma ...« Sie verstummt.

»Wo habt ihr damals gewohnt?« Was soll das? Nicht nach früher fragen. Fragst du nach früher, fragt sie nach früher. Aber nun ist es schon passiert.

»In Essen«, antwortet Sinja. »Ich habe immer in einer Stadt gewohnt. Aber es gab ein Naturschutzgebiet in der Nähe. Meine Oma und ich sind manchmal mit der Straßenbahn hingefahren. Mit Eisvögeln.«

Ich nicke. »Hier gibt es auch welche.«

»Cool.«

»Warum seid ihr weggezogen?«

»Nur so.«

Ich runzle die Stirn. Die Antwort ist so nichtssagend, sie könnte direkt von mir sein.

»Ich habe Hunger«, sage ich, um das Thema zu wechseln.

»Der Kuchen sieht super aus«, erklärt Sinja. »Apfelkuchen. Er war noch warm.« Sie zögert. »Ich finde deine Schwester nett.«

»Sie ist ja auch nett.«

An der Wegkreuzung vor dem Dorf bremse ich, steige ab, sehe Sinja fragend an. »Können wir einen kleinen Umweg fahren?«

»Von mir aus.«

»Es geht ein bisschen bergauf.«

»Zur Not schiebe ich.«

»Okay.«

Ich biege nach links ab, Sinja folgt mir. Es ist weitaus mühsamer, auf dem nassen Waldweg zu fahren, als auf dem geteerten Radweg, aber Sinja beklagt sich nicht. Ein Eichhörnchen huscht an einem Baumstamm nach oben – ein kleiner Bonus für Sinja immerhin. Sobald der Wald sich um uns schließt, fühle ich mich erleichtert. Hier unter den Baumkronen erspähen mich die kreisenden Krähen nicht, noch nicht einmal jetzt im Winter. Normalerweise würde ich schneller fahren, würde versuchen, nur ein vorbeihuschender Schatten zu sein, aber ich nehme Rücksicht auf Sinja und halte mich zurück. So dauert es weit länger als gewohnt, bis wir die Kreuzung mit dem Mahnmal erreichen. Ich halte an, steige ab und lege mein Fahrrad weg.

In die Ritzen des Bronzeschiffs hat sich Laub abgesetzt, ich pule es vorsichtig mit den Fingern heraus, wische über den Sockel, trete einen Schritt zurück.

»Was ist das?«, fragt Sinja verblüfft. »Ein Schiff im Wald?«

»Ein sinkendes Schiff«, sage ich nur. Sie tritt näher und entziffert die Inschrift. Dann schweigt sie eine Weile.

»Hier war damals ein Lager?«, flüstert sie schließlich. »Hier im Wald?«

Ich nicke. »Ein Arbeitslager. Für Leute, die denen nicht gepasst haben. Später haben sie auch Zwangsarbeiter aus besetzten Ländern hergebracht. Sie mussten alle hier schuften. Und viele sind hier gestorben oder umgebracht worden.«

»So nah am Dorf«, sagt Sinja leise.«

»Wahrscheinlich fanden die meisten Leute im Dorf es ganz okay, dass man die bestraft«, sage ich. »Weil die sich nicht angepasst haben. Mein Vater sagt immer, die Leute im Dorf waren genau dieselben Leute wie jetzt, ganz normale, brave, anständige Leute. Und die würden sich heute wieder genauso verhalten, wenn ihnen einer nicht passt. Und wenn einer ihnen von oben erlaubt, die Außenseiter fertigzumachen.«

»Das kann man nicht vergleichen.« Sinjas Augen blitzen. »Heute werden Leute ja wirklich nicht gleich eingesperrt und umgebracht, nur weil sie anderer Meinung sind.«

»Nein, nicht wirklich«, gebe ich zu. »Aber trotzdem. Damals sind die Nazis auch nicht einfach vom Himmel gefallen. Sagt mein Vater. Das waren auch die braven Leute aus dem Dorf. Die mit den ordentlichen Vorgärten. Die haben sich einfach gegen die Schwächeren zusammengetan und die fertiggemacht.«

»Nicht alle«, widerspricht Sinja. »Es haben nie alle mitgemacht.«

»Nein, nicht alle«, sage ich. »Aber die meisten, die nicht mitmachen wollten, haben sich nicht getraut, was zu sagen.«

»Würdest du wahrscheinlich auch nicht«, sagt Sinja.

»Kann sein.«

»Außerdem würde so etwas heute nicht mehr passieren«, sagt Sinja.

»Nein«, sage ich ohne Überzeugung. Ich denke an die Krähen. Sinja müsste verstehen, wovon ich rede. »Ich will nur sagen, dass die angeblich normalen Leute nicht harmlos sind.«

»Wer ist schon normal«, murmelt Sinja. Es ist klar, dass sie die Diskussion in eine andere Richtung lenken möchte.

»Frau Gerschinski«, sage ich.

»Wer?«

»Erklär ich dir gleich. Komm weiter.«

Sichtbar erleichtert hebt Sinja ihr Fahrrad auf.

Ich werfe noch einen letzten Blick auf das Schiff, dessen Mast gebrochen ist, dessen Heck schon in den Wellen verschwunden ist, dann gehe auch ich zu meinem Rad, wische den Sattel sauber und steige auf. Eine Weile fahren wir schweigend nebeneinanderher. Ich bereue es schon fast, Sinja diesen Ort gezeigt zu haben. Es ist schwer zu erklären, was mich mit ihm verbindet, ohne übertrieben dramatisch zu wirken. Natürlich ist das, was ich erlebt habe, gar nicht mit dem Schicksal der damaligen Opfer zu vergleichen. Ich habe einfach nur das Gefühl, dass ich etwas, ein Fünkchen nur, von dem verstehe, was damals passiert ist.

»Bist du oft da oben?«, fragt Sinja irgendwann. »Beim Schiff?«

»Nein.« Es ist nicht gelogen. Seit ich in der Stadt zur Schule gehe, bin ich nicht mehr oft da. »Kannst es ja jetzt in Facebook bekannt geben«, knurre ich noch. »Der Mann ohne Schatten. Treibt sich gerne im Wald herum, an schauerlichen Orten. Mit Vorliebe um Mitternacht. Vollmond natürlich.«

»Idiot«, schnauzt Sinja. Und dann, leiser: »Es ist jemand aufgetaucht, der dich von früher kennt. Er behauptet es jedenfalls.«

»Okay.« Hatte ich mir ja gedacht. Nur ist Gewissheit schlimmer. »Wer?«

»Der hat natürlich einen Nick. Killerhamster.«

Ich stoße verächtlich Luft durch die Nase. »Und was schreibt der große Killerhamster?«

»Irgendeinen Mist. Musst du selbst lesen.«

Sie weicht mir aus. Das ist mir recht. Ich will es gar nicht wissen. Ich will nicht darüber reden. Ein Eichhörnchen wäre jetzt gut oder ein Fuchs, von mir aus sogar ein Wildschwein, obwohl ich vor Wildschweinen eigentlich Angst habe.

Bestimmt bereut Sinja es schon, dass sie hergekommen ist. Na und? Ich habe sie ja nicht eingeladen.

»Na, wie war's?«, begrüßt uns meine Mutter strahlend in der Haustür.

»Schön«, sagt Sinja.

»Beschissen«, sage ich.

»Wir haben Kayla und ihren Freund getroffen«, erklärt Sinja. »Beim Backhausfest.«

»Mist«, sagt meine Mutter. »Daran hätte ich denken können.«

»Ich habe ihn nicht zusammengeschlagen«, beruhige ich sie mit einem mühsamen Versuch, einen Witz zu machen.

»Ich weiß doch.« Meine Mutter seufzt. »Das machst du ja nicht.«

»Finden Sie das blöd?«, will Sinja wissen. »Dass er sich nicht schlägt?«

»Nein, natürlich nicht.« Meine Mutter schüttelt den Kopf. »Wir haben ihn ja so erzogen ... obwohl ... manchmal haben wir uns schon gewünscht, er würde einfach mal zurückhauen, das hätte bestimmt einiges einfacher gemacht. Hat er aber nicht, ist wohl nicht seine Natur.«

Jetzt könnte Sinja von meiner Attacke auf Lars erzählen, aber sie tut es nicht.

»Wir haben Kuchen mitgebracht«, sagt sie stattdessen und deutet auf ihren Fahrradkorb.

»Wunderbar! Ich mach gleich Kaffee.«

»Ich muss aber rechtzeitig zum Zug.«

»Ich fahr dich nachher hin.« Schon ist meine Mutter im Haus verschwunden.

»Deine Familie ist nett«, sagt Sinja. »Ich wünschte, meine wäre auch so.«

»Deine Mutter ist doch okay«, wende ich ein.

»Ja, okay schon. Aber verrückt.«

»Macht doch nichts.«

»Sagst du. Du musst es nicht aushalten.«

Meine Mutter taucht wieder in der Tür auf. Sie hält das Telefon in der Hand.

»Cedric? Bine ist dran. Sie will mit dir reden.«

Ich nehme das Telefon und gehe ein paar Schritte zur Seite, weil ich nicht gerne telefoniere, wenn alle zuhören. »Bine? Was gibt's?«

»Hi Cedric. Ich wollte dich nur was fragen.« Bine schweigt einen Moment. »Ich bin vorhin nach Hause gekommen und vor unserer Tür sitzen zwei Hasen.«

Mir wird ganz kalt. »Widderkaninchen?«

»Von mir aus. Sind das die von Frau Rieger?«

»Wahrscheinlich. Edwin und Moses.«

»Und … warum sitzen die da?«

»Frau Rieger hat sie mir wohl geschenkt«, sage ich vorsichtig.

»Aha.« Ich spüre, dass Bine sich mühsam beherrscht. »Hättest du uns nicht mal vorher Bescheid sagen können?«

»Ja. Klar.« Ich schlucke. »Ich hab doch selbst … ich hab's nicht geglaubt. Ich habe gedacht, sie darf sie mitnehmen.«

»Na toll.« Bine seufzt. »Dann bring ich sie erst mal rein. Aber ausmisten werde ich sie bestimmt nicht.«

»Mach ich dann schon. Danke, Bine.«

»Bitte. Schönes Wochenende.«

»Selber.« Ich schalte die Verbindung weg und schließe die Augen.

Sie haben Frau Rieger geholt. Und Frau Rieger durfte ihre Kinder nicht mitnehmen.

H

Sven ist mein Freund, auch wenn das in der Schule kaum jemand weiß. Seine Eltern sind aufgetaut, und ich glaube, sie mögen mich ganz gern. Ich darf sogar bei ihm übernachten und er bei mir. Sven hat einen Hund, einen großen Hund sogar, der Buddy heißt und gerne Ball spielt und mich inzwischen begrüßt, als wäre ich Teil der Familie. Sven macht gerne Forschungsexpeditionen in den Wald, so wie ich, er fährt gerne Rad, so wie ich, er liest gerne, so wie ich, er spart auf einen eigenen Computer, so wie ich. Sven ist mein erster richtiger Freund, und lange Zeit kann ich es gar nicht glauben, dass er sich wirklich mit mir verabredet.

In der Schule weiß aber keiner, dass wir Freunde sind. Sven sitzt jetzt nicht mehr neben mir. Die anderen Jungs und Mädchen haben sich jeden Tag darüber lustig gemacht, dass er neben einem wie mir sitzt, neben einem Loser, und irgendwann hat Herr Schrader dann auch gemeint, dass ich besser einen Tisch für mich haben sollte, weil ich alle anderen ablenke. Jetzt sitzt Sven neben Leon. In den Pausen ist Sven auch nicht mehr bei mir, denn er hat Angst vor den anderen. Sven ist klein und schmal und spricht leise und kann Streit einfach nicht aushalten, und er schämt sich, wenn ich schlimme Schimpfwörter sage. Deswegen geht er schnell weg, wenn jemand mich ärgert. Ich bin schon ein paarmal sehr wütend auf ihn gewesen, weil er mir nicht geholfen hat, aber ich kann nicht lange wütend auf ihn sein, weil er trotz allem mein Freund ist, deswegen verzeihe ich ihm immer wieder. Ich habe ihm gesagt, er soll doch wenigstens einen Lehrer holen oder im Sekretariat Bescheid sagen, wenn die anderen auf mich losgehen; er hat »Ja« gesagt, ganz leise, aber es nie getan. Ich kann verstehen, dass er Angst hat, ich habe ja selbst auch Angst und würde gern weggehen, aber das funktioniert nicht, weil die anderen mir einfach nachlaufen.

»Cedric! Hast du wieder deine Mädchenschuhe an?«

»Cedric! Du wirst ja immer fetter!«

»Cedric! Cedric!«

Alle sagen, ich soll sie nicht beachten, und das gelingt mir manchmal, aber dann fangen sie an, mich zu schubsen, in den Dreck zu werfen, nehmen mich in den Schwitzkasten, und manchmal klauen sie mir mein Pausenbrot oder kicken meine Trinkflasche durch den ganzen Schulhof. Wenn nach der Pause der Unterricht wieder anfängt, zittere ich noch und bin völlig aufgeregt, und wenn dann einer von hinten: »Cedric ist ein fettes Schweinchen!« wispert, so leise, dass der Lehrer es nicht hört, dann springe ich auf und in meinem Kopf geht das Licht aus und ich brülle ihn an, brülle Beleidigungen wie »Schwule Sau!«, und das weiß ich erst, wenn mir jemand hinterher davon erzählt. Es sind Beleidigungen, die ich selbst so oft gehört habe. Wenn das passiert, fliege ich natürlich aus dem Unterricht und die Lehrer rufen meine Eltern an, und die werden dann auch total sauer auf mich, weil ich so blöde Sachen sage; besonders über »schwule Sau« haben sie sich aufgeregt, weil das so dumm ist, sagt meine Mutter, so strohdumm, so etwas als Beleidigung zu sagen, und sie erklärt mir, dass unser früherer Nachbar, Christoph, den ich total gerne mochte, homosexuell war und ob ich den auch beschimpfen wür-

de, und dann schäme ich mich so furchtbar, dass ich sterben möchte. Ich weiß nicht, wo diese Wörter herkommen, ich kann sie in solchen Momenten nicht kontrollieren.

»Andere Jungs würden draufhauen«, sagt mein Vater, der auch mal gerne schlimme Schimpfwörter benutzt, besonders auf der Autobahn. »Cedric macht das eben mit Wörtern.«

»Das soll er aber auch nicht«, sagt meine Mutter ärgerlich. »Ich will nicht, dass er solche Sachen sagt.«

Von Tag zu Tag scheint der Himmel über mir sich weiter zu verfinstern. Ich mag nicht aufstehen, ich schleppe mich in letzter Minute zum Bus, um nur ja nicht an der Haltestelle herumzustehen und Aufmerksamkeit zu erregen, ich sitze auf meinem Stammplatz direkt hinter dem Busfahrer und versuche, nicht auf das zu hören, was hinter mir gerufen wird. Mit den meisten Lehrern komme ich nicht klar, sie mögen keine Außenseiter, höchstens ganz stille, so wie Sven, aber ich bin nun mal nicht still, ich kann einfach nicht ruhig sein, wenn ich etwas nicht richtig finde.

Meine neue Kunstlehrerin Frau Zwecke ist bei allen Schülern unbeliebt, weil sie die ganze Zeit herumschreit und ungerechte Noten verteilt, aber als ich einmal zu ihr gesagt habe, ich habe den Eindruck, ihr mache ihr Beruf keinen Spaß, ist sie völlig ausgerastet und hat mir eine Sechs im Sozialverhalten gegeben, und auch Herr Schrader kann mich seither überhaupt nicht mehr leiden, weil er Frau Zwecke mag. Die beiden stehen oft im Flur herum und kichern miteinander, und das ist merkwürdig, weil niemand sich vorstellen kann, dass eine wie Frau Zwecke irgendwas zum Kichern findet.

Nur in den Englischunterricht gehe ich noch gerne.

Meine Eltern kommen fast jede Woche zu Gesprächen an die Schule oder fahren mit mir in die Stadt, da rede ich dann mit der Schulpsychologin, die mich sehr mag, und die verspricht, mit meinen Lehrern zu reden, aber das bringt nichts, denn die Lehrer wollen sich von einer Psychologin nichts sagen lassen.

»Es ist zum Verzweifeln«, sagt die Schulpsychologin. »Dabei hätten die Lehrer es in der Hand. Sie könnten das Spiel durchbrechen. Sie müssten genau hinsehen. Sie müssten bereit sein, die Dynamik zu verstehen. Aber es ist leider viel einfacher, dem einzelnen Opfer die Schuld zu geben.«

Meine Eltern und ich überlegen, ob ich die Schule wechseln soll, aber die nächste Schule ist weit entfernt, und es fährt kein Bus dorthin, und meine Eltern können mich nicht fahren, weil wir nur ein Auto haben und mein Vater das den ganzen Tag im Geschäft braucht, und da sagt die Schulpsychologin zu meinen Eltern, dass sie doch am besten umziehen sollen, aber das geht auch nicht, weil meine Eltern ihre Arbeit nicht einfach aufgeben können und weil wir das Haus ja gerade erst gekauft und ausgebaut haben, und sie sagen, sie können sich doch nicht von ein paar Idioten vertreiben lassen, so weit kommt's noch.

Ich sehe mich nicht mehr im Spiegel an, weil ich mich so verabscheue, weil ich so hässlich bin, so dumm, so verrückt.

Dann kommt eine Projektwoche an der Schule, auf die ich mich freue, weil kein normaler Unterricht mit Pausen stattfindet und weil ich im Tierschutzprojekt mitmachen darf. Das ist dann allerdings doch nicht so interessant, weil wir tagelang nur darüber reden, dass man alle Hunde und Katzen kastrieren lassen soll und dass Katzen keine Kuhmilch trinken dürfen, weil sie sonst Durchfall kriegen, und gar nicht über Massentierhaltung und Tiertransporte und Tierversu-

che und den Schutz der Ozeane, so wie ich mir das vorgestellt habe. Aber immerhin verbringen wir einen Tag zusammen auf dem Hundeplatz, und jeder von uns darf mit einem Hund trainieren. Ich kriege einen mittelgroßen braunen Mischling namens »Walli«, der mich sofort mag, und es ist einer der ganz seltenen Tage, an denen ich richtig glücklich nach Hause komme.

Zwei Tage später schneiden mir auf dem Schulhof drei Achtklässler den Weg ab, als ich zur Cafeteria gehen will, wo ich mir ab und zu eine Brezel kaufe.

»Lasst mich durch«, sage ich.

»Warum hast du den Hund geschlagen?«, fragt einer der Achtklässler, und alle drei schieben sich näher.

»Welchen Hund?« Ich starre ihn an.

»Die Mädchen sagen, du hast auf dem Hundeplatz einen Hund geschlagen. Man schlägt keine Hunde, kapiert?«

»Hab ich gar nicht!«, schreie ich, völlig außer mir.

»Haben die aber gesagt!« Jetzt stehen sie um mich herum. Sie sind zu dritt, wenn ich Pech habe, machen sie gleich wieder den Türkenkreis mit mir, das heißt, sie schubsen mich von einem zum anderen wie einen Ball, ein Spielzeug, das passiert in letzter Zeit immer wieder.

»Ich hau doch keine Hunde!«, schreie ich, aber sie schubsen mich weiter, bis ich schluchzend auf dem Boden liege. Ein paar ältere Mädchen kommen näher, fragen, was los ist.

»Der hat einen Hund gehauen«, sagt der erste Achtklässler.

Die Mädchen sehen mich voller Verachtung an und gehen weg.

Das Zittern in meinen Knien geht während der Mathestunde nicht weg und auch nicht im Musikunterricht. Mir ist übel. Ich frage, ob ich mich abholen lassen darf. Herr Schrader fragt die Klasse, ob mich jemand ins Sekretariat begleitet, aber keiner hebt die Hand, nicht einmal Sven. Da bestimmt Herr Schrader einfach Lea, weil die stellvertretende Klassensprecherin ist und sich nicht wehren kann, und die verzieht das Gesicht, steht aber auf und begleitet mich zum Verwaltungsgebäude.

»Und warum hast du jetzt denn den Hund gehauen?«, fragt sie mich unterwegs.

Da hätte ich ihr beinahe auf die Schuhe gekotzt.

Meine Eltern holen mich ab, zum wievielten Mal, seit ich in der Schule bin, das weiß ich gar nicht. Zu Hause ziehe ich in meinem Zimmer die Vorhänge zu, schiebe eine Hörspiel-CD in meine Anlage und lege mich einfach ins Bett. Meine Mutter fragt mich vorsichtig, ob sie etwas für mich tun kann, aber ich schüttle nur den Kopf.

Zum Geburtstag kriege ich einen eigenen PC. Sobald ich ihn aufklappe und der Bildschirm angeht, kann ich alles um mich herum ausblenden. Meine Eltern haben mir ein paar Spiele ausgesucht, mit denen ich mich beschäftigen kann. Sven kommt auch gerne zum Spielen. Ich sage ihm, dass ich keinen Hund geschlagen habe, und er nickt nur, als wäre das sowieso nicht wichtig, aber eine ganze Weile lang weiß ich nicht, ob er mir wirklich glaubt.

Die Tage verschmelzen zu einem dunklen graubraunen Film. Ich hangle mich von einer Schulstunde zur andern, von einer Pause zur anderen. Ich weine, ich flippe aus, ich trete gegen Wände, ich fluche, ich renne aus dem Klassenzimmer, ich sammle Strafen. Aber jeden Morgen stehe ich wie ein gut programmierter Roboter auf, frühstücke und gehe zum Bus. Ich bin hässlich, ich bin dumm, ich bin verrückt, alles, was passiert, ist irgendwie meine Schuld, auch wenn meine El-

tern und die Schulpsychologin das Gegenteil behaupten. Es kann nur so sein, dass ich diese Strafe verdiene.

Zu Hause begleiten mich die bunten Figuren auf dem Computerbildschirm durch die Nachmittage, an denen Sven keine Zeit für mich hat. Phantomias hat sich ein bisschen zurückgezogen, beobachtet mich von den Dächern aus, ist aber noch bereit, im äußersten Notfall einzugreifen. Sven trifft sich jetzt ab und zu auch mit Leon. Zuerst war ich ihm deswegen so böse, dass ich mich nie wieder mit ihm verabreden wollte, aber nun tue ich es doch. Seine Mutter ist doch sehr nett und gibt mir nie das Gefühl, dass an mir etwas nicht stimmt, und Buddy mag mich richtig gern, und niemals im Leben würde ich ihn schlagen, ihn nicht und auch keinen anderen Hund.

Einmal dürfen wir in einer Klassenlehrerstunde alle anonym Verbesserungsvorschläge auf Zettel schreiben, die Herr Schrader dann einsammelt und vorliest. Ich habe nichts auf meinen Zettel geschrieben, aber auf drei anderen Zetteln steht, dass es ziemlich ungerecht ist, dass ich, Cedric, ständig von anderen fertiggemacht werde und die Lehrer mich dann bestrafen, während meinen Quälgeistern überhaupt nichts passiert. Ich sehe mich verblüfft in der Klasse um, keine Ahnung, wer da auf meiner Seite steht, ohne es jemals zu offenbaren. Sven vermutlich, aber es müssen ja noch zwei andere sein. Ich tippe auf Mädchen. Wenn mal jemand freundlich zu mir ist, dann immer ein Mädchen.

Herr Schrader macht ein bisschen »hm« und »naja« und beschließt dann, dass wir eine Deutschstunde drangeben und uns mal drüber unterhalten, warum ich denn immer geärgert werde, und nun darf jeder offen sagen, warum er oder sie mich nicht leiden kann. Meine Mitschüler sagen, ich bin komisch, ich interessiere mich nicht für Fußball, ich mag es nicht, wenn Jungs sich schubsen oder rangeln, ich drücke mich merkwürdig aus, ich mache nie mit, ich finde nie das gut, was sie gut finden, ich weiß immer alles besser, ich bin einfach anders. Ich schäme mich sehr. Ich weiß schon lang, dass ich nichts verkehrt mache, sondern einfach verkehrt bin.

Herr Schrader fragt die Jungs aus der Clique der schlimmsten Quälgeister, warum sie mich denn immer ärgern, und sie zucken mit den Achseln, sagen, dass es ihnen halt Spaß macht, weil ich mich so schön aufrege, und Finn-Luca sagt, dass Mobben cool ist, und da rät mir Herr Schrader, dass ich mich einfach nicht mehr so schön aufregen soll. Das sagen alle, nur meine Eltern reden nicht mehr so, weil sie selbst nicht mehr anders können, als sich ständig aufzuregen.

Mein Vater tobt durch die Wohnung wie ein wütender Stier, wenn ich wieder einmal in Tränen aufgelöst aus dem Bus steige. Manchmal erzähle ich schon gar nichts mehr, weil ich nicht möchte, dass mein Vater sich so aufregt.

Kayla fällt mir in dieser Zeit kaum auf. Sie ist selten zu Hause, und wenn doch, dann hat sie meistens Besuch von einer oder mehreren Freundinnen. Sie lebt auf einem ganz anderen Stern, aber wir mögen uns, sitzen oft abends noch zusammen, reden. Ich schäme mich vor ihr, weil ich als ihr großer Bruder so ein Loser bin, aber seit sie in der Schule Englisch lernt, nennt sie mich BigBrother, so als wäre ich ein ganz normaler großer Bruder, zu dem sie aufsehen könnte. Sie selbst erzählt nicht viel von der Schule, und es hat noch nie ein Lehrer angerufen, um sich über Kayla zu beschweren. Darüber sind meine Eltern ganz schön froh, weil sie es einfach nicht aushalten würden, mit einem zweiten Kind so viel Ärger zu haben wie mit dem ersten. Meine Mutter hat sowieso schon Magenprobleme, und jedes Mal, wenn es in der Schule wieder Ärger gibt, wird sie ganz weiß im Gesicht und kann nichts mehr essen. Mein Vater trinkt mehr Wein als vorher und streitet sich mit Besuchern, die äußern, dass es doch vielleicht an mir liegen müsse, wenn ich immer so viele Probleme habe. Er sagt, sie sollen erst mal nachlesen, was Mobbing *überhaupt ist, bevor sie so etwas sagen, dass es so leicht ist, dem Opfer die Schuld zu geben, so billig.*

Ich habe ein sehr schlechtes Gewissen, wenn mein Vater sich wegen mir streiten muss.

15. Pit Pikus und der Lokomotivführer

»Der Käfig ist viel zu klein«, stellt Bine fest. »Das ist doch Tierquälerei.«

»Bei Frau Rieger hatten die zwei ein eigenes Zimmer.«

»Na, diesen Luxus kann ich ihnen leider nicht bieten.« Bine runzelt die Stirn, setzt Edwin, den sie gerade hochgehoben und inspiziert hat, in den Sägespänen ab. »Überhaupt weiß ich nicht so recht, wie das mit den beiden weitergehen soll.«

»Tut mir leid«, sage ich. »Mir war nicht klar, dass sie mir die Hasen wirklich vererbt.«

»Überhaupt, das Ganze ist eine Schweinerei. Ich kapier nicht, warum die alten Leute noch nicht mal Haustiere halten sollen.« Bine richtet sich auf. »Es soll ja Heime geben, in denen das möglich ist. Aber die sind vermutlich teurer.«

»In welchem Heim ist Frau Rieger überhaupt?«, frage ich.

»Keine Ahnung. Die Gerschinski weiß das bestimmt. Die weiß doch immer alles.«

Ich hake den Deckel des Gitterkäfigs ein. Edwin und Moses starren mich mit aufgerissenen Augen an, sie scheinen mir nicht zu trauen. Als Kaninchen weiß man nie, ob man nicht ein hungriges Raubtier vor sich hat. Ich fürchte, ich habe schon mal Kaninchen gegessen, irgendwann vor einigen Jahren, anlässlich einer Familienfeier. Ich schwöre den beiden im Stillen, so etwas Grausames nicht wieder zu tun.

»Na, uns wird was einfallen.« Bine seufzt. »Irgendjemand wird sie schon nehmen.«

Dazu sage ich lieber nichts. Bine denkt daran, die Hasen wegzugeben? Aber es sind doch meine Hasen, pardon, Kaninchen! Frau Rieger hat sie mir überlassen, weil sie mir vertraut, muss man so etwas nicht respektieren wie ein richtiges Testament? Momentan möchte ich aber nicht mit Bine diskutieren. Eigentlich bin ich sogar froh über das Geschenk von Frau Rieger. Es bedeutet, dass ich ihr etwas bedeutet habe, dass sie mich nicht für einen Loser hält, wobei sie vermutlich überhaupt nicht weiß, was ein Loser ist. Sie hätte damals in der Sechsten bestimmt nicht diesem Gerücht Glauben geschenkt, dass ich auf dem Hundeplatz einen Hund geschlagen habe.

Bine kratzt sich an der Nase. »Da war noch was. Ein Zettel. Wo habe ich ihn bloß hingelegt?« Sie seufzt.

»Ein Brief?«

»Nein, etwas Gedrucktes. Ein Gedicht, glaube ich. Ich bringe es dir, sobald es wieder auftaucht. Ich musste erst den Schock mit den Tieren verdauen.«

»Mir fällt schon was ein«, versichere ich.

Wir tragen den Käfig in mein Zimmer. Unterwegs wehen schon jede Menge Sägespäne durch die Wohnung. Bine, die ansonsten keine Sauberkeitsfanatikerin ist, runzelt ein bisschen die Stirn.

»Ich hol gleich den Staubsauger«, biete ich an.

»Schon gut. War nicht viel.« Jetzt lächelt Bine wieder. »Wie heißen die beiden noch mal?«

»Edwin und Moses.«

»Edwin Moses? Das war doch ein Sportler. Ein amerikanischer Leichtathlet, wenn ich mich recht erinnere.«

»Echt?« Ich muss lachen. Das hätte ich von Frau Rieger nicht erwartet – dass sie Kaninchen nach einem Sportler nennt.

Obwohl, warum eigentlich nicht?

Sie lebt doch in genau derselben Welt wie ich.

Ich muss nachher wieder zur Filmgruppe und ich bin nervös wegen Sinja. Wir haben uns im Unterricht schon gesehen, aber das ist etwas anderes, da sind wir sozusagen im Dienst, müssen uns einfach nach Plan verhalten. Die Filmgruppe ist anders, das ist Freizeit und wir können uns nicht einfach hinter unseren Heften und Büchern verstecken.

Ich bin auf dem Schulhof heute Morgen plötzlich total erschrocken, weil ich gedacht habe, ich habe Marvin entdeckt. Marvin mit den braunen Rehaugen und den langen Wimpern, mit dem überlegenen Lächeln im Gesicht. Es war aber ein ganz anderer Schüler, einer, den ich gar nicht kenne, bestenfalls in der sechsten Klasse – und überhaupt! Ich erschrecke, wenn ich einen Sechstklässler sehe, den ich notfalls glatt zertreten könnte – ich meine, ich bin kein Riese, aber so ein Kleiner legt sich bestimmt nicht mehr mit mir an, das traut er sich nicht. Mein Zustand ist wirklich nicht der beste, wenn ich von solchen Begegnungen Herzklopfen kriege. Als wären Lars und seine Kumpel nicht schlimm genug. Na gut, sie greifen mich nicht an.

Immerhin. Ich muss in der großen Pause nicht mehr um meine Gesundheit fürchten. Und dennoch fühle ich mich bedroht und es geschehen ungute Dinge.

Meine Englischhausaufgaben waren verschwunden, eine komplette Buchbesprechung, elf Seiten, die ich heute abgeben sollte. Ich bin mir sicher, dass ich sie heute Morgen eingepackt habe. Es ist auch nicht so schlimm, ich hab ja alles in meinem Rechner und muss den Text nur noch mal ausdrucken und kann hoffen, dass Frau Schremmel-Behnke Gnade vor Recht ergehen lässt, wenn ich ihr den Text morgen früh gleich ins Lehrerzimmer bringe. Ich kann nicht mit Sicherheit sagen, dass jemand den Text aus meinem Rucksack genommen hat, aber diese Vorkommnisse häufen sich. Beim Hinausgehen bin ich über einen Fuß gestolpert, ich weiß nicht, wessen Fuß es war. Das kann vorkommen. Ich darf nicht alles gleich als Angriff werten. Es ist übertrieben, dass meine Hände schon wieder zittern.

So nervös darf ich nicht in der Filmgruppe auftauchen. Ich muss ganz ruhig sein, gefasst. Ich muss einen Text mitbringen, eine Idee, die Charly gefällt, so etwas wie die Szene mit dem Lehrerzimmer, eine Geschichte, die von mir ablenkt.

Ich sehe die Krähen wieder vor mir, die Krähen, die den Falken drangsalieren. Nicht dass ich mich für einen Falken halten würde, aber plötzlich fällt mir ein, woran mich dieser Anblick erinnert hat. Er hat mich an eine Geschichte erinnert, die ich als Kind gelesen habe, immer und immer wieder gelesen, irgendeine alte Geschichte in einem Buch, das vielleicht sogar meinem Opa gehört hat. Ich weiß nicht mehr genau, wie es war, aber ich kriege sie ungefähr zusammen.

»Ein schwarzer Specht war in eine Möwe verliebt. Die Möwe war verletzt und der Specht pflegte sie gesund. Aber die anderen Spechte wollten die Möwe nicht haben, weil sie weiß war und so einen kleinen Schnabel hatte und sich etwas darauf einbildete, dass sie so gut fliegen konnte. Als die Möwe wieder gesund war, musste sie die Kolonie der Spechte verlassen, aber sie sagte zu dem Specht, er solle doch mitkommen. Der Specht flog also mit, aber als sie in der Möwenkolonie ankamen, stürzten sich die Möwen auf ihn, weil er so schwarz war und weil er nicht so gut fliegen konnte, und vertrieben ihn.«

Ich halte inne. Ich weiß nicht mehr genau, wie es weiterging, aber ich erinnere mich, dass der Fortgang der Geschichte grausam war, dass die Sonne dem Specht ein Auge oder sogar beide ausbrannte und die anderen Spechte ihm die Zehen abhackten, dass aber die Möwe ihm eine weiße Schwungfeder schenkte, und dass er so wunderbar fliegen konnte, allerdings blind und als Krüppel. Ob das für die Filmgruppe etwas bringt? Wahrscheinlich mache ich mich lächerlich, wenn ich mit so einem Märchen ankomme, und außerdem ist nicht klar, wie wir das filmen sollen, ohne dressierte Vögel oder alberne Kostüme. Aber mir fällt im Moment einfach nichts anderes ein.

Ich google nach Edwin Moses. Amerikanischer Hürdenläufer. Na ja, zu dieser hüpfenden Sportart passen Kaninchen vielleicht ganz gut?

Sinja verhält sich merkwürdig, wirkt verschlossen, und ich habe schon den Verdacht, dass da wieder etwas Übles auf Facebook über mich zu lesen war, aber dann verstehe ich ihre Nervosität.

»Ich habe einen Text dabei«, sagt sie.

»Liest du ihn vor?« Charly reckt neugierig den Kopf. Er mag

Sinja, das weiß ich. Für ihre Rolle im Drogenfilm konnte er sie gar nicht genug loben.

»Komm, lies vor!«, sagt Lars freundlich. »Wir lachen auch nicht.«

Ich ziehe den Kopf ein. Ich weiß nicht, ob ich Sinjas Text hören möchte. Wenn sie nun etwas über mich schreibt? Wenn sie doch etwas über meine Vergangenheit erfahren hat?

Aber dann liest sie etwas ganz anderes vor. Ihr Text handelt von einem Mädchen, das so schlimm gemobbt wird, dass es sich vor einen Zug wirft, und vom Lokführer, der das Mädchen überfahren hat und sich von diesem Tag an, bedingt durch seinem Schock, so schräg verhält, dass er wiederum von allen Kollegen gemobbt wird. Sinja liest ohne viel Betonung und verhaspelt sich auch ein paarmal, aber alle hören ihr gebannt zu, und als der Text ziemlich abrupt endet … »von hier an wusste ich nicht mehr weiter«, sagt Sinja und lässt die Zettel sinken … sind alle noch eine ganze Weile still.

»Heftig«, sagt Charly schließlich und atmet so tief aus, als hätte er die ganze Zeit die Luft angehalten.

»Das Ende fehlt«, stellt eines der Mädchen mit Piepsentenstimme fest, von der ich annehme, dass sie auf Sinja eifersüchtig ist.

»Macht nichts«, sagt Charly. »Das kann man ja noch erfinden.«

»Der Lokführer bringt sich natürlich auch um«, ruft Lars. »Er springt vor die Lok des Obermobbers. Und dann wird der wieder gemobbt. Und es geht immer so weiter, bis alle Lokführer tot sind, bis auf einen. Der muss dann eben von einer Brücke springen oder so was.«

Sinja wird rot. Ein paar Kinder kichern, vor allem Mädchen, aber Charly sieht Lars mit gerunzelter Stirn an.

»Wir wollen hier keine englische Komödie drehen. Nichts gegen englische Komödien, aber nicht bei dem Thema.«

»Muss ja nicht alles immer gleich so ernst sein«, mault ein Achtklässler. »Ist doch langweilig.«

»Gut, nächstes Projekt ist dann eine Komödie. Nächstes! Aber nun lasst uns bei der Sache bleiben.« Charly verstummt. Sinja sieht auf den Boden. Die Blätter hat sie mit der beschriebenen Seite nach unten vor sich gelegt.

»Ich glaube«, sagt Charly nach einer Weile. »Wir sollten eine Art Collage anstreben. Lauter kleine Szenen. Damit ist auch die Frage nach dem Hauptdarsteller geklärt, wir wechseln uns alle ab. Euch fällt bestimmt noch mehr ein, oder? Hat noch jemand einen Text mitgebracht?«

Ich lasse den Specht und die Möwe natürlich stecken. Was habe ich mir dabei gedacht? Will ich mich um jeden Preis lächerlich machen?

Lars beobachtet Sinja aufmerksam, so aufmerksam, dass mir ein bisschen mulmig wird. Was weiß er über sie? Wie kommt Sinja auf diese Geschichte? Was hat sie damit zu tun? Kennt sie ein Mädchen, das sich vor einen Zug geworfen hat? Hatte sie womöglich noch eine Schwester? Genau genommen weiß ich so gut wie gar nichts über Sinja, gerade mal, dass sie früher in Essen gewohnt hat und dass ihre Mutter, die ansonsten ganz nett ist, mit ihren ständig wechselnden Lovern nervt, und dass sie einfach cool ist und ich es schlecht ertragen kann, dass ausgerechnet Lars sich so für sie interessiert.

Danach bin ich nicht mehr bei der Sache. Meine Gedanken kreisen immer enger um die Facebook-Seite, auf der vermutlich

Dinge über mich zu lesen sind, die ich nicht wissen will. Da unten, auf dieser Internetseite, sitzen sie bereits, die Krähen, mit angespannten Schwingen, bereit, sich auf mich zu stürzen, mich aus dem Revier zu vertreiben, von dem sie behaupten, es sei das ihre. Aber es gibt nun kein Revier mehr, das mir Zuflucht bieten würde. Es gibt keinen Platz mehr für mich. Die Stadt, diese Schule, sie sind meine letzte Chance.

Es hilft nichts, ich muss der Sache ins Auge sehen.

Als wir aus dem Gebäude ins Freie treten, ringe ich mich durch.

»Sinja?«

Sie wendet sich rasch zu mir um, etwas blitzt in ihren Augen, ihre Stimme klingt so, als hätte sie darauf gewartet, dass ich sie anspreche.

»Zeigst du mir die Facebookseite?«

»Ach das.« Sie zögert, wirkt irgendwie enttäuscht, fast ärgerlich. »Weiß nicht. Du regst dich nur auf.«

»Ich muss das doch wissen.«

Sie seufzt. »Okay. Kannst noch schnell mitkommen.«

»Danke. Ich zeige dir dafür meine Kaninchen. Widderkaninchen.«

Sie wirft mir einen Blick zu, den ich nicht deuten kann. Zweifelnd? Verächtlich? Ratlos?

»Na gut.«

Begeisterung klingt anders. Nimmt sie mir mein merkwürdiges Verhalten bei unserem Ausflug nun doch übel? Hält sie mich für einen Psychopathen, weil ich vor dem Backhausfest weggelaufen bin? Hätte ich ihr niemals das sinkende Schiff zeigen dürfen? Hätte ich die Facebookseite weiterhin ignorieren sollen?

Vor ihrer Wohnungstür zögert Sinja kurz, lauscht, fischt dann einen Schlüsselbund aus der Jackentasche und öffnet. Aus dem Wohnzimmer dringt Musik, aus einem anderen Zimmer klingen die Stimmen von Sinjas Geschwistern, sie scheinen sich halbherzig um irgendetwas zu streiten. Sinja schiebt mich in ihr Zimmer, ohne sich bei ihrer Familie bemerkbar zu machen. Bevor sie die Tür hinter mir schließt, höre ich eine Männerstimme, wieherndes Gelächter. Ich sehe Sinja fragend an, aber sie reagiert nicht, und ich beschließe, nicht weiter nachzufragen.

Sinja schaltet den Computer ein. Ich ziehe noch nicht mal die Jacke aus, bleibe auf dem Sprung, kann jederzeit aus der Tür rennen, einfach in die Nacht hinaus.

Du rennst jetzt nicht weg, Cedric. Du bleibst jetzt hier, sonst rufe ich deine Eltern an. Du siehst doch, dass Marvin es nicht so gemeint hat. Nicht wahr, Marvin, du hast es nicht so gemeint? Siehst du.

Sinja hat ihre Seite angeklickt. Sie steht auf, nickt mir zu, und ich setze mich auf den Schreibtischstuhl. Mein Herz klopft wie verrückt. Hey, das ist nur das Internet! Jeder weiß, wie viel Unsinn im Internet steht, dass jeder Hirnkranke in Foren schreiben kann, was ihm gerade einfällt, dass nichts von dem, was hier zu lesen ist, als unverbrüchliche Wahrheit gelten kann.

Der Typ auf dem Foto ist Cedric. War in unserer Klasse. Keiner konnte ihn leiden. Er ist dann von unserer Schule geflogen, zum Glück! Passt bloß auf den auf. Der schmeißt mit Stühlen, schlägt Fensterscheiben ein, misshandelt Tiere, rastet völlig aus. Der ist richtig gefährlich. Ich würde euch raten, dem aus dem Weg zu gehen.

Absender: Der Killerhamster.

Es folgt eine Antwort von Lars, die ich mir schenke. Er bedankt sich vermutlich für die wertvollen Informationen und für die Warnung, die in seinem Fall leider zu spät kam …

Geht dem Cedric lieber aus dem Weg, Kinder. Er hat sich noch nicht eingewöhnt.

Ich höre Sinja hinter mir tief durchatmen. Ich drehe mich auf dem Stuhl zu ihr um.

»Und? Hast du jetzt Angst vor mir?«

Sinja schüttelt den Kopf, beobachtet mich aber aufmerksam, als sei sie sich nicht ganz sicher.

»Hast du alles gelesen?«

»Nein.«

»Lies alles.«

Ich lese die zweite Nachricht vom Killerhamster.

Seht zu, dass ihr ihn loswerdet. Das dürfte kein Problem sein. Macht ihm klar, dass er ein Loser ist, dass ihn keiner haben will. Dann verschwindet er schon von allein. Wir haben ihm gezeigt, dass bei uns kein Platz für Loser ist.

Ich schließe die Augen.

Normalerweise würde ich mich jetzt umdrehen und anfangen, mich vor Sinja zu rechtfertigen. Ich würde ihr sagen, dass ich nie im Leben ein Tier misshandelt habe, natürlich auch nicht den Hund auf dem Hundeplatz, dass das nur ein Gerücht war und ich später sogar herausgefunden habe, wer es in die Welt gesetzt hat … nämlich die dicke Mirjam, die in unserer Klasse die Zielscheibe gegeben hat, wenn ich mal gerade nicht zur Verfügung stand. Ich habe sogar eine Weile versucht, mich mit Mirjam anzufreunden, weil sie genauso ein Außenseiter war wie ich, aber irgendwann hatte sie festgestellt, dass sie in der Klasse punkten konnte, wenn sie auf mich losging. Ich könnte Sinja erklären, dass ich die Glasscheibe aus Versehen eingeschlagen habe, dass ich nur mit der Faust gegen die Tür donnern wollte, so wie man mit dem Fuß stampft. Ich könnte ihr sagen, dass ich nie im Leben jemanden geschlagen habe, bis auf die Sache mit Lars. Ich könnte ihr erzählen, wie meine Schultage in meinem Heimatort ausgesehen haben, jeder für sich, immer wieder.

Aber ich schweige.

Mir glaubt keiner, das weiß ich doch längst. Egal, wie man die Sache dreht, ich bin ein Loser, und wer sich mit mir abgibt, gerät in den Verdacht, selbst ein Loser zu sein, und allein so ein Verdacht klebt und stinkt wie Hundekacke am Schuh, das braucht keiner.

»Was meinst du, was die machen?«, fragt Sinja leise.

Ich zucke mit den Achseln. »Was sollen sie schon machen. Mir egal. Ich muss nur das Schuljahr noch schaffen.«

»Und dann?«

»Keine Ahnung. Dann endet die Schulpflicht.«

»Na und?«

»Dann kann mich keiner mehr zwingen.«

Sinja nickt. »Aber du musst ja irgendwas weitermachen.«

»Ja. Aber mich zwingt keiner mehr. Dann habe ich meine Strafe abgesessen.«

»Welche Strafe?« Sie blinzelt verstört.

»Meine Haftstrafe«, sage ich. »Jedes Kind wird hier doch einfach eingesperrt, sobald es sechs Jahre alt ist, obwohl es nichts verbrochen hat. Wenn es nicht zur Schule kommt, dann wird es von der Polizei abgeholt. Und in diesem Schulknast muss es dann bleiben, mindestens neun Jahre lang, egal, wie beschissen es ihm geht, ob es krank wird oder verrückt, ob es die ganze Sache nicht aushält. Denen ist es völlig egal, dass manche Kinder in der Schule kaputtgehen.«

»Ist das nicht überall so? In jedem Land?«

Ich schüttle den Kopf. Meine Eltern haben sich genau informiert, ich kenne mich aus.

»In fast allen europäischen Ländern ist es anders. Natürlich müssen die Kinder überall was lernen. Aber man kann da auch zu Hause unterrichtet werden.«

»Ist das nicht langweilig, immer nur mit den eigenen Eltern?«

Ich schüttle wieder den Kopf.

»Muss nicht. Es können sich ja mehrere zusammentun. Immer noch besser, als in der Schule durchzudrehen. Jedenfalls wäre das in Frankreich und England und Österreich und überall völlig okay. Hauptsache, die Kinder lernen ihren Stoff.«

Sinja denkt eine Weile nach. Dann steht sie auf. »Darf ich mal?«

Ich räume meinen Platz vor dem Computer. Sie beugt sich über die Tastatur, fängt an zu schreiben: *»Hört auf mit dem Scheiß, ihr Idioten!«*

»Lass es«, sage ich müde. »Dann gehen sie auch auf dich los.«

»Mir doch egal«, sagt sie. »Mir doch alles egal.« Sie sieht aus, als würde sie gleich losheulen.

»Ich muss los«, würge ich hervor. Sie nickt nur. Ich werfe mir hastig meinen Rucksack über die Schulter und renne aus der Wohnung.

In den Alleebäumen, im Licht der vielen Straßenlampen, krächzen noch die Krähen, die sich hier jeden Abend zu Hunderten zum Schlafen versammeln.

Bine hat den Zettel von Frau Rieger auf mein Kopfkissen gelegt. Es ist eine vergilbte Seite, die wohl vor vielen Jahren jemand aus einem Buch herausgerissen hat. Ich lese:

Mir ist, als ob ich alles Licht verlöre.
Der Abend naht und heimlich wird das Haus;
Ich breite einsam beide Arme aus,
und keiner sagt mir, wo ich hingehöre.
Wozu hab ich am Tage alle Pracht
gesammelt in den Gärten und den Gassen,
kann ich dir zeigen nicht in meiner Nacht,
wie mich der neue Reichtum größer macht
und wie mir alle Kronen passen.

Rainer Maria Rilke

16. Hase und Igel

Die Kaninchen können nicht schlafen. Sie rumoren in ihrem Unterschlupf, rempeln sich gegenseitig an, schlüpfen ins Freie, knabbern irgendein Korn, beißen versuchshalber in die Metallstäbe, ein fremder, metallischer Klang im stillen Zimmer. Ich weiß nicht, worüber Kaninchen grübeln, wenn sie nicht schlafen können. Im Falle meiner Widderkaninchen könnte es natürlich sein, dass die beiden das ungute Gefühl umtreibt, ihre Menschenmutter sei ihnen abhandengekommen. Sie vermissen womöglich jetzt schon ihre tägliche Ausfahrt im Kinderwagen oder ihre Käsesahnetorte, ihre Sitzplätze am Tisch, den Geruch nach alter Frau und staubigen Möbeln. Aber sie können wenigstens nicht darüber nachdenken, warum alles so gekommen ist, warum ihr Schicksal diese Wendung genommen hat. Sie können sich keine Gedanken darüber machen, ob sie selbst schuld sind, etwas falsch gemacht haben, können sich nicht selbst verachten, und ich muss ihnen eigentlich nicht sagen, dass sie unschuldig sind.

»Ihr habt keine Schuld«, flüstere ich trotzdem. Ich kauere auf dem Dielenboden, habe die Arme um meine Knie geschlungen und starre auf die weißen Gitterstäbe, die sich in der Dunkelheit schwach abzeichnen. »Ihr könnt nichts dafür. Es passiert einfach. Keiner weiß, warum so etwas passieren muss.« Das ist natürlich Unsinn. Ich weiß, woran es liegt. Es liegt an diesen anständigen Menschen, die genau wissen, was richtig ist und was nicht. Die davon überzeugt sind, dass es nicht richtig ist, Kaninchen in einem Kinderwagen spazieren zu fahren, beispielsweise, und dass so etwas einfach nicht geduldet werden kann, weil ... nun ja, weil man so etwas eben nicht macht. Diese Menschen, die wissen, wie die Welt zu sein hat, sind immer in der Überzahl, und sie setzen alles daran, jene zu vernichten, die ihre Ordnung infrage stellen, und sie nehmen dabei keine Rücksicht darauf, ob es ein alter Mensch ist oder ein Kind, das sie aus ihrem Umfeld entfernen.

Ich schließe die Augen. Die Kaninchen riechen so gut, so warm, nach Holz, nach Heu. Am liebsten würde ich im Kaninchenheu schlafen, in den Pelz der Tiere gekuschelt.

Ich habe Heimweh.

Ich habe Angst.

Was für eine Gefahr, vor der mich Kaninchen schützen könnten!

Ich muss vernünftig sein. Was kann schon passieren? Mich erschüttert so leicht nichts. Ich bin es gewohnt, Außenseiter zu sein. Ich ertrage Schultage, an denen keiner mit mir spricht, und ja, ich kann inzwischen meine Ohren auf Durchzug stellen, wenn Bösartiges über mich gesagt wird. Ich kann mich so weit in mich zurückziehen, dass keiner mich mehr erwischen kann. Ich bin in Sicherheit, ich lasse mich nicht vertreiben, diesmal nicht. Ich bin noch keinem Lehrer negativ aufgefallen, weil ich inzwischen das gleiche ausdruckslose Gesicht aufsetzen kann wie die anderen, weil ich nicht aufbegehre, meine Meinung nicht vertrete, weil ich so duckmäuserisch bin, wie es von einem Schüler erwartet wird. Mir kann doch nichts Schlimmes passieren. Und ich habe ein Recht, hier zu sein. Ich habe ein Recht, zu sein, wer ich bin. Diese Sätze habe ich so oft eingeübt und weiß immer noch nicht, ob ich sie mir glauben soll.

Warum also, warum diese Angst? Wo ist er denn, der böse Wolf, der mich verschlingen kann?

Ich lege mich wieder ins Bett. Draußen rast ein Auto vorbei, Bässe wummern, bringen die Scheiben zum Vibrieren, verklingen, dann ist es still.

Ich bin wieder allein.

Und ich ertrage es nicht.

Ich schüttle die Decke ab, gehe barfuß in die Küche, nehme mir ein Glas aus dem Schrank und fülle es am Wasserhahn, trinke einen Schluck und kippe den Rest in den Ausguss. Ich öffne den Kühlschrank, starre einen Moment lang tatenlos hinein und schließe ihn wieder. Von Bine und Freddie ist nichts zu hören, sie scheinen tief zu schlafen. Meine Mutter oder mein Vater hätten längst bemerkt, dass ich nicht schlafen kann, wären schon im Bademantel aufgetaucht, mit müden Augen, hätten gefragt, was los ist, was denn los ist, ohne eine Antwort zu erwarten. Wie konnte ich mich nur aus meinem Elternhaus vertreiben lassen, von so einem wie Marvin, von all den anderen? Ich habe nichts verbrochen, warum musste ich gehen? Kein Wasser, auch keine andere Flüssigkeit kann diese Bitterkeit aus mir herausspülen.

Ich lege mich wieder ins Bett und warte, bis der Morgen dämmert. Aus Erfahrung weiß ich, dass die allerhöchsten Berge in der Morgendämmerung etwas schrumpfen, die allertiefsten Schatten sich ein wenig lichten, auch wenn an hellen Sonnenschein noch lange nicht zu denken ist.

Und als der Morgen dämmert, habe ich den Wolf tatsächlich gesehen und erkannt. Er ist nur ein entfernter Nachfahre des zottigen schwarzen Tiers meiner frühen Schulzeit, aber er hat denselben gelben stechenden Blick und strömt denselben üblen Geruch aus. Als ich aufstehe, frühstücke, aus dem Haus gehe, weiß ich, dass das Tier mich begleitet, beschattet. Und es muss an ihm liegen, dass mir in dem Moment, in dem ich um die Ecke biege und die Schule mit ihren vielen neonerleuchteten Fenstern vor mir sehe, kalter Schweiß ausbricht.

Sinja fehlt.

Sie fehlt im Unterricht und sie fehlt mir. Ich habe noch keinen Tag an dieser Schule ohne sie verbracht, aber das ist mir ehrlich gesagt noch nie aufgefallen. Dem Wolf ist das gerade recht, er trägt ein geiferndes Grinsen im Gesicht, als ich wieder über ein ausgestrecktes Bein stolpere, als Ken mit undurchdringlicher Miene meine Jacke auf den Boden fallen lässt und sich die Schuhe daran abwischt, als ich entdecke, dass jemand auf die Außenseite meines Deutschhefts »Verpiss dich, Lord Brutalo« geschrieben hat. Mein Herz klopft so schnell, so laut, dass Herr Hirzig es eigentlich hören müsste, aber er fährt im Unterricht fort, als wäre nichts, sieht mich nicht einmal an, lächelt sogar einmal, als Nicole auf seine Frage eine Antwort liefert, auf die er gehofft, mit der er aber nicht ernsthaft gerechnet hat.

Ich schmecke dir nicht, Wolf. Ich falle nicht mehr in dein Beuteschema, verstehst du das nicht? Zieh weiter. Versuch dein Glück bei einem anderen, bei Lars beispielsweise, bei Ken, bei Momo,

Melina … Verschwinde, Wolf, zieh dich zurück in die dunklen Wälder, in denen du dich doch in den letzten Monaten offenbar ganz wohl gefühlt hast, und nimm deinen Gestank mit, deinen üblen Gestank nach Fäulnis, nach Verwesung …

Ich hebe die Hand.

»Ja, Cedric?«

»Kann ich kurz rausgehen?«

»Warum das? Hast du vielleicht ein Date?« Herr Hirzig findet sich sehr witzig und runzelt die Stirn, weil keiner in der Klasse lacht, weil alle mich mit eisigen Mienen ansehen, als wünschten sie, ich würde nie mehr wiederkommen.

Ich bleibe die Antwort schuldig, stehe einfach auf und gehe aus dem Raum, so langsam, wie es mir nur möglich ist.

Auf die Schultoilette darf man sich auf keinen Fall zurückziehen, wenn einem übel ist. Der scharfe Gestank, der über den Kabinen hängt, die verschmierten Kloschüsseln, die gelbbraunen Flecken am Boden tragen nicht unbedingt zur Verbesserung der Lage bei. Ich muss an die Luft, auch wenn das riskant ist. Ich drücke die Glastür auf. Wenn es wenigstens regnen würde …

Der Wolf sitzt schon draußen, betrachtet mich höhnisch mit seinen gelben Augen, kennst du die Geschichte von Hase und Igel?, grinst er, na gut, ich bin kein Hase, nur ein schwarzer Wolf, aber das ändert nichts: *Ich bin schon da*, egal wohin du läufst, ich bin immer schon da, denn mich gibt es nicht nur einmal, und du weißt doch, wie die Geschichte ausgegangen ist, schlecht natürlich, so wie alle Märchen für den Verlierer schlecht und grausam enden, der Igel hat sich totgelaufen, ihm sind nach und nach alle Stacheln ausgefallen, seine Fußsohlen haben geblutet, Blut strömte ihm aus Nase und Mund, irgendwann lag er da, und die Krähen haben den Rest gefressen, während der Hase mit allen anderen Normalos ein großes Fest feiern durfte, mit Kaffee und Glühwein und Apfelkuchen.

Ich ziehe mein Handy aus der Hosentasche, rufe Sinja an, aber sie geht nicht dran. Vielleicht ist sie beim Arzt oder schläft oder geht einfach nicht ans Telefon, weil sie die Schule schwänzt und sich dabei nicht erwischen lassen darf.

Frau Schrecker-Gremmel kommt gerade aus der Tür, mustert mich fragend.

»Irgendwas los, Cedric?«, fragt sie. »Warum bist du nicht im Unterricht?«

»Mir ist übel«, sage ich. »Ich brauche frische Luft.«

Sie nickt. »In meiner Klasse fehlen fünf Schüler«, sagt sie. »Da geht wohl was um.« Und sie marschiert schnell weiter, für den Fall, dass irgendwelche meiner bösen Viren gerade zum Sprung auf sie ansetzen.

Ich setze mich auf den Rand eines Blumenkübels, obwohl er schmutzig und feucht ist und stinkt.

Bleib vernünftig, sage ich mir. Sie werden dir nichts tun. Sie werden dir nur das Leben zur Hölle machen, aber sie können dich nicht vertreiben, wenn du es nicht zulässt. Lass sie einfach auflaufen, kümmere dich nicht um sie. Lass alles an dir abprallen, zieh die Schule einfach durch, schade dir nicht wieder selbst.

Wirklich, alle diese Sätze spule ich in meinem Inneren ab, Sätze, die im Laufe meiner Schulzeit auf mich niedergegangen sind, ausgesprochen von helfenden, beratenden, freundschaftlich gesinnten Menschen, Sätze, die immer nur das blieben, Sätze, Wörter, dürre Hülsen, ich höre sie geradezu rascheln, wenn ich in ihnen herumkrame.

Aber ich kann nicht, denke ich, ja, ich spreche es sogar aus, nicht mit lauter Stimme, sondern nur murmelnd in die Stille des Schulhofs. Ich kann das nicht. Ich halte das nicht mehr aus. Ich sage es ein bisschen lauter: »Ich halte es nicht mehr aus.«

Das habe ich schon so oft gedacht und gesagt und trotzdem immer noch mehr ausgehalten. Warum soll es diesmal anders sein?

Ich verschränke fröstelnd die Arme. Mehrere Schüler tauchen auf, dann wieder ein Lehrer. Offenbar wird es gleich zur Pause läuten. Ich weiß nicht, was ich tun soll. Wieder hineingehen?

Als es klingelt, schiebe ich mich durch die Glastür zurück ins Gebäude, warte hinter einer Ecke des Flurs ab, bis Herr Hirzig in Richtung Lehrerzimmer entschwunden ist, gehe dann in mein Klassenzimmer, ohne nach links und rechts zu sehen. Die anderen existieren gar nicht, sind überhaupt nicht da, sind nur Projektionen, Elemente einer virtuellen Realität, die aus meinem Leben verschwinden wird, sobald ich das Programm beende. Tatsächlich geschieht nichts weiter. Ich kann meine wiederhergestellte Bikerjacke anziehen und zurück in den Schulhof gehen wie ein ganz normaler Schüler, einer von achthundert Schülern an dieser Schule, die uns Kinder in die Gesellschaft integriert, die uns lehrt, Andersdenkende zu respektieren, die so viel Wert auf soziales Miteinander legt – all das ist jedenfalls auf ihrer Homepage zu lesen, wie auch auf der Homepage meiner letzten Schule und der Schule davor. Ich sehe mich nach Kuno um, entdecke aber nur die Mädchen aus meiner Filmgruppe, gehe rasch auf sie zu, so entschlossen, dass sie erschreckt zurückweichen … natürlich, sie kennen die

Geschichte über meinen Faustschlag, waren vielleicht sogar in der Garderobe dabei, so genau kann ich mich nicht an die entsetzten Gesichter erinnern.

»Wo ist Kuno?«, frage ich direkt.

»Kuno?«, wiederholt das dunkelhaarige Mädchen und sieht die anderen an, als erwarte sie von den beiden ein Signal, irgendeinen Hinweis, wie sie reagieren soll.

»Ja, Kuno. Er geht doch in eure Klasse.«

»Der ist heute nicht da«, sagt die Dunkelhaarige, ohne mich anzusehen.

»Ist er krank?«, bohre ich.

Sie zuckt mit den Achseln.

»Fehlt er öfter?« Ich lasse nicht locker. Warum habe ich mich nicht früher um Kuno gekümmert? Wie konnte ich ihn im Stich lassen? Ich bin auch nicht besser als sie alle.

»Hmm«, macht die Dunkelhaarige vage. »Der fehlt schon ziemlich oft.«

Sie zieht ihr Handy aus der Tasche. Auch die anderen beiden sind plötzlich ungeheuer beschäftigt. Ich starre sie noch einen Moment lang an, dann drehe ich mich um, drängle gegen den Strom zurück ins Schulhaus, renne in mein Klassenzimmer, werfe meine Sachen in den Rucksack, hänge ihn über die Schulter und gehe wieder nach draußen, diesmal ganz langsam, um keinen Verdacht zu erregen. Ich schummle mich an den Rand des Pausenhofs, und als keine Aufsicht in der Nähe ist, gehe ich den geteerten Fußweg entlang, um das rot-weiße Geländer herum, das Radfahrer zum Absteigen zwingen soll, gehe mit ruhigen Schritten zum Fahrradparkplatz, befreie meinen Mustang und reite davon, leider nicht in den Sonnenuntergang der Wüste, sondern lediglich in ein graues, leeres Stadtleben. Ich fahre und fahre, bis ich vor dem Haus von Freddie und Bine angekommen bin. Dort zögere ich nur kurz, trete dann noch heftiger in die Pedale und fahre vorbei.

Ich weiß nicht, wohin, bis ich mich auf der Landstraße wiederfinde.

Nach Hause?

Nicht nachdenken, noch nicht. Fahren, in die Pedale treten, noch schneller, bis die eigenen Gedanken nur noch schemenhaft vorüberhuschen wie Passanten, deren Gesichter man auf die Schnelle nicht erkennen kann. Die Hände sind klamm, meine Handschuhe stecken noch im Rucksack, unerreichbar für einen, der auf keinen Fall anhalten kann. Nieselregen setzt ein, mein Gesicht ist nass, die Haare kleben mir in der Stirn. Autos fahren viel zu eng vorbei, ein Lastwagen drängt mich beinahe von der Straße. Einmal kommt mir ein Polizeiauto entgegen, verlangsamt seine Fahrt aber nicht; im Nieselregen, getarnt mit Helm und Bikerjacke, haben sie mich nicht als Schulpflichtigen erkannt, als Flüchtigen, als Opfer.

Nach Hause.

Meine Eltern.

Meine Mutter, mein Vater.

Sie werden natürlich wieder zu mir halten. Sie werden wieder ratlos dasitzen, einander ansehen, sie werden versuchen, mir gut zuzureden, mein Vater wird vielleicht wütend werden, nicht auf mich, sondern auf die anderen, wird sie verfluchen, meine Mutter wird weinen, wenn sie denkt, dass ich es nicht sehe. Sie werden sich wieder fragen, warum es immer so kommen muss, warum ich nicht ganz normal zur Schule gehen kann wie andere auch, Kayla beispielsweise, warum mir kein Platz vergönnt ist. Sie werden wieder schlaflose Nächte verbringen, wieder nach all den schlaflosen Nächten, die sie schon wegen mir verbracht haben.

Und wieder kommt ein Lastwagen von hinten, noch enger diesmal, ein riesiges Ungetüm mit hellen Scheinwerfern im Nieselregen, hupt laut, fegt mich von der Fahrbahn, ich schleudere in den Graben, falle, der LKW wird kurz langsamer, nur so kurz, dass es für einen Blick in den Rückspiegel reicht. Ich stehe schon wieder, sammle mein Fahrrad ein, klopfe Schmutz von meiner Hose. Die Rücklichter des LKW verschwinden im Meer der vielen anderen roten und weißen Lichter.

Es gibt kein Entrinnen.

Diesen Satz spüre ich in mir, höre ihn, während ich in den spiegelnd nassen Asphalt blicke, während der Lärm der Fahrzeuge neben mir anschwillt, bis er mich ganz ausfüllt. Kein Entrinnen. Ich ziehe immer nur eine Schleife, um doch wieder dort anzukommen, wo ich gestartet bin, das wird immer so bleiben, und nur wenn der LKW mich mit einem seiner dicken Räder erwischt hätte, dann wäre endlich Ruhe gewesen.

Auf der anderen Straßenseite klebt schon irgendein überfahrenes Tier auf der Fahrbahn. Wahrscheinlich ein Igel.

Na gut – es könnte auch ein Hase sein.

17. Nur wegen ein paar Idioten

Ich weiß gar nicht, ob ich erleichtert sein soll, als Sinja nun doch ans Telefon geht. Vielleicht hätte es besser gepasst, auch an dieser Stelle wäre nur noch Schweigen gewesen, Stille. Aber sie geht dran, weiß sofort, wer da anruft, krächzt: »Cedric, was ist los …?«, als hätte ich tatsächlich die Notrufnummer gewählt.

Ich weiß nicht, was ich sagen soll. Autos brausen an mir vorbei, eins nach dem anderen, alle auf dem Weg, auf ihrem vorgegebenen Weg, alle funktionieren, alle haben ihr Ziel. Der Druck auf meinen Ohren ist so stark, dass mir schwindlig wird.

»Wo bist du denn? Cedric? Bist du nicht in der Schule?«

»An der Landstraße.« Meine Stimme zittert.

»Welche Landstraße?«

»Landstraße eben.«

Wieder ein brüllender Laster, Sinjas Stimme ist nur ein hauchdünner Faden, der mich hält, der jederzeit zerreißen kann.

»Was ist passiert?«

»Nichts. Nichts ist passiert.« Aber meine Stimme bricht, ich höre ihn selbst, den Hilferuf. Dabei ist doch nichts passiert. Kleine Hänseleien, vollkommen unbedeutende Streiche, die mir gespielt werden, keine ernsthafte Bedrohung, das ist nichts, lächerlich ist das, kein Grund durchzudrehen.

»Cedric?« Sinja versucht, ruhig zu sprechen. »Soll ich deine Eltern anrufen? Können sie dich irgendwo abholen?«

»Nein. Nein, bitte nicht. Ich … ich hab mein Fahrrad dabei.«

Sinja schweigt einen Moment lang, ich bin mir sicher, sie denkt fieberhaft nach.

»Ist ein Bahnhof in der Nähe?«

»Nein … weiß nicht. Vielleicht in Burgdorf. Ich glaube, das ist nicht mehr weit.«

»Sollen wir uns da treffen?«

»Bist du nicht krank?«

»Nicht so sehr. Bitte, Cedric, fahr zum Bahnhof. Ich komme hin. Ich bin in einer halben Stunde da. Warte auf mich. Versprichst du, dass du wartest?«

Das Drängen in ihrer Stimme.

»Ja«, sage ich einfach und denke gleichzeitig, und wenn mich der dicke Reifen doch noch zerquetscht, ist es auch egal, ob ich mein Versprechen gehalten habe oder nicht, so wie dann endlich alles egal ist und mir keiner mehr einen Vorwurf wegen irgendwas machen kann.

»Also bis gleich.« Sinja legt auf. Ich starre auf mein Telefon, stecke es ein. Dann sehe ich an der Straße entlang.

O Mann. Wie ist es mir bloß gelungen, unverletzt bis hierher zu kommen? Auf dem Asphalt ist doch überhaupt kein Platz für mich, beide Spuren sind voll, gedrängt voll, keiner kann ausweichen, nur weil ein verlorener Radfahrer vor ihm herumeiert.

Vielleicht bin ich sogar schon tot, ja, das ist wahrscheinlich.

Ich schüttle mich wie ein Hund. Nicht durchdrehen jetzt. Ich kann auf keinen Fall auf dieser Killerstraße weiterfahren, aber dort drüben, hinter dem Graben, zwischen den gepflügten Äckern, entdecke ich einen geteerten Feldweg, der parallel zur Bundesstraße verläuft.

Ich trage mein Fahrrad durch den Graben, obwohl mir das eiskalte Wasser bis zu den Knien reicht – egal, die Kälte zeigt mir, dass ich noch lebe. Ich stapfe durch den Acker, und nun klebt der Lehm an meinen Hosenbeinen, spritzt über meinen ganzen Körper, verwandelt mich in einen Zombie, der eben erst aus dem Grab gekrochen kam. Vermutlich werde ich in Burgdorf sofort festgehalten, eingesperrt, zwangsgeduscht. Aber nein, niemand beachtet mich, als ich auf meinem Fahrrad den Ortseingang passiere. Meine Reifen schleudern Lehmbröckchen über die ordentlich gekehrte Neubauviertelstraße. Ein Hund bellt hinter einer Haustür. Jemand übt Klavier. Wo könnte der Bahnhof sein? Ich kann niemanden fragen, davon abgesehen, dass niemand zu sehen ist, dass das Städtchen tot ist, unbelebt wie alle diese kleinen Ortschaften, in denen die Leute sinnlos in ihren Häuschen und Wohnungen herumsitzen, sobald ihnen von höherer Instanz Freizeit gewährt wird. Geschäfte gibt es keine, nur ein Nagelstudio, eine Ergotherapie-Praxis, einen Hundefrisör, eine Fußpflegerin. Endlich weist ein kleines Radwege-Schild zum Bahnhof. Ich folge ihm und erreiche die Gleise, die kleinen Unterstände vor dem mit Brettern vernagelten, langsam zerfallenden Bahnhofsgebäude. Sinja ist nirgendwo zu sehen. Sie kann es gar nicht in einer halben Stunde schaffen, das hat sie nur gesagt, um mich zu beruhigen, davon abgesehen, dass ich nicht weiß, wie viel Zeit überhaupt seit unserem Telefongespräch vergangen ist. Sobald ich abgestiegen bin, fange ich an zu frieren, richtig zu schlottern. Eine mittelalte Frau mit einer Stofftasche in der Hand geht langsam am Bahnsteig auf und ab, zögert, beobachtet mich aus den Augenwinkeln, ohne mich anzusehen, geht weiter. Ein Zug fährt durch, ein Schnellzug, der an so kleinen Bahnhöfen niemals halten wird. Erst als er vor mir vorbeirast, fällt mir ein, wie leicht es gewesen wäre, jetzt einfach drei Schritte nach vorn und aus, viel leichter noch als auf der Landstraße, dort kannst du nie sicher sein, ob einer der dicken Reifen nur einen Teil von dir zerquetscht und der Rest irgendwie weitervegetieren muss. Sinjas Lokführergeschichte fällt mir ein, wie kommt sie bloß auf so was, ausgerechnet sie?

Ich schiebe mein Rad zum nächsten gelben Fahrplan, betrachte ihn, ohne Zahlen und Buchstaben zu verstehen, starre auf die LED-Laufschrift, die den nächsten Zug ankündigt, sieben Minuten sind es noch. Die Frau bleibt jetzt stehen, verschränkt die Arme, auch ihr wird wohl kalt sein, selbst wenn sie keine nassen Füße hat und vermutlich nicht so mit den Zähnen klappert wie ich. Ich konzentriere mich auf die LED-Schrift. Nun sind es nur noch sechs Minuten. Was ich tun werde, wenn Sinja nicht aussteigt, das weiß ich nicht. Ich kann wahrscheinlich einfach hier auf dem Bahnhof erfrieren, ohne dass es jemandem auffällt, abgesehen von denen, die mich dann wegräumen müssen.

Ich schließe die Augen und zähle langsam bis sechzig, blinzle: fünf Minuten.

Ich zähle bis hundertzwanzig, war zu langsam: zwei Minuten. Ich starre in die Richtung, aus welcher der Zug kommen muss, lausche. Die Frau umklammert ihre Tasche und sieht ebenfalls in

Richtung Stadt. Schließlich taucht die rote Lok der Vorstadtbahn auf, aus einem Lautsprecher dringen unverständliche Laute, die Frau macht einen Schritt vorwärts, ich einen Schritt rückwärts. Mein Herz klopft wie verrückt. Sie ist nicht drin, sage ich mir, Sinja ist nicht drin.

Und da ist Sinja. Sie springt aus der Bahn, sieht sich geradezu panisch nach beiden Seiten um, entdeckt mich, rennt auf mich zu, fällt mir einfach um den Hals, drückt mich, obwohl sie davon lehmig wird und nass, und dann macht sie einen Schritt rückwärts, sieht mich an und sagt: »Idiot!«, und Tränen laufen ihr übers Gesicht.

Von diesem Moment an muss ich nichts mehr wissen, nur tun, was Sinja sagt. Sie kauft mir eine Fahrkarte, sie steckt mich in die nächste Bahn, die zurück in die Stadt fährt, sie schiebt mein verdrecktes Fahrrad bis zu ihrer Straße, schließt es ab, zieht mich in ihre Wohnung und organisiert mir einen Pulli und eine Jeans, die einer der Lover ihrer Mutter im Schrank vergessen hat, sie weiß nicht mehr, welcher es war, und es ist auch egal, die Sachen sind sauber, und nach einer Weile höre ich auf zu zittern, hänge einfach nur noch auf Sinjas giftgrünem Sitzsack herum und starre auf ihr Fenster, auf die Fassade des gegenüberliegenden Hauses, das weit genug entfernt steht, mir nicht zu nahe kommt.

Sinja hat in der Küche gewerkelt, taucht jetzt wieder auf, in jeder Hand eine Tasse, aus der es herausdampft, Tee vermutlich. Sie stellt eine Tasse neben mich auf den Boden und setzt sich auf ihr Bett, umklammert ihre Tasse mit beiden Händen, sieht mich an. Gleich wird sie fragen, und ich weiß doch immer noch nicht, was ich sagen soll.

Aber sie fragt nicht. Sie nimmt einen Schluck, presst die heiße Tasse gegen ihre Stirn, sieht mich nicht an.

»Ich muss dir was zeigen«, sagt sie.

»Facebook?«

Sie starrt mich einen Moment lang verwirrt an, dann schüttelt sie den Kopf.

»Nein. Nein, davon rede ich nicht. Nichts, was mit dir zu tun hat.«

Ich nicke nur.

Sie zögert noch einen Moment lang. Dann setzt sie ganz langsam und vorsichtig ihre Tasse ab, als sei die darin enthaltene Flüssigkeit eine ätzende Säure. Und dann streift sie, weiterhin mit langsamen, fast andächtigen Bewegungen, ihre Pulswärmer von den Handgelenken. Sie steht auf, tritt vor mich, streckt mir ihre Unterarme hin, schweigt.

Ich werfe ihr einen verständnislosen Blick zu, dann erst sehe ich auf die Arme. Mein Atem stockt.

Beide Handgelenke, beide Unterarme sind übersät mit weißen Streifen, feinen und breiteren, flachen und gewölbten Narben. Sinja bleibt einige lange Sekunden so vor mir stehen, sagt nichts, und ich blicke genauso wortlos auf das, was sie mir da offenbart. Dann dreht sie sich um, nimmt ihre Pulswärmer vom Bett und streift sie wieder über. Sie sieht mich nicht an.

»Warum?«, würge ich schließlich hervor.

»Warum was?«

»Warum hast du das gemacht? Mit deinen Armen?«

Jetzt erst dreht sie sich um, sieht mich an. »Es war wie bei dir«, sagt sie. »Denke ich mal. Ähnlich.«

»Wie bei mir?«

Sie runzelt die Stirn. »Die Schule war die Hölle«, sagt sie. »Die anderen haben mich fertiggemacht. Ich wollte so sein wie sie, aber es hat irgendwie nicht hingehauen. Sie haben immer gemerkt, dass ich ihnen nur etwas vorspiele. Ich war immer alleine. Ich hatte eine gute Freundin, aber die ist dann weggezogen. Und vielleicht habe ich es auch mehr wegen meiner Mutter gemacht. Oder wegen meinem Vater, wer weiß. Es ist nicht immer einfach, weißt du. Ohne richtige Familie. Meine Mutter ist im Grunde in Ordnung, nur …« Sie zögert. »… sie hat eben ihr eigenes Chaos.«

»Warum du … in der Schule?« Meine Gedanken überstürzen sich. Ich habe nicht die leiseste Idee, warum Sinja in der Schule gemobbt wurde … falls das überhaupt stimmt? Vielleicht hat sie es sich nur eingebildet?

Bitte? Was denke ich da?

»Es war natürlich nicht hier an der Schule«, sagt Sinja. »Wir sind ja danach umgezogen. Ich war lange …« Sie zögert. »… in Behandlung«, fährt sie fort. »Aber danach ging es in der alten Schule gar nicht mehr. Die Lehrer … und die anderen sowieso. Nur blöde Sprüche. Oder man hat mich behandelt wie eine, die jeden Moment durchdreht.«

Ich hole tief Luft. »Du warst in der Psychiatrie?«

»Ja. Sechs Monate.« Sinja zupft Flusen von ihren Pulswärmern, zuckt dann mit den Schultern. »Es war eigentlich ganz okay. Interessante Leute. Wenigstens war ich da mal nicht die Einzige, die nicht klarkam.« Sie mustert mich. »Frag jetzt.«

»Was soll ich fragen?«

»Das, was du denkst.«

»Hast du … hast du versucht …?« DAS kann ich nicht aussprechen.

Sinja nickt langsam und reibt sich das linke Handgelenk.

»Ich hab's versucht. Okay … ich weiß nicht, ob ich es wirklich wollte. Ich glaube, ich wollte es nicht, sonst hätte ich besser geschnitten.«

»Und die Lok?«

Sinja schüttelt den Kopf. »Hätte ich nie gemacht. Wie gesagt, wahrscheinlich wollte ich gar nicht ernsthaft …«

Ich schließe die Augen und sehe die riesigen, walzenden Räder des LKWs vor mir, die schmutzigen Felgen.

Habe ich ernsthaft daran gedacht?

»Ich würde das auch nicht machen«, sage ich, aber meine Stimme klingt brüchig. »Man denkt eben manchmal an so etwas.«

Sinja nickt.

»Als du angerufen hast, habe ich gespürt, dass du daran denkst«, sagt sie leise. »Ich hätte dir meine Geschichte längst erzählen sollen.«

»Du musst mir überhaupt nichts erzählen«, widerspreche ich, bockiger als ich eigentlich möchte.

»Doch, muss ich.« Sinja sieht mir jetzt sehr direkt in die Augen, aber sie fragt immer noch nicht.

»Nur wegen ein paar Idioten«, murmle ich. Auf einmal fühle ich mich sehr müde. Mir ist jetzt endlich wieder warm, und in diesem Moment erscheint es mir, als gäbe es auf der ganzen Welt nur diesen einen, vollkommen sicheren Platz: auf Sinjas giftgrünem Sitzsack.

»Ich mache es nicht mehr«, sagt Sinja. »Ich ritze mich nicht mehr. Manchmal möchte ich gerne, aber ich lasse es dann einfach.«

»Gut.« Meine Augen fallen zu. Ich schaffe es, den Tee auf den Boden zu stellen, blinzle mühsam. »Danke, Sinja.«

Sinja schweigt. Ich höre sie atmen, ich rieche ihr vertrautes Parfum, vielleicht ist es auch nur die Duschlotion, das Shampoo. Sinja steht auf, tritt vor mich. Ich taste nach ihrer Hand, ziehe sie näher und lege meine Stirn auf ihren Pulswärmer. Und so, in dieser für keinen von uns besonders bequemen Haltung, schlafe ich einfach ein.

I

»Cedric ist uncool« steht in großen gelben Kreidebuchstaben auf dem Gehweg vor der Bushaltestelle. Sehr wahrscheinlich regnet es heute, dann habe ich vielleicht Glück und die Schrift ist bis Unterrichtsschluss verschwunden. Seit vier Tagen kann ich sie zweimal täglich lesen, einmal frühmorgens, einmal bei der Rückfahrt. In den letzten Tagen hielt sich häufiger als früher ein Lehrer in der Nähe auf, bis der Bus kam, nachdem ich ein paar Mal ernsthaft geschlagen worden bin und mein Schulranzen regelmäßig irgendwo aus dem dicksten Dorngestrüpp geborgen werden musste. Herr Schrader hat noch eine Klassenlehrerstunde geopfert, um die Klasse zu mahnen, mir doch eine Chance zu geben, und um mir zu sagen, dass ich mich nicht so leicht aufregen soll. Einige seiner Lehrerkollegen haben beanstandet, dass ich mich in ihrem Unterricht ohne jeden Grund fürchterlich aufrege, nur weil jemand etwas Unfreundliches zu mir sagt, aus Versehen meine

Sachen vom Tisch schiebt, nur weil alle stöhnen, wenn ich aufgerufen werde … all das kann doch nicht so schlimm sein, dass ich mich so aufregen müsste, die anderen beleidigen, gar aus dem Klassenzimmer rennen? Ich starre ihn an, während er redet, er scheint aus einem anderen Universum zu mir zu sprechen, wie im Raumschiff Enterprise, wenn alle auf diesen großen Bildschirm starren, auf dem ein Wesen von einem anderen Planeten aufgetaucht ist oder ein Raumschiff, das auf die Enterprise zurast; außerdem traue ich ihm nicht, weil er mit Frau Zwecke befreundet ist. Herr Schrader sagt, dass ich wieder eine Vier im Sozialverhalten bekommen werde, wenn ich mich nicht bessere. Ich sage, dass ich mich nicht bessern kann, solange alle auf mich losgehen, und dass die anderen dann erst mal die Vier kriegen müssten, und für diese Bemerkung trägt er mir garantiert gleich wieder eine Sechs ein.

Bei Frau Zwecke, der Kunstlehrerin, müssen wir in Zweiergruppen arbeiten, die anderen tun sich zusammen, bis nur noch ich und Jason und Mirjam übrig sind, die auch keiner leiden kann, und da ruft Jason schnell, ich nehme den Cedric, weil Mirjam, das geht für einen Jungen ja erst recht nicht, und da trägt Frau Zwecke ihm eine Eins in Sozialverhalten ein, weil er freiwillig anbietet, mit so einem wie mir zu arbeiten.

»Verpiss dich, du Opfer«, ruft jemand, als ich mich mit kleinen Schritten unserem Klassenzimmer nähere. Auf den Treppen muss ich vorsichtig sein, schon ein paarmal bin ich gerade hier geschubst und hingeworfen worden. Im Moment ist es besonders schlimm, denn in der Parallelklasse ist ein neuer Schüler, den sie von der Nachbarschule geworfen haben, ein brutaler Schläger, vor dem alle Angst haben und den deswegen alle unterstützen, wenn er auf mich losgeht. Nicht

alle, nein, alle nicht. Sven ist immer noch mein Freund, nachmittags und am Wochenende. Er versteht einfach nicht, warum ich immer Ärger habe. Es gelingt mir nicht, mich so unsichtbar zu machen wie er, der Zug ist längst abgefahren, ich stehe sofort im Mittelpunkt des Interesses, wenn ich das Schulgelände betrete. »Hey, du Opfer. Cedric, der Loser. Der Loser hat Weiberschuhe an. Gleich heult er wieder nach seiner Mama.«

Meinen Eltern geht es gar nicht mehr gut. Dabei versuche ich, nicht jeden Tag aus der Schule anzurufen. Obwohl ich kaum mehr erzähle, was vorfällt, ist meine Mutter ganz blass und hat ständig Magenschmerzen, mein Vater nimmt täglich mehrere Aspirin und flucht wie ein Bierkutscher, wenn er das Wort Schule hört, und manchmal sind beide so angespannt, dass sie aufeinander losgehen, und ich bin schuld, ich bin an allem schuld. Schuljahr für Schuljahr geht das so und es gibt offenbar keinen Ausweg. Auch Kayla hat nun an diese Schule gewechselt und wie schon in der Grundschule scheint sie keiner mit mir in Verbindung zu bringen und so gehen wir uns auch in den Pausen aus dem Weg. Ich möchte nicht, dass sie in die Schusslinie gerät. Morgens fahren wir mit dem gleichen Bus, aber sie setzt sich fast immer zu ihren Freundinnen und mag den Platz direkt hinter dem Fahrer nicht.

Wir haben an der Schule jetzt eine Sozialarbeiterin, zu der flüchte ich mich, wenn ich es überhaupt nicht mehr aushalte, und sie redet dann mit den anderen Kindern, sagt ihnen, dass sie mich in Ruhe lassen sollen, und ich spüre genau, dass sie auf die anderen total sauer ist und dass sie mich mag. Ich weiß auch, dass sie auf Herrn Schrader sauer ist, weil er mir nie wirklich hilft, weil er mich immer bestraft und eigentlich doch meint, dass ich an allem selbst schuld bin, dass ich mich eben anpassen soll, aber leider sagt sie es ihm nicht.

Es ändert sich noch etwas: Meine Noten werden immer schlechter. Alle wissen, dass ich eigentlich keine schlechten Noten schreiben muss, weil ich überhaupt nicht dumm bin, aber ich werde von Tag zu Tag nervöser, weiß nicht mehr, was falsch und richtig ist, verstehe die Aufgaben nicht mehr, bin völlig blockiert.

Wir machen eine Klassenfahrt, und meine Eltern versichern mir, wenn ich nicht möchte, muss ich nicht mitfahren, aber ich möchte dann doch mit, weil Herr Schrader sagt, bei einer Klassenfahrt lernt eine Klasse, besser zusammenzuhalten. Sven bricht sich kurz vor der Fahrt den Arm und kann nicht mitfahren, deswegen sind wir dann dreizehn Jungs, und weil es in der Jugendherberge nur Sechserzimmer gibt, bleibe ich übrig. Herr Schrader sagt, das geht nicht, dass ich alleine in einem Zimmer bin, und er bestimmt einfach, dass Tilmann bei mir schlafen muss, aber da ist Tilmann total sauer auf mich. Er wirft meine Sachen durchs Zimmer, beleidigt mich von früh bis spät und macht mir mein Leben insgesamt so zur Hölle, dass ich Herrn Schrader am dritten Tag frage, ob ich bitte nicht doch allein im Zimmer schlafen kann. Tilmann zieht um zu den anderen. Abends, wenn ich im Bett liege, kann ich die Kinder in den anderen Zimmern kichern und rufen hören. Bei mir ist es ganz still. Weil wir keine Handys mitnehmen durften, kann ich nicht einmal meine Eltern anrufen.

Dann passiert etwas Dummes, auf einer Wanderung. Ich bin schon ziemlich zittrig, weil ich mal wieder seit dem Frühstück nur mit »Loser« und »Opfer« angesprochen worden bin, weil Finn-Luca mich vorhin mit einem Stock zu Fall gebracht hat, weil die Jungs sich minutenlang meinen Rucksack wie einen Ball zugeworfen haben und dabei mein Wurstbrot total zerquetscht worden ist, und als ich jetzt auf dem glatten Weg ausrutsche und hinfalle und Herr Schrader, der direkt hinter mir geht, laut lacht, mich auslacht, sage ich »Arschloch« zu ihm, bevor ich drüber nachdenken kann. Ich kriege einen Riesenschreck und entschuldige mich sofort, Herr Schrader geht nicht weiter darauf ein, er hat wohl verstanden, dass mir das nur so rausgerutscht ist, aus Schreck und weil mich sowieso alle ständig auslachen.

Ich bin froh, als die fünf Tage vorbei sind, als wir wieder im Zug nach Hause sitzen. Meine Mutter holt mich am Bahnhof ab, und ein paar Schritte lang halten wir uns an der Hand, bis uns einfällt, dass ich dafür schon zu groß bin, und dann gehen wir nur noch eng nebeneinanderher, und meine Mutter sagt mir, dass sie Kuchen gebacken hat, Marmorkuchen, nur zur Feier meiner Rückkehr, und erst ein paar Ecken weiter fragt sie zögernd, wie es denn war, und ich sage »gut« in der Tonlage, die sie schon kennt, sodass sie gleich versteht, dass es nicht gut war, und sie seufzt und sagt, ich soll ihr dann alles in Ruhe erzählen, wenn wir am Tisch sitzen.

Ich erzähle ihr alles, auch dass ich Herrn Schrader Arschloch genannt habe, und da ist sie erst mal total sauer auf mich, aber ich beruhige sie und erkläre ihr, dass der Schrader gar nicht sauer war und ich mich gleich entschuldigt habe. Meine Mutter meint, dass ich bestimmt noch eine Strafe kriege, den Schulhof kehren oder so, und dass das okay ist, denn so was darf man nicht sagen, zu seinem Lehrer nicht und zu keinem. Ich widerspreche ihr nicht. Der Marmorkuchen ist noch warm, und es gibt sogar Schlagsahne dazu, obwohl das ein bisschen übertrieben ist.

Als am Montag der Unterricht wieder losgeht, verkündet mir Herr Schrader, dass ich wegen meiner Beleidigung in allen Fächern, die er unterrichtet, eine Fünf in Sozialverhalten bekommen werde, und dass er das Thema in der Notenkonferenz mit allen Lehrern zur

Sprache bringen wird, dann sollen alle entscheiden, wie es mit mir weitergeht.

Wieder rufe ich heulend meine Eltern an.

Meine Mutter ruft Herrn Schrader an, bittet ihn, mich auf eine andere Art zu bestrafen, auf keinen Fall die anderen Lehrer gegen mich aufzuhetzen, aber Herr Schrader bleibt stur, er ist seit Jahrzehnten Lehrer und lässt sich nicht vorschreiben, was er zu tun hat, und da wird meine Mutter so sauer, dass sie nur noch eiskalt mit ihm reden und dann einfach auflegen kann.

Der Schläger, der mindestens einen Kopf größer ist, hat angefangen, mich in den Pausen mit seinem Deospray zu verfolgen. Er versucht, mir das Spray in die Augen, in den Mund zu sprühen. Ich bekomme keine Luft mehr, kriege Asthma, gerate in Panik, einmal renne ich bis in den Wald hinter der Schule. Es ist streng verboten, das Schulgelände zu verlassen, aber meine Todesangst ist stärker als alles andere. Einmal nimmt er mich in der Pause so in den Schwitzkasten, dass ein paar ältere Mädchen eingreifen. Der Schläger bekommt endlich Ärger, und seine Mutter ruft bei meiner Mutter an und beschwert sich, ihr Sohn habe ihr fest versprochen, nicht mehr handgreiflich zu werden, nun habe er wieder Ärger, nur weil ich ihn provoziert habe, und in Wirklichkeit habe ich ihn geschlagen, vor einer Woche schon einmal, sie habe den blauen Fleck mit dem Handy fotografiert. Aber weil in diesem Fall endlich mal keiner glaubt, dass ich einen Typen verhaue, der einen Kopf größer und zweimal so breit ist wie ich, passiert mir nichts, und eine Woche später fliegt der Schläger auch von unserer Schule.

Gleichzeitig aber bricht unter den Lehrer irgendeine Epidemie aus, jeden Tag fallen Stunden aus, manchmal sogar alle Stunden, wir haben nur noch Vertretungen, und mit jedem Tag wird es in der Klassen-

stufe unruhiger, drehen die Kinder weiter durch, erlauben sich mehr, und ich bin wie immer der Blitzableiter für alle. Nein, es passiert nicht viel Neues, immer nur das Gleiche, jeden Tag: hey, du Loser, seht euch das Opfer an, jetzt heult er wieder, Heulsuse, der Idiot, wenn ich den schon sehe, und die Schuhe, die er anhat, schubsen, treten, Pausenbrot im Müll, der ist uncool, Türkenkreis, Schwitzkasten, wie immer, wie fast täglich, jeden Tag, immer, das ist Schule für mich, nichts anderes … und nun auch schlechte Noten, Vieren und Fünfen. Und dann kommt eine Englischstunde, wieder Beschimpfungen, Bewerfen mit Papierkügelchen, Radiergummi, ich flippe aus, und da kommt die Englischlehrerin, meine Lehrerin, die ich mag, auf die Idee, mich neben den allerschlimmsten Mobber zu setzen, neben Finn-Luca, und der und seine Freunde machen natürlich die schlimmsten Würggeräusche, und ich sage einfach ganz laut nein, ich setze mich nicht neben den, ich mache das einfach nicht, und sie sagt, ich muss, und ich schreie nein, nein, nein, und werfe meinen flauschigen Ohrenschützer nach Finn-Luca, und da schreit die Lehrerin auch, dass ich jetzt in den Trainingsraum gehen muss, und vom Trainingsraum wissen wir alle, dass es ein kleiner dunkler Raum ist, in den man eingesperrt wird, es ist die schlimmste Strafe vor dem Rausschmiss aus der Schule, mein allergrößter Horror, und dabei habe ich doch nichts getan, mich nur gewehrt, ich will nicht eingesperrt werden, und da hakt bei mir alles aus, und ich schreie nur noch, schreie und schreie und schreie, schreie noch einmal für jede Ungerechtigkeit, die mir in meinen Schuljahren widerfahren ist, einmal für jede Beleidigung, die ich eingesteckt habe, für jeden Schlag, jedes Schubsen, schreie und schreie, bis der Schulleiter vor mir steht, mich am Arm packt und zur Verwaltung schleift, und dort, vor der Tür des Sekretariats, sitze ich auf dem

Stuhl und schreie und schreie und zittere nur noch, ich bin verrückt, schreie ich, ich werde verrückt, ich halte das nicht mehr aus, ich halte das nicht mehr aus, ich werde verrückt, und dann steht meine Mutter vor mir, und ich schreie wieder, ich werde verrückt, aber da sagt sie, nein, das wirst du nicht, sehr bestimmt sagt sie das, und wieder einmal nimmt sie mich an der Hand und führt mich aus dem Gebäude, und wieder einmal weiß ich, weiß sie, dass ich diese Schule nie mehr betreten werde, egal, was kommt.

Zu Hause weine ich weiter, ich zittere stundenlang, ich muss mich tagelang übergeben, und meine Eltern sind blasser als je zuvor und versprechen: Du musst da nie wieder hin. Nie wieder musst du da hin. Und ich sehe, wie ratlos sie einander anblicken, weil sie wissen, wenn sie mich eine Weile nicht hinschicken, kommt die Polizei und holt mich, und mein Vater sagt, jetzt ist ihm alles egal, wenn es sein muss, dann gehen wir einfach in ein anderes Land, wo ich zu Hause lernen darf, wenn ich die Schule nicht aushalte, und da fängt Kayla an zu weinen, weil sie nicht wegmöchte von ihren Freundinnen und von Paganini, unserem Kater, und als es wieder Morgen ist, traue ich mich nicht aus dem Haus, weil dann alle Nachbarn sehen, dass ich nicht in die Schule gehe, und womöglich rufen sie die Polizei, und die zwingt mich dann zurück in dieses Gebäude, zu diesen Menschen, und dann ist es so weit, dann werde ich doch noch verrückt, und keiner kann mir mehr helfen.

18. Haarige Enkel

Der Kinderwagen ist verschwunden. Ich hatte gehofft, ihn im Hof zu finden oder im Keller oder auf dem Speicher, aber da ist nichts. Vermutlich steht er in Frau Riegers Wohnung, die bestimmt noch keiner komplett ausgeräumt hat. Aber Sinja entdeckt auf dem Dachboden ihres Mietshauses einen vollkommen verstaubten alten Puppenwagen, ein Gefährt aus weinrotem Samt mit rosa Rüschenvorhängen und großen Speichenrädern. Sinja muss ihn durch die ganze Stadt bis in meine Straße schieben, leider kann man ihn ja nicht ans Fahrrad binden und er lässt sich auch nicht mehr auf Kofferraumformat zusammenklappen. Er ist ein bisschen kleiner als der echte Kinderwagen, aber Edwin und Moses passen locker hinein.

»Die könnten doch einfach rausspringen«, gibt Sinja zu bedenken, während sie die Blümchendecke über den Kaninchen geradezieht und glatt tätschelt. »Ich meine, das sind schließlich Hasen … also, Kaninchen. Die springen von Natur aus.«

Ich zucke nur mit den Schultern. Genau genommen hat sie recht, aber noch genauer genommen hätten die beiden auch aus Frau Riegers Original-Kinderwagen springen können … oder waren sie da etwa angeschnallt?

»Das merken wir wahrscheinlich schnell«, behaupte ich. »Wenn's gar nicht geht, drehen wir wieder um.«

»Vielleicht hat Frau Rieger irgendwas Besonderes gemacht, um sie zu beruhigen«, überlegt Sinja. »Wiegenlieder vorgesungen oder so.«

»Das geht zu weit«, erkläre ich entschieden.

Hasen im Puppenwagen, das ist eine Sache, öffentliches Schlaflieder-Singen eine andere. Ohne Sinja würde ich mich ohnehin nicht trauen, den Wagen durch die Haustür ins Freie zu schieben und loszugehen. Ganz wohl ist mir auch in ihrer Anwesenheit nicht, aber zunächst scheint keinem Passanten etwas aufzufallen. Hallo? Halten die uns etwa für superjunge Eltern, die ihren Sprössling durch die Gegend fahren? Ich schiele aus den Augenwinkeln zu Sinja, aber die beobachtet konzentriert das Geschehen unter der Blümchendecke. Die Hasen rühren sich nicht, vielleicht fallen sie im rollenden Wagen in eine Art Schockstarre.

Frau Riegers Seniorenheim liegt glücklicherweise im Rabenviertel, also in Fußnähe, sofern man ganz gut zu Fuß ist und die Achsen des Puppenwagens, die vielleicht noch nie eine derartige Belastung erfahren haben, nicht brechen. Wir wechseln uns mit dem Schieben ab. Es ist wie früher beim Mutter-Vater-Kind-Spiel, damals im Kindergarten. In den Kindergarten bin ich gern gegangen, hatte dort auch viele Freunde, das war, bevor wir umzogen und die schlimme Zeit anfing … Es gibt also einige wenige schöne Kindheitserinnerungen.

»Die hat's gemerkt«, flüstert Sinja.

Nachdem wir eine ganze Weile unbehelligt dahingewandert sind, ist nun eine ältere Frau stehen geblieben und starrt in unseren Wagen. Ich rechne damit, dass sie jeden Moment in Gezeter ausbricht, aber sie bleibt einfach stumm stehen, starrt uns an, fehlt nur, dass ihr die Kinnlade runterklappt. Sinja stößt mich kichernd in die Rippen, und ich zucke zusammen, wie immer, immer noch, wenn mich jemand überraschend berührt, aber es ist ja nur Sinja, ich bin gleich wieder ganz locker.

An der großen Straße werde ich dann wieder ein bisschen nervös. Wie ohrenbetäubend der Lärm ist, das ist mir noch nie aufgefallen, wie scharf die Straßenbahnen quietschen, wie heftig die Lastwagen rumpeln, wie aggressiv die Automotoren aufheulen, wenn die Ampel grün wird. Man würde es keinem Kaninchen übel nehmen, wenn es in diesem Getöse einfach aus dem Wagen springen und weglaufen würde. Ich fühle in meiner Jackentasche nach den grünen Knabberringen, die ich für die beiden eingesteckt habe, halte jedem einen hin, keine Reaktion, nur nervös zuckende Nasen. An der Fußgängerampel regt sich dann endlich jemand auf, einer, der von Tierquälerei redet, von Sauerei, und dabei in seiner Einkaufstüte vermutlich kiloweise Schnitzel aus dem Großmastbetrieb nach Hause schleppt. Ich ziehe den Kopf ein, mein Herz klopft wie verrückt, aber Sinja schenkt dem Tierschützer ihr bezauberndstes Lächeln, sagt nur: »Ach, die mögen das so gern!« und schiebt an, denn gerade hat die Ampel auf Grün geschaltet. Ich sehe sie von der Seite bewundernd an.

»Das regt dich gar nicht auf, oder?«, frage ich.

Sie zuckt mit den Achseln. »Nicht mehr so«, sagt sie. »Man kann es nie allen recht machen. Das soll man auch gar nicht.« Sie grinst mich an. »Außerdem war es deine Idee. Ich bade sie nur aus.«

»Sorry«, sage ich leise.

»Ich find's cool.« Sinja bugsiert den Puppenwagen auf den Bürgersteig. Man sieht deutlich, dass sie im Gegensatz zu mir mit dem Steuern von Kinderwagen Erfahrung hat. »Und Frau Rieger freut sich bestimmt ein Loch ins Hemd.«

Mir wird wieder düsterer. Ehrlich gesagt, ich freue mich gar nicht darauf, Frau Rieger in ihrer neuen Umgebung zu treffen. Es ist leichter, einfach zu akzeptieren, dass sie »weg« ist, nicht mehr im Haus wohnt, sie in der Spalte »Vergangenheit« zu verbuchen, als der Realität ins Auge zu sehen.

»Du bist nicht schuld«, sagt Sinja, als hätte sie meine Gedanken gelesen. »Was hättest du tun sollen? Du kümmerst dich immerhin um die Hasen.«

»Musste ich ja«, sage ich. »Sie hat sie mir einfach vor die Tür gestellt.«

Von Frau Riegers Gedicht habe ich Sinja nichts erzählt. Es muss noch kleine Geheimnisse zwischen Frau Rieger und mir geben.

»Du hättest sie auch ins Tierheim bringen können.«

Ich werfe ihr nur einen verächtlichen Blick zu. Alte ins Altenheim, Tiere ins Tierheim, Andere ins Anderenheim, Opfer ins Opferheim, bitte die Straßen sauberhalten von allem, was nicht funktioniert wie von oben vorgegeben und wie es schon immer war und zu sein hat …

»Mein ich doch nicht ernst.« Sinja boxt mich in die Schulter, lacht. »Das hätte ich dir außerdem ziemlich übel genommen.«

Aber dann schiebt sie den Wagen schnell zur Seite, denn ein Mann mit zwei riesigen Hunden kommt uns entgegen. Die beiden Tiere richten ihre Nasen witternd auf den Kinderwagen aus.

»Entschuldigung«, sagt der Besitzer hastig und zieht die Hunde weg.

Ich hatte mir erhofft, das Seniorenheim läge in einer großzügigen Parkanlage, mit vielen Bäumen und Blumen und Parkbänken drum herum, Eichhörnchen und Papageien und plätschernden Springbrunnen, hätte bunte Fassaden, Balkone, ein gemütliches Terrassencafé … stattdessen empfängt uns ein grauer, kasernenartiger Bau mit kahlen Fenstern, einer Glasschiebetür und einer kantigen Pförtnerin, die uns mit unverhohlenem Misstrauen mustert. Sinja hat auf den letzten Metern wieder das Schieben des Wagens übernommen und ich trete ans Fenster der Pförtnerloge.

»Wir möchten zu Frau Rieger.«

»Sind Sie Verwandte?«

»Ihre Enkel.«

Sie runzelt die Stirn. War das ein Fehler? Was, wenn alle wissen, dass Frau Rieger gar keine Enkel hat? Vielleicht holt die Pförtnerin die Polizei, erzählt denen etwas vom Enkeltrick. Sinja macht große, unschuldige Augen und schiebt den Wagen leicht vor und zurück, als würde sie das Kindlein darin in den Schlaf wiegen. Die Stirn der Pförtnerin glättet sich.

»Sehen Sie im Aufenthaltsraum nach. Ansonsten in ihrem Zimmer. Die Sieben-Vier-Drei im blauen Flur.« Sie zeigt quer durch den Raum. »Da drüben ist ein Aufzug.«

Im Aufenthaltsraum sitzen auf beigefarbenen Sesseln verlorene Gestalten, starren uns entgegen oder nehmen keine Notiz von uns, puzzeln, lösen Kreuzworträtsel, häkeln endlose bunte Häkelschlangen, starren aus dem Fenster auf die Häuserfassade gegenüber. Keiner redet. Eine schlechte Musikanlage pumpt zähe Volksmusik durch den Raum. Mein Magen krampft sich zusammen. Frau Rieger ist nicht zu sehen.

»Sollen wir ihnen die Kaninchen zeigen?«, flüstert Sinja.

Einen Moment lang bin auch ich versucht, die Kaninchen auszupacken. Ganz nah an der Tür sitzt ein Mann, der uns sein freundliches und zugleich unendlich trauriges Gesicht zuwendet. Er sieht so aus, als müsste man ihm ganz dringend ein warmes, weiches, schnuffelndes Kaninchen in den Arm drücken.

»Vielleicht war er früher Metzger«, flüstert Sinja, als wir den Wagen über den Flur zurück zum Aufzug schieben.

Mehr als ein schiefes Grinsen kann ich mir nicht abringen.

Zimmer Sieben-Vier-Drei liegt am Ende des Flurs. Sinja geht langsamer, lässt mir den Vortritt. Ich hole tief Luft und klopfe an die Tür. Keine Reaktion. Ich klopfe lauter.

Aus der Tür gegenüber tritt eine stämmige Frau in weißer Schürze – Pflegerin? Betreuerin? Schwester? Sie mustert uns einen Moment lang durch ihre große Brille. »Sie möchten zu Frau Rieger?«

Das »R« von Rieger rollt sie gewaltig.

Wir nicken.

»Gehen Sie einfach rein. Und … herzlichen Glückwunsch!«

Wir starren ihr nach, wie sie in ihren Gesundheitssandalen den Flur hinunterwackelt.

»Glückwunsch wozu?«, flüstert Sinja.

Mein Blick fällt auf den Kinderwagen. »Zum Nachwuchs wahrscheinlich.«

Wir prusten los, und es dauert eine Weile, bis wir wieder gefasst genug sind, um die Tür zu öffnen.

Ich zucke zusammen. Frau Rieger sitzt auf einem Sessel mitten im Raum und sieht mir mit festem Blick entgegen.

»Entschuldigung«, stammle ich. »Ich habe geklopft. Sie haben nichts gehört.«

»Natürlich habe ich es gehört«, sagt Frau Rieger streng. Aber in diesem Moment schiebt Sinja den Wagen durch die Tür. Frau Riegers angespannte Züge werden schlagartig weich, sanft.

»Sind das … sind sie das?« Sie steht auf, schwankt einen Moment lang so, dass ich hinspringe und ihren Arm festhalte.

»Das ist Sinja«, sage ich. Sinja hält Frau Rieger die Hand hin, wird aber vollkommen links liegen gelassen, denn die alte Frau hat sich jetzt über den Wagen gebeugt.

»Meine Kinder!«, stammelt sie. »Da seid ihr ja.« Sie nimmt Edwin aus dem Wagen, hält ihn an ihre Schulter.

»Setzen Sie sich hin«, sagt Sinja. »Ich bringe Ihnen Moses.«

Frau Rieger gehorcht. Kurze Zeit später sitzen wir alle mitten im Raum, Sinja und ich auf dem Boden, Frau Rieger wie eine Königin auf ihrem Sessel, Edwin und Moses auf dem Schoß. Es ist ganz still, nur die Kaninchen kauen laut an ihren grünen Kringeln.

Und plötzlich steht die stämmige Brillenfrau mit den rollenden Rs wieder im Raum. Ich springe schuldbewusst auf. Ihr Blick wandert verblüfft vom Puppenwagen zu den Kaninchen auf Frau Riegers Schoß und zurück zu uns.

»Meine Kinder kommen mich besuchen«, verkündet Frau Rieger.

»Habt ihr die Tiere hier hereingebracht?«, erkundigt sich die Pflegerin streng.

Ich nicke.

»Hm«, macht die Pflegerin. »Hm. Na ja.« Sie atmet tief durch, seufzt. »Wenn ihr Kaffee braucht, hinten in der Ecke bei der Sitzgruppe steht eine Pumpkanne. Koffeinfrei allerdings. Tee ist auch da.« Sie tritt näher und mustert Edwin und Moses. »Schöne Tiere«, sagt sie und legt Frau Rieger eine Hand auf die Schulter. Man könnte fast sagen, sie tut es liebevoll.

Später gehen wir mit Frau Rieger und ihren Kindern noch hinaus in den Innenhof, wo immerhin einige steinerne Ruhebänke unter kahlen Sträuchern harren, rotäugige Tauben sich um ein Stück Brot streiten. Frau Rieger schiebt den Puppenwagen, ihre Augen glänzen, sie redet jetzt wieder beinahe so wie früher, erkundigt sich nach Freddie und Bine, nach der Gerschinski, nach einem weißbärtigen alten Herrn im Nachbarhaus, dem mit dem kleinen weißen Terrier – ehrlich gesagt, er ist mir noch nie aufgefallen.

Als wir uns verabschieden, drückt Frau Rieger die beiden Hasen fest an sich.

»Kommt ihr wieder?«, fragt sie uns.

Ich zögere, würde mich gerne um die Antwort drücken, aber entscheide mich für die Wahrheit.

»Ich bringe die Kaninchen am Wochenende zu meinen Eltern«, sage ich. »Zu meiner Schwester, genauer gesagt. Wir haben einen großen Garten, sie können im Gras herumhüpfen. Das wird ihnen gefallen.«

Frau Rieger schweigt einen Moment lang, dann nickt sie. »Sie mögen Gras. Das mögen sie sogar sehr gerne.«

»Aber wir beide kommen trotzdem wieder«, verspricht Sinja. Sie sieht mich an. »Nicht wahr?«

»Natürlich«, sage ich schnell. Dann fällt mir etwas ein. Ich taste unter dem Kopfkissen des Puppenwagens. »Ich habe Ihnen auch noch etwas mitgebracht.«

Ich reiche Frau Rieger das Buch, das ich für sie besorgt habe. Sie nimmt es, während sie mit der andren Hand ein paar Kaninchenhaare von ihrem Pullover wischt, liest den Titel, lächelt. »Ich danke dir. Nun macht aber, dass ihr nach Hause kommt, die Kleinen müssen ins Bett.«

Erst nach einigen Hundert Metern fragt Sinja, was für ein Buch ich Frau Rieger da eigentlich geschenkt habe.

»Gedichte«, sage ich. »Rainer Maria Rilke.«

Sie runzelt die Stirn, nickt und sagt nur: »Na dann.«

19. Fällst du siebenmal, stehe achtmal auf. (Japanisches Sprichwort)

Und noch einen weiteren Vormittag schwänze ich die Schule. Ich bin mir keinerlei Schuld bewusst … wer hätte sich denn wohl über solche Banalitäten wie verpasste Unterrichtsstunden ereifert, wäre ich wirklich unter den dicken Rädern des LKWs gelandet? Es gibt triftige Gründe, sehr triftige Gründe, die mich vom Unterricht fernhalten.

Der Junge braucht vielleicht eine Therapie, damit er die Schule aushält. Er hat sonst nichts, keinerlei Störung, er hält bloß die Schule einfach nicht aus.

Sinja hält mir den Rücken frei, erzählt Herrn Hirzig etwas von schlimmer Erkältung, und da sie selbst noch ziemlich schnieft und krächzt, wird er ihr das wohl abnehmen. Hoffentlich hat sie Frau Rieger nicht angesteckt. Darüber haben wir gestern gar nicht nachgedacht, waren so beseelt von unserem Kaninchen-Plan.

Im Grunde kann ich vormittags noch gar nichts weiter unternehmen, aber zur Schule kann ich auch nicht gehen. Ich weiß noch nicht, wie ich mit den Blicken, den Bemerkungen, den kleinen Rempeleien und Feindseligkeiten umgehen kann. Ich muss erst einmal mit Lars reden. Früher waren das die hohlen Vorschläge: *Die Jungs müssen mal miteinander reden.* Aber es gab in der Grundschule und in der weiterführenden Schule gar keine Probleme zwischen mir und anderen Kindern, die man hätte durch ein Gespräch klären können. Die anderen wollten mich als Opfer haben, sie waren in der Mehrheit und die Lehrer gaben ihnen in der Regel recht. Die Lehrer hätten es aufhalten müssen. Lehrer wie Herr Knopper, mein Sportlehrer aus der Grundschule. Argumentieren ließ sich da nicht. Aber jetzt ist etwas anders geworden. Vielleicht liegt es nur daran, dass ich älter bin, bald erwachsen, nicht mehr der hilflose kleine Junge von früher. Vielleicht liegt es daran, dass ich nun immerhin ein Jahr lang wie ein normaler Fünfzehnjähriger zur Schule gegangen bin, unbeeinträchtigt, vielleicht nicht allgemein beliebt, aber so weit anerkannt. Vielleicht leite ich aus dieser Erfahrung das Zutrauen ab, es zumindest versuchen zu müssen. Vielleicht gibt mir die Freundschaft zu Sinja die Kraft, und die Hoffnung, dass Lars doch nicht nur ein Idiot ist. Lars hat nun einmal die Schlüsselposition in der gesamten Angelegenheit.

Sinja, meine Privatagentin, hat herausgefunden, dass er heute Nachmittag zu Hause sein wird. Den Weg zu seinem Haus finde ich ohne Stadtplan wieder, er hat sich offenbar in mein Gedächtnis eingebrannt. Es ist ein milder Frühwintertag, einer der Tage, an denen meiner Mutter einfällt, dass sie dringend noch die Tulpenzwiebeln vergraben muss und eigentlich auch noch Knoblauch stecken und die Beerensträucher zurückschneiden könnte. Tatsächlich regt sich in einigen der gut gepflegten Vorgärten des Viertels ein bisschen Leben. Gärtner, Katzen, manchmal auch nur

Amseln, die auf Würmersuche mit den Schnäbeln das dürre Laub zur Seite fegen. Ich lehne mein Fahrrad an den Zaun, kette es an und drücke das Gartentor auf.

Auf mein Klingeln reagiert keiner, noch nicht einmal der Krawallbesen kläfft. Für den habe ich extra einen Zipfel Fleischwurst eingesteckt – kann nicht schaden, sich beliebt zu machen.

Ich trete ein paar Schritte zurück, sehe am Haus hoch, aber nichts regt sich. In diesem Moment höre ich Stimmen, aufgeregte Stimmen, Streit. Mein erster Impuls drängt mich, das Grundstück so schnell wie möglich zu verlassen, aber dann nähere ich mich doch wie am Faden gezogen der Szene, die sich hinter Lars' Elternhaus abspielt.

Zuerst sehe ich einen Mann, es könnte der Vater von Lars sein, ob er ihm ähnlich sieht, kann ich nicht beurteilen, denn sein Gesicht ist rot angeschwollen, verzerrt, die Augen kaum zu erkennen, der Mund aufgerissen, er brüllt, er schwingt die Fäuste in der Luft, wirkt so, als würde er jeden Moment explodieren. Ich weiche schnell in den Schatten der Sträucher zurück, und da entdecke ich Lars. Er kauert in einer Ecke der Terrasse, hat die Hände vors Gesicht gehoben, er wimmert, schluchzt.

»Papa, nicht! Nicht mehr schlagen, Papa! Bitte, nicht!«

Der tobende Mann geht einen Schritt auf ihn zu, zögert nur einen kleinen Moment, dann tritt er zu, tritt Lars in die Seite. Lars schreit auf, und dann schreit noch jemand, Lars' Mutter, die aus der Terrassentür stürzt, ihrem Mann in den Arm fällt.

»Lass ihn! Jetzt lass ihn, bitte, Michael! Bitte!«

Der Mann starrt sie an. Was, wenn er sie nun auch schlägt? Soll ich die Polizei rufen? Ich bin wie gelähmt.

Der Mann dreht sich um, folgt der Frau schwankend ins Haus. Lars kauert immer noch in seiner Ecke, sein Körper wird von wildem Schluchzen geschüttelt. Ich müsste zu ihm gehen, ihm auf die Beine helfen, aber ich kann mich immer noch nicht rühren.

Langsam, ganz langsam steht Lars auf. Blut rinnt ihm aus der Nase. Die Szene läuft vor mir ab wie eine Wiederholung jener Minuten in der Garderobe, nur habe ich heute nichts mit der Verletzung zu tun. Lars wischt sich über die Nase, er schwankt, hält sich an einem Pfeiler der Pergola fest. Dann sieht er sich um und sein Blick fällt auf mich. Er sieht mir direkt in die Augen. Ich will, ich muss etwas sagen, aber es kommen keine Worte. Einen sehr langen Moment lang stehen wir uns so gegenüber, Lars verquollen, blutig, schwankend, ich ratlos, hilflos, wortlos. Alles, worüber ich mit ihm reden wollte, erscheint nun wie ein Kapitel aus einem Buch, das längst ausgelesen in einer Ecke liegt.

»Verpiss dich«, krächzt Lars.

Ich zögere noch einen Moment lang, nicke dann, drehe mich um.

Als ich mein Fahrrad loskette, höre ich ein leises Wimmern. Ich richte mich noch einmal auf und entdecke unter dem Thujastrauch ein zitterndes Häufchen Fell: Krawallbesen.

»Seppi?«

Ich beuge mich zu dem Hund hinunter. Hat der tobende Mistkerl Seppi womöglich ebenfalls geschlagen, ihn verletzt? Seppis Augen sind riesig, er starrt mich an, vollkommenes Unverständnis im Blick. Ich strecke die Hand aus, kann ihn streicheln, ihn abtasten, er zuckt nicht zusammen, scheint keine Verletzungen zu haben.

»Armer Kerl«, sage ich zu ihm. »Du armer kleiner Kerl.«

Ich angele das Fleischwurstende aus meiner Jackentasche und halte es ihm hin, aber er wendet den Kopf ab. Ich lege die Wurst auf den Boden.

»Heb's dir auf«, sage ich. »Für bessere Zeiten.«

Als ich davonfahre, ist mein Kopf merkwürdig leicht, luftig, als wäre er ein Ballon, nur durch einen dünnen Faden mit meinem Körper verbunden und würde bei der leichtesten Unachtsamkeit davonschweben … und ehrlich gesagt, ich möchte ihn sogar ganz gerne davonschweben lassen, in irgendeinen blauorangen Himmel, in dessen Weite ihn keine Frage einholen kann. Aber leider bleibt mein Kopf auf den Schultern kleben.

Ich bin Zeuge geworden, Zeuge eines Geheimnisses, das Lars nur anonym in der Film-AG loswerden konnte. Was ich gesehen habe, lässt sich nicht schulterzuckend beiseitekehren. Ich bin Lars' Vertrauter geworden, ohne dass einer von uns beiden das beabsichtigt hätte.

Irgendwie ist mir klar, dass Lars mich in Ruhe lassen wird. Er wird seine Facebook-Kampagne einstampfen, er wird seine bösen Bemerkungen herunterschlucken, er wird niemanden mehr gegen mich aufhetzen. Ich könnte erleichtert sein, die Sache jetzt einfach laufen lassen. Aber natürlich geht das nicht. Ich kann ihn nicht im Stich lassen, ich kann sein Geheimnis aber auch nicht verraten, oder kann ich … muss ich?

»Ich melde es bei der Polizei«, sagt Freddie.

Ich sitze tief im Wohnzimmersessel, lasse die Arme über die Lehnen hängen, starre auf den Rotwein, der gegen das Licht des Deckenfluters so wunderbar juwelenhaft schimmert. »Ich muss deinen Namen nicht nennen. Noch nicht einmal meinen.«

»Aber Lars weiß trotzdem, dass ich ihn verraten habe. Vielleicht schlägt sein Vater ihn dann noch mehr.«

»Aber nichts tun geht nicht«, sagt Bine entschlossen. »Davon, dass die Leute sich aus solchen Sachen heraushalten, kann nichts besser werden, nur alles schlechter.« Sie sieht mich durchdringend an. »Oder?«

Ich senke den Blick auf meine rechte Hand, die sich jetzt um die Lehne krampft.

Wie viele Menschen haben in meinem Leben so getan, als wäre nichts. Lehrer vor allem, aber auch andere Eltern, Beamte und Schüler, die nicht selbst gemobbt, aber mir auch nicht geholfen haben. Wie viel hätte anders laufen können, wenn jemand gewagt hätte, wirklich einzugreifen?

»Gut«, sage ich. Und dann auf einmal spüre ich riesige Erleichterung. »Danke.«

»Nichts zu danken. Ich bin froh, dass du so viel Vertrauen zu uns hast«, sagt Bine herzlich. Da muss ich aufstehen und sie einfach in den Arm nehmen, und das will bei einem wie mir, der sich nicht gerne anfassen lässt, echt was sagen.

Meine Vermutung erweist sich als ziemlich zutreffend.

Es ist nicht gerade so, dass die Klasse »Herzlich Willkommen, Cedric« auf die Tafel schreibt oder mich spontan zum neuen Klassensprecher wählt … aber das Gewisper ist leiser als vor einigen Tagen, die Angriffe verhaltener. Sobald es klingelt, ist Sinja an meiner Seite, folgt mir wie mein Schatten auf den Pausenhof. Dort begegnet mir Lars, er nickt mir zu, weicht meinem Blick aber aus, steht mit gesenktem Kopf neben einigen kichernden, flachsenden Mitschülern. Seine Oberlippe ist wieder beinahe so dick angeschwollen wie nach meinem Angriff. Hoffentlich ist er nicht auf die Idee gekommen, mich zum Schuldigen zu machen … Aber nein, keiner mustert mich wie einen Verbrecher. Einer der Witzelnden nickt mir sogar zu, nur so ein bisschen, wie aus Versehen, ja, vielleicht war es auch nur das: ein Versehen.

Sinja und ich halten uns nicht länger mit Lars auf, denn wir suchen eigentlich Kuno. Der steht mal wieder völlig alleine am Rand des Pausenhofs, sieht zu Boden, nur manchmal lässt er den Blick über den Hof schweifen, vielleicht sehnsüchtig, vielleicht auch, um sicherzugehen, dass eine Aufsichtsperson in der Nähe ist.

»Hi, Kuno«, sagt Sinja. Kuno zuckt zusammen und starrt sie ängstlich an. Ich kann gar nicht richtig hinsehen, da sind so viele Bilder – *hey, Cedric, willst du mein Freund sein? Ja! Ich aber nicht deiner! Hey, Cedric, dieser Loser, hat tatsächlich gemeint, ich möchte sein Freund sein …*

»Wir wollen dir was vorschlagen«, sage ich. Er sieht mich an, und es dauert nur einen Moment, bis er erkennt, was uns verbindet. Er entspannt sich deutlich. »Was denn?«

»Wir sind in der Filmgruppe. Wir brauchen noch Leute«, sage ich.

»Und wieso mich?«

Ich sehe Sinja an. Sinja geht die Sache ganz direkt an. »Wir drehen einen Film über Mobbing«, sagt sie.

»Okay.« Kuno zögert, dann lächelt er sogar. »Damit kenne ich mich aus.«

»Eben«, sage ich.

»Wie heißt er?«, fragt Kuno.

»Wer?«

»Na, der Film.«

»Opferland«, antworte ich, ohne nachzudenken. »Der Film heißt Opferland.«

Sinja runzelt die Stirn, aber sie widerspricht mir nicht.

»Guter Titel«, sagt Kuno.

»Montag um sechs«, sagt Sinja. »Bitte komm.«

Ich sehe Mädchen aus Kunos Klasse in der Nähe herumlungern. Sie fragen sich bestimmt, was wir da bereden. Sie denken womöglich, wir haben einen besonders fiesen Plan, mit dem wir Kuno gerade einwickeln.

»Es gibt noch mehr von uns«, sagt Kuno. »In meiner Parallelklasse ist noch ein Mädchen, Noemi. Der geht es auch schlecht, die könnt ihr fragen.«

»Okay.« Ich zögere. »Seid ihr beide befreundet?«

»Nein … ich weiß nicht. Irgendwie nicht.« Er zuckt mit den Achseln. »Weiß auch nicht, warum.«

Es klingelt.

Kuno sinkt in sich zusammen.

Ich möchte am liebsten mit ihm gehen, den ganzen Schultag über neben ihm stehen, als wäre ich eine Person, vor der andere Respekt haben. Aber ich muss ihn ziehen lassen.

»Kuno?«

Er sieht noch einmal zu mir hoch.

»Ich freue mich echt, wenn du kommst.«

Er nickt nur und schlurft davon.

»Sie müssten sich alle zusammentun«, sagt Sinja. »Jeder von ihnen denkt, er ist ganz allein, oder?«

Jeder von *uns*, verbessere ich im Kopf, sage aber nichts.

Als der Zug Burgdorf passiert, sehe ich nicht aus dem Fenster. Die Erinnerung an den Morgen auf der Landstraße drückt wie ein Albtraum, der sich jeden Moment in Wirklichkeit zurückverwandeln kann. Ich presse den Korb mit den Hasen an mich, widerstehe dem Drang, schon wieder nachzusehen, wie es den beiden geht. Leider konnte ich ihren Käfig nicht im Zug transportieren. Ich habe keine Ahnung, wo wir die beiden unterbringen werden und was meine Eltern überhaupt dazu sagen, dass ich ihnen Edwin und Moses unterjuble. Genau genommen hätte ich sie am Telefon fragen können, was sie davon halten, aber ich habe es nicht geschafft, konnte nicht riskieren, dass sie nein sagen, so farbig hatte ich es mir schon ausgemalt, die beiden Kaninchen im grünen Gras, meine strahlende kleine Schwester Kayla …

»Ich bringe die Kaninchen mit«, erkläre ich meiner Mutter ohne weitere Umschweife, als ich ihr den Korb in die Arme drücke.

»Aha …?«

»Bine will sie nicht. Die redet schon von Tierheim. Da werden sie sowieso eingeschläfert.« Ich dramatisiere ein bisschen. »Es sind die von Frau Rieger.«

»Hab ich mir jetzt gedacht.«

Meine Mutter schnuppert ein bisschen, trägt den Korb aber zum Auto und reicht ihn mir erst wieder, als ich meinen Rucksack im Kofferraum untergebracht habe.

»Einen Käfig hast du nicht zufällig dabei?«

»Ging nicht mit dem Zug.«

»Uns wird schon was einfallen.« Sie hat sich also ergeben.

»Danke.«

Sie sieht mich an, lächelt.

An unserem Gartenzaun lehnt ein fremdes Jungenfahrrad. Ich sehe genau, dass meine Mutter es entdeckt und nicht kommentiert, aber plötzlich nervös wird.

Er kann doch nicht wirklich hier sein, oder? In meinem Haus? Wenn ich nach Hause komme? Meine Finger trommeln auf den Korb mit den Kaninchen. Das Auto hält in der Einfahrt, meine Mutter steigt aus, macht meine Tür auf und nimmt mir die Kaninchen ab.

»Soll ich sie hier draußen lassen?«, frage ich. Eigentlich hatte ich mir vorgestellt, wie ich mit den beiden auf dem Arm in Kaylas Zimmer trete, bereit, mich mit ihr zu versöhnen, sie als Bigbrother als meine kleine Schwester zurückzugewinnen.

»Vielleicht besser«, sagt meine Mutter. »Wenn es ihnen nicht zu kalt ist. Wir suchen gleich mal, ob wir etwas Besseres für sie finden.«

Ich kenne diese Munterkeit in ihrer Stimme.

Plötzlich dreht sie sich um und sieht mir in die Augen. »Ja, Marvin ist offenbar hier. Ich kann deiner Schwester nicht verbieten, sich mit ihm zu treffen. Aber ich habe nicht gewusst, dass sie ihn für heute bestellt hat, ausgerechnet heute. Ich finde das ziemlich rücksichtslos von ihr. Wenn du möchtest, gehe ich hoch und schicke ihn nach Hause. Nur bitte reg dich nicht auf.«

Ich atme tief durch. »Ich rege mich gar nicht auf«, lüge ich. »Du brauchst ihn wegen mir nicht wegzuschicken.«

»Bist du dir sicher?«

Ich schweige.

Nein. Ich bin mir nicht sicher. Aber er soll nicht wissen, dass er noch so viel Macht über mich hat. Er soll denken, dass er mir egal ist.

Ich bringe meinen Rucksack nicht wie sonst gleich in mein Zimmer. Ich würde seine Stimme nebenan hören und weiß nicht, wie ich dann reagiere.

»Cedric hat Kaninchen mitgebracht«, informiert meine Mutter meinen Vater.

»Zum essen?«

»Um Gottes willen!«

»Ich esse garantiert nie wieder Kaninchen«, verkünde ich.

»Das trifft sich gut. Wir haben auch eher Schwein vorbereitet. Schnitzel, genau genommen. Und was war dann mit Kaninchen?«

»Lebendige«, erkläre ich. »Für Kayla.«

Mein Vater wirft mir einen etwas angenervten Blick zu, meckert aber nicht. »Und sonst«, fragt er stattdessen. »Was läuft?«

Hat Bine sie angerufen, ihnen irgendwas erzählt? Sind sie gekränkt, wenn ich ihnen nicht selbst berichte, was ich bei Lars erlebt habe?

Glücklicherweise lenken Schritte auf der Treppe uns alle ab. Zu dritt stehen wir stocksteif da, halten den Atem an, bis wir hören, wie die Haustür zufällt. Jemand geht mit schnellen Schritten den Gartenweg entlang, jetzt quietscht das Gartentor. Dann geht die Tür auf, und Kayla steht vor mir, mit trotzig vorgeschobener Unterlippe und doch ein bisschen schlechtem Gewissen im Blick.

»Hi, Bigbrother.«

So hat sie mich seit Beginn ihrer Beziehung zu Marvin nicht mehr genannt. Ich werde sofort weich.

»Komm mal mit auf die Terrasse.«

Sie folgt mir ohne weitere Fragen ins Freie.

Ich öffne den Korb und setze ihr das nächstbeste Kaninchen auf den Arm, es ist Edwin.

Kayla hält den Atem an. »Was ist das denn?«

»Habe ich geerbt. Im Korb ist noch eins. Ich kann die beiden bei Bine nicht halten. Hab gedacht, dass du sie vielleicht haben willst.«

»Süüüüüüß!«

Meine kleine Schwester, die die Wände ihres Zimmers immer noch mit Tierpostern vollpflastert, kleinen Katzen und Hunden, Robbenbabys, Delfinen ... Sie strahlt, genauso wie ich es mir vorgestellt habe.

»Meinst du, Mama und Papa sind einverstanden?«

»Denk schon. Wenn du dich kümmerst.«

»Klar. Klar mach ich das.« Sie steht vor mir, sieht mich an, zögert.

»Cedric ...«

»Hm?«

»Cedric ... ich weiß, dass du Marvin nicht magst.«

»Hat nichts mit mögen zu tun.«

»Ja. Ich weiß.« Sie drückt Moses an sich, ihre Stimme ist leise. »Ich hab mit ihm Schluss gemacht. Gestern schon.«

»Was?« Der Stein, der mir vom Herzen fällt, ist groß genug, um ein ausgewachsenes Nilpferd zu erschlagen. Gleichzeitig tut mir Kayla jetzt doch leid, wenn ich sehe, wie sie mit den Tränen kämpft.

»Wegen mir?« Jetzt bloß kein schlechtes Gewissen kriegen, das fehlt noch.

»Nein. Jedenfalls nicht direkt. Er ist einfach ein Angeber. Und ein Scheißegoist.«

»Mhm«, mache ich vorsichtig. Jetzt nur nicht deutlich zustimmen! Kayla kann ganz schön widerborstig sein und sich ganz schnell um hundertachtzig Grad wenden.

»Und ich hatte ihn vorhin sowieso nicht eingeladen. Ich wollte nicht, dass ihr euch hier trefft. Er ist einfach gekommen. Wollte mich überreden, dass wir zusammenbleiben. Es geht ihm ziemlich schlecht.«

Ich runzle die Stirn. Ein Marvin, dem es schlecht geht, einmal nicht charmant und mit einem überlegenen Lächeln? Vielleicht hätte ich mir doch die Mühe machen sollen, aus dem Fenster zu sehen.

»Kayla«, frage ich stattdessen. »Ist Marvin bei Facebook?«

»Ja«, sagt sie vorsichtig. »Warum?«

»Ist er … der Killerhamster?«

Sie ist nicht überrascht. Sie kennt den Namen also.

»Nein. Ist er nicht.«

»Weißt du, wer das ist?«

Sie schweigt, sieht mich rätselnd an.

»Irgendjemand eben. Der kennt dich gar nicht gut.«

Soll ich bohren? Soll ich sie in Ruhe lassen? Aber wenn ich den Killerhamster erlege, dann taucht vermutlich demnächst der Killermaulwurf auf, und nach ihm das Killermeerschweinchen. Eine ganze Nagetierplage wird sich erheben und an meinem Image herumknabbern. Ich muss sie einfach ignorieren. Sie sind klein und nervig, aber das heißt nicht, dass sie mir gefährlich werden müssen.

Kayla zögert. »Du bist doch gar nicht bei Facebook.«

»Nein, das nicht. Aber jemand, den ich kenne. Da habe ich es gesehen.«

»Bei Sinja? Die ist nett.«

»Ja.«

»Seid ihr zusammen?«

»Ich weiß nicht.«

»Wie, du weißt nicht?«

Ich zucke die Achseln, sehe sie direkt an, endlich sehen wir uns wieder offen in die Augen.

»Ich weiß eben nicht. Aber … es kann schon sein.« Und bei diesem Gedanken bin ich plötzlich richtig luftig, sonnig, froh, und alle Killerhamster der Welt können sich von mir aus auf ihren Hamsterrädern totlaufen, was juckt es mich?

Kayla setzt Edwin zurück in seine Kiste, streichelt auch Moses.

»Malin hat bestimmt noch einen Käfig im Keller«, sagt sie nachdenklich. »Ich ruf sie gleich an.«

»Wer ist Malin?«

»Malin eben. Eine Freundin von mir. Kennst du wahrscheinlich nicht. Die haben auch Tiere. Meerschweinchen, Hasen und so.«

»Gut, dann ruf sie an.«

Kayla zögert, dann nimmt sie mich ganz schnell in den Arm, nur eine Hundertstelsekunde, den Bruchteil einer Sekunde, genau die Zeitspanne, die für den Bigbrother ausreicht, sogar üppig ist, dann flitzt sie ins Haus.

Später, wenn sie die Sache mit den Kaninchen geregelt hat, werde ich ihr von Lars erzählen, von Frau Rieger, von Sinja natürlich, deren größtes Geheimnis ich natürlich nicht verraten darf, von der Party, vielleicht sogar von meinem letzten Flip auf der Landstraße und von den großen LKW-Reifen, aber Letzteres verschweige ich wahrscheinlich lieber erst noch einmal, damit sie sich nicht wieder so viele Sorgen um mich macht.

J

Mein Vater nimmt ein Angebot an, das ihm sein Chef schon vor längerer Zeit unterbreitet hat, das er aber bisher mit Rücksicht auf seine Familie immer abgelehnt hat. Ein Dreivierteljahr lang reisen wir quer durch Europa, halten uns in den verschiedensten Ländern jeweils ein paar Wochen auf. Kayla und ich lernen in dieser Zeit per Fernschule weiter, sodass wir am Ende kein Schuljahr verlieren. Kayla vermisst ihre Freundinnen und Paganini und alles, was sie kennt; sie kann es nicht erwarten, wieder nach Hause zu kommen. Mir geht es mit jedem Kilometer, den ich zwischen mich und meinen Heimatort bringe, deutlich besser.

Wir lernen Städte, Landschaften und Menschen und die verschiedensten Sprachen und Gepflogenheiten kennen, und nirgendwo bleiben wir so lange, dass andere Kinder auf die Idee kommen könnten, mit mir sei etwas nicht in Ordnung: Ganz allmählich rücken die Geschehnisse meiner bisherigen Schulzeit in die Ferne, Namen und Gesichter verschwimmen in meiner Erinnerung. Wenn ich in diesen anderen Ländern an einer Schule vorbeikomme, halte ich allerdings noch immer den Atem an. Ab und zu begegnet uns eine gesamte Schulklasse mit Lehrern, dann verstecke ich mich hinter meinem Vater, obwohl der ärgerlich wird und meint, ich soll mich nicht so anstellen. Irgendwie erwarte ich immer noch, dass die Lehrer auf mich losgehen, mich zwingen, sie zu begleiten, mich bestrafen, mich vor allen anderen Kindern zur Schnecke machen.

Es fällt mir nicht schwer, alleine mit den Büchern und Heften der Fernschule zu lernen, aber Kayla hat große Probleme damit. Zuletzt schafft sie die schriftlichen Tests aber auch, und als wir neun Monate später nach Deutschland zurückkehren, sind wir beide ein Schuljahr weiter, sie in der siebten, ich in der neunten Klasse.

Kayla geht wieder in die Gesamtschule, findet zwar die meisten Lehrer doof, freut sich aber über ihre Freundinnen. Meine Eltern überlegen lange, an welcher Schule sie mich jetzt anmelden sollen. Auf dem Schulamt meinen sie immer noch, dass wir doch umziehen sollen, weil es in anderen Landkreisen vielleicht geeignetere Schulen für mich gibt, aber meine Eltern lehnen das ab.

»Wer garantiert mir, dass wir woanders nicht genau dasselbe erleben?«, fragt meine Mutter, die generell keinem Lehrer und keiner Schule mehr viel zutraut.

»Na ja«, gibt die Schulpsychologin zu. »Natürlich ist alles Glückssache. Es hängt immer von den Lehrern ab. Wenn Lehrer Ihren Sohn so annehmen können, wie er ist, wenn sie seine vielen tollen Seiten sehen, dann passiert gar nichts. Sie dürfen ihn nur nicht wieder zum Abschuss freigeben.«

Ich fahre mit dem Bus, zweimal umsteigen, in die nächstgelegene Schule. Aber in der Parallelklasse hat ein Junge das Sagen, der früher dieselbe Grundschule besucht hat wie ich, der mich kennt und weiß, wie er mich fertigmachen kann. Es dauert nicht lange, da kennen mich die Lehrer wieder nur als Störfaktor, die Kinder als den kleinen Lord, den man so gut ärgern kann, das zottige schwarze Tier fühlt sich unter meinem Tisch pudelwohl, und nach einigen Wochen teile ich meinen Eltern mit, dass ich einfach nicht mehr hingehen werde.

Dann gelingt es meinen Eltern, mir eine Mitfahrgelegenheit zu einer kleinen Privatschule zu organisieren, die zwanzig Kilometer entfernt liegt und ziemlich viel Geld kostet. Es ist ein kleines Internat, das nur ausnahmsweise Kinder aufnimmt, die nicht in der Schule wohnen. Eine Klasse besteht hier aus nur zehn Kindern, trotzdem herrscht viel Unruhe. Die Internatsschüler mögen uns Kinder, die nach dem Unterricht nach Hause gehen dürfen, überhaupt nicht, sie sind wahrscheinlich kreuzneidisch. Schon nach wenigen Wochen klauen vier Internatsschüler meinen Rucksack, bespucken ihn und pinkeln zuletzt sogar darauf. Der Schulleiter ruft bei meinen Eltern an und entschuldigt sich; die vier Jungs werden bestraft und müssen einen neuen Rucksack bezahlen. Nur einen Monat später schlägt ein älterer Schüler mir mit der Faust so heftig gegen die Schläfe, dass ich einen Bluterguss habe und der Arzt meinen Eltern rät, mich ein paar Tage zu Hause zu behalten, weil er eine innere Blutung nicht ausschließen kann. Und schon ist es wieder da, das schwarze, zottige Tier, wird erneut mein ständiger Begleiter. Die Internatsjungs erkennen genau, dass ich mich vor ihnen fürchte, und so machen sie mir in den folgenden Monaten das Leben zur Hölle. Sie lauern mir auf, sie werfen mich zu Boden, sie bespucken mich, sie schreiben üble Beschimpfungen auf meine Schulsachen. In den Pausen fühle ich mich nur noch vor dem Lehrerzimmer sicher.

Die Lehrer, und das ist der große Unterschied zu früher, stehen auf meiner Seite, aber offenbar wissen sie nicht, was sie für mich tun können. Meine Eltern werden wieder blass und reden gereizt und zucken heftig zusammen, wenn das Telefon klingelt. So zieht sich das neunte Schuljahr Woche für Woche hin. Immer wieder bleibe ich für ein paar Tage zu Hause, weil ich geschlagen worden bin und mich nicht mehr in die Schule traue.

In der Schule meinen sie, dass ich Selbstverteidigung lernen soll, aber ich will das nicht. Ich will mich nicht verteidigen müssen.

»So geht das einfach nicht mehr weiter«, sagen meine Eltern, als sich das Schuljahr seinem Ende nähert, und ich bin derselben Meinung.

Es gibt keine andere Schule mehr in der Nähe.

Meine Eltern rechnen und überlegen wieder, aber sie können nicht einfach in die Stadt ziehen.

Und an diesem Punkt treten Bine und Freddie auf den Plan. Ich kenne die beiden von klein auf, wir haben auch öfter alle vier bei ihnen übernachtet, wenn wir sie in der Stadt besucht haben. Sie bieten mir ihr Gästezimmer an.

Dann klappern meine Eltern mit mir alle Schulen in der Stadt ab, die für mich infrage kämen und an der mich wirklich niemand kennt. Und irgendwann beschließen wir dann, dass ich wirklich schon zu Hause ausziehen muss. Meine Mutter und Kayla heulen und ich spüre wieder diesen roten Zorn tief in mir, aber wir sehen keine andere Möglichkeit, und ich muss ja noch mindestens ein Jahr lang zur Schule gehen. Was ich danach machen soll – keine Ahnung, ist auch erst einmal egal. Schritt für Schritt, sagen meine Eltern. Wir schaffen das schon.

Als am letzten Tag der Sommerferien mein Koffer schon gepackt im

Auto liegt, fahre ich mit dem Fahrrad noch einmal in den Wald, an eine Stelle, die mich schon seit Jahren anzieht, die mir ganz besonders viel bedeutet. Es ist ein verstecktes kleines Mahnmal an einer Wegkreuzung, die unauffällige Skulptur eines sinkenden Schiffs, und dort grabe ich ein tiefes Loch, so tief wie es nur geht, und verstecke darin eine kleine, unscheinbare Kiste.

20. Out of Opferland

Den Kaninchen gefällt der Frühling im Garten meines Elternhauses. Vielleicht haben sie noch nie in ihrem Leben zwischen frischen Löwenzahnblüten gesessen und an Gänseblümchen geschnuppert. Ich weiß ja nicht, wo Frau Rieger die beiden her hat, ob sie nur Stall und Kinderwagen und Zimmer kennen. Ich fotografiere sie in ihrer Wiesenidylle und nehme mir vor, die Bilder bei meinem nächsten Besuch im Altenwohnheim zu präsentieren. Ich gehe jede Woche hin, die alten Leute kennen mich inzwischen, und der traurige alte Mann, der mir bei meinem ersten Besuch im Aufenthaltsraum aufgefallen ist, lächelt jetzt, wenn er mich sieht. Er heißt Walter Scherenbaum. Einmal, als Frau Rieger überraschend Besuch von dem weißbärtigen Herrn mit dem kleinen Hund aus dem Nachbarhaus hat, gehe ich mit Herrn Scherenbaum im Park spazieren, sehr langsam, weil er nicht mehr richtig laufen kann. Er erzählt mir von seiner verstorbenen Frau, die Rosen gezüchtet hat, purpurrote Rosen, so purpurrot wie das edelste Samtgewand eines Königs, sagt er, und von seinen Kindern, die alle drei im Ausland wohnen und nur sehr gelegentlich vorbeikommen. Irgendwann traue ich mich, bei der Verwaltung des Heims anzuklopfen und zu fragen, ob sie nicht jemanden gebrauchen können, der bei ihnen ein freiwilliges soziales Jahr macht, und sie sagen, wenn das zum Ende der zehnten Klasse immer noch mein Wunsch ist, dann soll ich mich bewerben, sie könnten es sich jedenfalls vorstellen.

Als ich an diesem Tag aus dem Heim ins Freie trete, ist die Luft ganz anders, frisch und würzig und kühl, und die Geräusche klar, wohlklingend wie Musik, und mir fällt plötzlich auf, dass ich vor mich hingrinse.

Ein Leben ohne Schule. Das gibt es tatsächlich.

Und wenn ich dann doch kein Freiwilliges Soziales Jahr im Seniorenwohnheim leisten möchte, dann fällt mir etwas anderes ein. Ich könnte Freddie fragen, ob ich bei ihm im Rundfunk ein Langzeitpraktikum machen kann. Ich könnte ins Ausland gehen, wenn meine Eltern es mir erlauben – das würden sie vermutlich, wenn ich es unbedingt will. Ich könnte, ich kann ... die Welt ist groß, die Türen stehen offen!

Ich habe es fast geschafft!

Ich bin nicht in der Klapse gelandet, ich bin nicht Amok gelaufen, ich habe mich nicht vor den Lastwagen geworfen und habe mir nicht die Pulsadern aufgeschnitten. In nur wenigen Monaten werde ich frei sein, ein freier Mensch, ein Mensch also endlich, der über sein weiteres Leben entscheiden kann und sich nie wieder wie ein Strafgefangener behandeln lassen muss – es sei denn, er baut Mist und landet tatsächlich im Gefängnis.

Und wenn ich dann doch eines Tages beschließe, dass ich noch mein Abitur haben will oder wenn ich diesen Abschluss für meinen Wunschberuf brauche, dann hindert mich keiner daran, ihn zu machen. Aber ich werde dann jeden Tag freiwillig zur Schule gehen, und wenn ich nicht gehe, dann kann mich die Polizei nicht abholen, dann muss ich das selbst für mich und vor mir verantworten.

Ich kaufe ein großes Weißbrot und füttere die Tauben im Park, obwohl das streng verboten ist, und eine Frau, die mir dabei zunächst mit gerunzelter Stirn zusieht – ich rechne damit, dass sie mich jeden Moment anbrüllt –, guckt immer freundlicher und fragt zum Schluss sogar, ob ich ihr ein Stück Brot abgebe, und dann werfen wir abwechselnd den Tauben Brotbrocken hin und freuen uns über das Geflatter und Gegurre, und als sich ein Polizist nähert, rennen wir weg, die Frau kichert wie ein Teenager, dann winkt sie mir zu und ist zwischen den Bäumen verschwunden.

Ich habe Charly gesagt, dass ich die Hauptrolle in diesem Film wirklich nicht spielen werde, aber das fand er gar nicht so schlimm, denn er meint, eine richtige Hauptrolle darf es gar nicht geben, er habe im Laufe dieser Wochen festgestellt, dass im richtigen Leben wohl so gut wie jeder in die Rolle des Gemobbten geraten kann, deswegen wäre es ihm am liebsten, jeder in unserer Filmgruppe würde den Part einmal übernehmen. Kuno fühlt sich in der Gruppe richtig wohl, und was noch viel besser ist: Er ist der geborene Schauspieler, so talentiert und so überzeugend, dass die Mädchen aus seiner Klasse, die bei seinen ersten Besuchen immer nur verächtlich gegrinst haben, inzwischen ziemlich beeindruckt sind und ihn offenbar meistens in Ruhe lassen. Auch Noemi ist bei uns. Wenn überhaupt jemand tragende Rollen bekommen sollte, dann die beiden. Ich habe Charly angeboten, mich mehr um Tonaufnahmen etc. zu kümmern, da kann mir Freddie nämlich behilflich sein. Sinja schreibt ständig neue Szenen, ihre Fantasie kennt plötzlich keine Grenzen mehr.

Lars … ja, Lars ist auch da. Ich weiß nicht, wie es ihm zu Hause geht, will auch nicht fragen, aber jedenfalls hat er keine neuen Verletzungen. Er beachtet mich nicht, ich ihn auch nicht. Ab und zu höre ich in meiner Klasse die alten Bemerkungen, Lästereien, einmal hängt noch meine Sporttasche im Baum, aber so kleine Angriffe können mich nicht mehr wirklich beeindrucken, seit mir bewusst ist, dass die Schulzeit auch ein Ende haben kann, wenn ich das möchte, dass ich die Monate bis dahin an einer Hand abzählen kann.

So weit ist alles geklärt, aber es gibt da noch eine Sache. Eine wichtige Sache, deretwegen ich jetzt im *Karadeniz* sitze, Tee trinke und ungefähr alle dreißig Sekunden auf die Uhr sehe. Zwischendurch fühle ich in meiner Tasche nach dem Zettel, den ich Sinja heute geben möchte. Dass ich so lange warten muss, ist nicht Sinjas Schuld, sie kommt pünktlich wie immer – ich war eben viel zu früh da.

Mein Herz klopft wie verrückt, als ich ihre Gestalt vor der Scheibe des Lokals erkenne, als ich sie beobachte, wie sie mit geübten Bewegungen ihr Rad abschließt, sich die Haare aus der Stirn schiebt, als sie das Lokal betritt. Ich hebe die Hand eine Sekunde zu spät, sie hat mich schon entdeckt, steuert auf mich zu.

»Abend«, sagt sie und legt mir kurz die Hand auf den Arm.

»Abend«, krächze ich und starre auf ihre Hand, die sie schnell wieder zurückgezogen hat.

»Hast du was gegessen?«

»Nein. Nein, ich hab auf dich gewartet. Magst du was?«

»Falafel schmeckt hier gut.«

»Ess ich auch. Ich bestell für uns.«

»Cool.«

Sie sieht mich erwartungsvoll an. Ich rühre mich nicht, kann noch nicht aufstehen. Es gibt etwas, was mich völlig aus dem Konzept gebracht hat. Ich muss immer wieder hinsehen. Sinja folgt meinem Blick.

»Ach so«, sagt sie. »Weißt du, es ist echt schon zu warm mit den Dingern.« Sie hält mir ihre vernarbten Handgelenke hin. »Ist außerdem schon besser geworden. Man erkennt es kaum noch, oder?«

Man sieht die weißen Narben noch deutlich, aber ich nicke trotzdem.

»Ich hab was für dich«, sage ich.

Sie beobachtet mich erwartungsvoll, als ich den Zettel aus meiner Tasche fummle und ihn ihr reiche. Sie faltet ihn auseinander, beugt sich darüber, runzelt die Stirn. »Was ist das? Eine Karte?«

»Eine Schatzkarte«, flüstere ich.

»Was für ein Schatz denn?« Sinja hält das Ganze noch einen Augenblick lang für einen Witz, aber dann erkennt sie, dass es mir ernst ist. Sie glättet das Papier und studiert es genau, kneift die Augen zusammen. »Ich kann das nicht genau erkennen«, sagt sie. »Ist das ein Schiff?«

Ich nicke.

Sie sieht auf, nickt ebenfalls.

»Nimm einen Spaten mit«, rate ich ihr. »Liegt ein bisschen tiefer.«

»Okay.« Sie fragt nicht weiter nach, legt den Zettel sehr sorgfältig zusammen und schiebt ihn in die vorderste Reißverschlusstasche ihres Rucksacks.

»Hilfst du mir denn?«, fragt sie.

»Nein. Das musst du noch alleine schaffen.«

»Na, danke.« Sie lächelt. Ich lächle zurück und mir wird ziemlich warm im Bauch.

Und Opferland? Ist abgebrannt.

Kim Hood

Das Schweigen in meinem Kopf

288 Seiten, ISBN 978-3-570-40237-5

Jo hat es nicht leicht: Sie ist allein mit ihrer psychisch kranken Mutter und auch in der Schule findet sie keinen Anschluss. Um den ständigen Hänseleien und dem Alleinsein zu entgehen, lässt sie sich auf ein Sozialprojekt ein: Freiwillig verbringt sie jede freie Stunde damit, dem 15-jährigen schwerbehinderten Chris Gesellschaft zu leisten. Und es ist komisch, aber gerade bei ihm kann sie sich öffnen, ihm von ihrem Kummer erzählen. Chris, der sonst auf wenig reagiert, scheint sie zu verstehen und ganz langsam entwickelt sich eine Freundschaft zwischen den ungleichen Jugendlichen, die beide verändert und ihnen eine ganz neue Zukunft schenkt.